HEYNE BÜCHER

Von Marion Zimmer Bradley
sind außerdem als Heyne-Taschenbücher erschienen

Der Bronzedrachen · Band 01/6359
Die Teufelsanbeter · Band 01/6697
Das graue Schloß am Meer · Band 01/6815
Trapez · Band 01/7630

MARION ZIMMER BRADLEY

TROMMELN IN DER DÄMMERUNG

Roman

Deutsche Erstveröffentlichung

WILHELM HEYNE VERLAG
MÜNCHEN

HEYNE ALLGEMEINE REIHE
Nr. 01/6602

Titel der amerikanischen Originalausgabe
DRUMS OF DARKNESS
Deutsche Übersetzung von Burkard Jost

3. Auflage

Printed in Germany 1988
Umschlagzeichnung: Karel Thole, Mailand
Umschlaggestaltung: Atelier Ingrid Schütz, München
Satz: IBV Satz- und Datentechnik GmbH, Berlin
Druck und Bindung: Elsnerdruck, Berlin

ISBN 3-453-02196-7

Horoskop von
SYDNEY OMARR
Löwe: Mardee Haskell
Geboren am 6. August 1945, drei Uhr früh, in Denver, Colorado

Fast wäre Mardee bei ihrer Geburt gestorben; Saturn stand in der Nähe des Mondes und beinahe über ihrem Krebsaszendenten. Das Trauma, beinahe erstickt zu sein, hat seine Spuren hinterlassen, auch wenn sie es nicht zeigt. Manche halten sie für besitzergreifend, selbstsüchtig, immerzu die Aufmerksamkeit auf sich lenkend. Ihr Astrologe weiß es besser.

Mardee ist eine sinnliche Frau mit bezaubernden Augen, sie ist kreativ, künstlerisch veranlagt, temperamentvoll, hat eine melodische Stimme, neigt zur Gewichtszunahme und gibt ihren Leidenschaften nach – Essen, Sammeln von Kunstgegenständen und Antiquitäten... Sie war öfter als einmal ernsthaft verliebt, blickt auch auf eine gescheiterte Ehe zurück.

Vielleicht sind es nur Neider, die behaupten, Mardee raffe Besitztümer und Menschen. Sie mag nicht gerade sparsam erscheinen, der Krebseinfluß (Aszendenten: Mond und Saturn) veranlaßt sie jedoch, für schlechte Zeiten zu sparen und Vorräte zu horten: neben Wasser und Brot auch Kaviar und Champagner – hier macht sich der Einfluß des Löwen bemerkbar.

Im allgemeinen ist Mardee sanft, jedoch wird sie für eine ihr wichtige Sache kämpfen. Sie kann überzeugen und ist gewöhnt, sich durchzusetzen; sie ist eine selbstsüchtige Liebhaberin, die darauf wartet, daß ihre Sinne stimuliert werden. Das gleiche für ihren Partner zu tun, hält sie aber nicht für nötig. Mardee weiß, was sie tut, haßt sich manchmal selbst dafür, ›verzogen‹ zu sein, sträubt sich jedoch dagegen, wenn ein anderer ihr das einreden will.

Ihre Mutter ist sanft, gerecht, attraktiv: eine Waage. Ihr Vater war aggressiv und meist mit den Ansichten und Handlungen seiner Tochter nicht einverstanden. Jedoch gab er ihr gewöhnlich nach, ganz gleich, wie schwer es ihm fiel.

Unsere Heldin steckt ihre Nase gerne in anderer Leute Angelegenheiten. Mars, Herr im zehnten Haus, befindet sich in ihrem zwölften im Sternzeichen des Zwillings (Uranus ebenso) und charakterisiert jemanden, der Zugang zu Geheimnissen erlangt, es versteht, Ängste und Zweifel zu vertreiben, bei einer magischen Seance das Tischtuch wegzieht, gerne im Hintergrund die Fäden in der Hand behält, es liebt, als Frau voller Geheimnisse angesehen zu werden, vertrauliche Bekenntnisse sammelt, den Ablauf des Geschehens bestimmt – davon trifft manches auf sie zu und bildet eine für sie gefährliche Atmosphäre.

Im Jahre 1973 ist sie in mysteriöse Umstände verwickelt – da gibt es geheime Riten, und Mardee, ob sie will oder nicht, befindet sich mittendrin. Gerüchte könnten möglicherweise über sie in Umlauf geraten (gemäß ihrer Planetenverschiebungen). Zu Beginn fände Mardee das wohl amüsant; bald wäre sie jedoch sehr erschrocken – und das zu recht. Sie könnte Gegenstand einer Untersuchung sein. Auf alarmierende Weise könnten diese vertraulichen Aufzeichnungen harte, jedoch bizarre Wirklichkeit werden. Setzt Mardee ihre bezwingende Stimme und ihre hypnotischen Augen ein, könnte sie sich mit ihrer Hilfe der scheinbar sicheren Gefangennahme oder gar Vernichtung entziehen.

Personen der Sternzeichen Zwilling, Waage und Skorpion spielen wichtige Rollen in ihrem Leben. Sie hat etwas gesammelt, das manchen Sekten- oder Kultanhängern geheiligt zu sein erscheint. Wenn sie nur wüßte, worum es sich handelt, würde sie es vermutlich aufgeben – willentlich oder sonstwie.

Mardee ist im Innersten konservativ, legt Wert auf äußeren

Eindruck, verachtet aber Theatralik. Nach außen hin ist sie gewöhnlich kühl, ruhig und zurückhaltend, innerlich aber wie ein kochender Wasserkessel, neugierig und voller Leben. Mardee manipuliert gern, ihre Absichten aber sind gut; sie fühlt sich allmächtig in dem Sinne, daß sie weiß, sie kann an den Fäden ziehen, um für jeden Beteiligten die besten Ergebnisse zu erreichen. Erstaunlicherweise hat sie dabei häufig recht.

Mardee kann, wenn es die Situation verlangt, dramatisch sein und ihr augenblickliches Problem mit einer großen Geste lösen, im Ruhmesglanz sich tatsächlich selbst aufgeben, auf eine Weise, die einerseits Aberglauben ausscheiden läßt, andererseits den Glauben an das Übernatürliche bestärkt.

Ein Streitgespräch zwischen Mardee und ihrer Mutter steht zu Beginn dieser außergewöhnlichen Geschichte. Mardee wird bald nach Haiti fahren, dem Land ihrer Vorfahren, dem Land des Voodoo.

1. Kapitel

Durch das Fenster sah man den trüben herbstlichen Nieselregen fallen. Mardee Haskell faßte nach dem Brief in ihrer Jeanstasche und dachte an die warme, helle Sonne von Haiti, die Trommeln und Tänze und Blumen einer tropischen Insel.

»Haiti!« sagte ihre Mutter ärgerlich. »Warum solltest du nach Haiti fahren wollen? Du bist nie dort gewesen. Da wartet nichts auf dich!«

Mardee versuchte, ihre Stimme unbeschwert klingen zu lassen.

»Ist das nicht ein guter Grund hinzufahren? So erhält es einen Anstrich von Abenteuer!«

»Abenteuer!« Marie-Claire Haskells Stimme grollte voller Verachtung. »Es gibt dort nichts als Armut, Unwissenheit und Aberglauben! Und Böses – überall Böses!«

Mardee wandte sich zum Fenster. Draußen der graue Nieselregen. September. Eine Vorahnung von Winter. Schmutziger Matsch auf den Straßen New Yorks. Und das endlose Vorsprechen.

Und hier war eine Chance, dem Winter dieser ›Freudenstadt‹ zu entkommen; im Scherz hatte jemand aus Kansas New York diesen Namen gegeben.

»Mutter, ich verstehe dich nicht. Sie ist die Schwester deiner eigenen Mutter – und sie ist alt und krank und braucht dich. Sie besitzt dieses enorm große Gut...«

Mardee schaute sich im engen Apartment um, das wohl sauber gehalten war wie die meisten Apartments in New York, jedoch armselig wirkte. Die Tante ihrer Mutter besaß ein Gut in Haiti, so alt, so schön, so in Geschichte verwoben, daß Sebastian Wright – *der* Sebastian Wright, Regisseur wohl eines Dutzend preisgekrönter Filme – Haus und Grund für seinen nächsten Film gepachtet hat. Mardee hatte dies nie in der Familie ihrer Mutter vermutet; Marie-Claire hatte nur einmal, und dann kurz, über Haiti gesprochen.

»Ich versteh' das nicht. Sie will unsere Hilfe, solange die Filmleute auf dem Gut sind. Du hast immer so viel auf die Familie gegeben, Mutter!«

»An dem Tag, an dem ich deinen Vater traf, Marie-Louise, wurde ich zu einem Mitglied *seiner* Familie. Das ist die einzige Familie, die ich habe, und für sie will ich tun, was immer ich kann und hergeben, was immer ich habe. Aber Emilie Thibaud ist keine gute Frau. Sie hat kein gutes Herz.« Kaum wahrnehmbar tauchte der französische Akzent, den sie nie verloren hatte, wieder in der Stimme der älteren Frau auf. »Cap Dominique ist ein böser Platz. Ich werde nie dorthin zurückgehen. Du solltest es auch nicht, *petite*.«

Mardee zuckte mit den Schultern. »Die Flugzeugtickets sind dabei, und ein Winter in den Tropen. Was hab' ich zu verlieren?«

Aber sie wußte, was ihre Mutter sagen würde, und wehrte sich innerlich gegen die Worte, bevor sie ausgesprochen waren.

»Du hast Ted zu verlieren«, sagte ihre Mutter leise. »Du weißt, er wird für dich da sein, bis die Entscheidung endgültig ist, er wird warten und hoffen, daß du zurückkommst.«

Mardee wandte sich ab. Aus dem Nieseln war kalter, prasselnder Regen geworden. »Er kann warten, bis die Hölle friert«, sagte sie.

»Marie-Louise! Dreh dich um und schau mich an, Mädchen!«

Mardee drehte sich um und sah mit Verwunderung Tränen in den Augen ihrer Mutter.

»*Cherie*, wirst du diesen Mann wirklich gehen lassen? Er liebt dich!«

Mardee hatte sich geschworen, darüber nicht mehr zu diskutieren. Wozu auch? Dennoch antwortete sie und fühlte dabei Ärger in sich hochsteigen: »Liebt mich. Ja. So sehr, daß er mich in eine Schachtel sperren und darin verrotten lassen will! Er möchte irgendein dummes Häschen, das seine Kleidung in Ordnung hält, an der Oberschule unterrichtet und sich hin und wieder ein Jahr freinimmt, um Kinder in die Welt zu setzen.«

»Jeder Mann will das«, sagte ihre Mutter mit zitternder Stimme. »Glaubst du etwa, du könntest das ausschlagen? Glaubst du, irgendeine Karriere wäre einen Mann wie Ted wert?«

»O nein. Als er mich auf der Bühne sah, sagte er nur, er fühle sich wie ein Zuhälter, der sein bestes Pferd herumreicht; so viel bedeutet ihm meine Karriere!« Aufgeregt umklammerte sie den Brief in ihrer Tasche, bemühte sich, an Tropensonne, Kalypsotrommeln und Jasminduft zu denken, an irgend etwas, bloß nicht an Teds Ausdruck, als er ihr *das* ins Gesicht geworfen hatte. Flucht. Dieser Brief verhieß Flucht, und dazu war sie bereit.

»Und für ein Stück, das noch nicht einmal vier Monate lief, hast du Ted verlassen und deine Ehe einer Karriere zuliebe ruiniert, aus der vielleicht nie etwas wird?« Ihre Mutter schüttelte den Kopf in ärgerlicher Verwunderung. »Ted hätte nichts gegen eine *anständige* Karriere. Was ist daran falsch, Theaterwissenschaften zu unterrichten? Irgend etwas, das zu *seiner* Karriere paßt. Ted hat eine Zukunft, Marie-Louise, eines Tages könntest du stolz auf ihn sein. Gerade fünfunddreißig und schon Professor! Er wird es zu etwas bringen!«

»Ich kann nicht mein Leben damit verbringen, stolz auf Ted zu sein und mir vorzumachen, das wäre ein Ausgleich dafür, auf nichts in meinem Leben stolz sein zu können. Ich will eine eigene Karriere, nicht einen Anteil an Teds.«

Ihre Mutter hob stolz ihr Kinn. »Ich hatte eine Karriere, und eine gute, aber ich war stolz darauf, die Frau deines Vaters und deine Mutter zu sein!«

»Siehst du nicht, daß das etwas anderes ist? Du hattest eine schöne, normale, bürgerliche Karriere. Lehrerin.« Sie starrte wieder in den strömenden Regen. »Über Ted oder meine Ehe werde ich nicht mehr reden. Das ist vorbei. Ich kann mein Leben nicht so einschränken, nur weil es dich glücklich machen würde, mich mit einem erfolgreichen Mann verheiratet zu sehen!«

»Daran bin ich wohl schuld«, sagte Marie-Claire seufzend. »Hätte ich dich nicht hier wohnen lassen, hättest du zu ihm zurückgehen müssen, als das Stück abgesetzt...«

»Nein. Ich hätte auf der Straße geschlafen, bevor ich zu ihm zurückgegangen wäre, und das wußtest du.« Mardee zog den Brief mit der bunten ausländischen Marke aus der Tasche. Flucht. Ein ehrenhafter Abgang. »Sie sagt, wir sollten ihr ein Telegramm schicken, welchen Flug wir nehmen, und sie wird uns in Port-au-Prince abholen lassen.« Der Name allein zauberte schon exotische Bilder hervor.

»Du *wirst* kommen, nicht wahr, Mutter?«

»Nein, das werde ich nicht.« Mardee kannte von Kindheit an diese hartnäckig angehobenen Schultern. »Als ich fortging, sagte ich Tante Emilie, daß ich niemals wiederkehren würde. *Jamais. C'est fini!*«

Mardee erkannte die Verwirrung ihrer Mutter an ihrem Sprung ins Französische. »Aber, Mutter, warum, warum willst du den Winter in New York anstatt in der Karibik verbringen?«

»Hier bin ich meine eigene Herrin! Ich sagte ihr, ich würde niemals zurückkommen, niemals, und jetzt, nach all diesen Jahren, versucht sie, mich zu locken und dich mit Versprechungen zu ködern, mit ihrem Reichtum... Das ist böse! Es ist nutzlos, ich werde nicht gehen, ich werde ihr widerstehen!« Es war solch ein Sturzbach raschen Französischs, daß Mardee Schwierigkeiten hatte, ihm zu folgen.

»Aber was meinst du damit, Mutter? Sie ist eine alte, kranke Frau, und wir sind ihre einzigen Verwandten – wie kannst du ihr absagen?«

»Du kannst mich nicht täuschen«, erwiderte ihre Mutter ärgerlich in schnellem Französisch, »was bedeutet dir schon

Emilie Thibaud? Dieser berühmte Produzent, dieser Sebastian Wright, zu dem zieht es dich wie eine Motte zur Flamme! Du glaubst, wenn er dich sieht, wird er dich an die Hand nehmen, dich entdecken, aus dir einen großen Star machen – oder?«

Mardee fühlte ihre Wangen heiß werden. Konnte es schaden, herauszufinden, was ein großer Regisseur an einer großartigen Schauspielerin schätzt? War es so schlecht, einen wichtigen Mann der Filmszene persönlich kennenlernen zu wollen? Sebastian Wright hatte schon viele junge Schauspielerinnen auf kometenhafte Ruhmes- und Erfolgsbahnen gelenkt. Würde er überhaupt wissen, daß Mardee Schauspielerin war? Sie wäre dort als Hosteß ihrer Großtante. Nichts weiter.

»Mutter, Großtante Emilie hat uns eine Reise nach Haiti angeboten und eine Gelegenheit, ihr wirklich nützlich sein zu können. Wann hast du eigentlich das letzte Mal Urlaub gemacht?«

»Einen solchen Urlaub brauche ich nicht«, entgegnete Marie-Claire, »und du auch nicht. Du möchtest eine Schauspielerin sein, Marie-Louise – Mardee.« Sie wählte bewußt den Künstlernamen. »Nun gut, dann *sei* eine Schauspielerin. Was geschieht, wenn du jetzt drei Monate freinimmst, deine Kontakte und Vorstellungsgespräche vernachlässigst? Verhält sich so eine professionelle Schauspielerin, daß sie drei Monate während der Theatersaison nichts dafür tut, ihre Karriere auszubauen?«

Mardee wußte, daß ihre Mutter recht hatte, aber die Herbstproduktionen waren schon besetzt, und sie war noch nicht einmal in Erwägung gezogen worden; nur zweimal war sie zum Vorsprechen gebeten worden. Sie erklärte, für sie gäbe es doch nur Atelierjobs bis nach Weihnachten. In Haiti hätte sie wenigstens die Gelegenheit zu einem wichtigen beruflichen Kontakt: Sebastian Wright.

»Aber es ist über alle Maßen gefährlich, Marie-Louise. Haiti ist ein teuflischer Platz! Du darfst nicht hin! Ich sage dir, du darfst nicht! Es ist gefährlich für dich, Marie-Louise, du bist von dem Blut – *non.*« Marie-Claire unterbrach sich plötzlich, wandte sich ab. Sie hatte ihre Fassung wiedergewonnen, als sie fortfuhr: »Ich habe dich gewarnt. Deine Großtante ist keine gute Frau, und Cap Dominique ist kein guter Platz.«

»Aber wie kannst du so reden? Was meinst du damit, *es ist gefährlich, du bist von dem Blut*... Mutter, du kommst doch von Haiti!«

»Es ist nicht schlecht, aus Haiti zu stammen, doch je weiter davon weg, desto besser. Emilie Thibaud ist keine gute Frau, sie hat kein gutes Herz. Aber du bist kein Kind mehr, Marie-Louise, und du hast es klar genug ausgedrückt, daß du auf meinen Rat nicht hörst. Wenn du gehen mußt, dann mußt du gehen. Aber ich habe damit nichts zu tun. Und ich werde nichts weiter sagen, wenn jemand nicht auf mich hört.«

Sie verließ den Raum. Mardee beobachtete sie nachdenklich. *Es ist gefährlich, du bist von dem Blut. Was konnte sie nur damit gemeint haben?*

Nichts. Altersschwachsinn. Aberglauben. *Die Gelegenheit lasse ich nicht sausen, nur weil sie abergläubisch ist!* Mardee versank wieder in einen hellen Traum von Sonne, Blumen, Trommeln und tropischen Tänzen, jedoch stimmte die Unruhe ihrer Mutter sie etwas bedrückt. *Weswegen war sie so ängstlich?*

Drei Tage darauf fiel immer noch der kalte Regen, als der Jet vom Kennedy-Airport abhob und rasch durch die Wolken dem Sonnenschein entgegenstieg. Entschlossen schob Mardee alles beiseite, ihrer Mutter ärgerliches, vorwurfsvolles Schweigen, Teds Anruf vom Abend zuvor – alles. Sie hatte drei Monate Haiti vor sich, um zu entspannen, auszuruhen, über ihr Leben und ihre Karriere nachzudenken und zu entscheiden, was sie weiterhin machen sollte. Sie erinnerte sich an einen Spruch, den sie in einem Souvenirladen am Flughafen gesehen hatte: HEUTE IST DER ERSTE TAG VOM REST

DEINES LEBENS. Genauso fühlte sie sich, während sie in den strahlenden Sonnenschein schaute, als ob sie schon in den Tropen wäre.

Das Flugzeug war nur zur Hälfte besetzt. Die meisten Passagiere waren Frauen mittleren Alters in teurer Garderobe. Mardee betrachtete neidisch ihre Bekleidung. Zu dieser Jahreszeit waren die meisten New Yorker Geschäfte voll mit Wintersachen, bis auf die Mode-Boutiquen der teuren Warenhäuser, die weit über Mardees einfachem Budget lagen. Sie hatte Tante Emilies Erste-Klasse-Ticket in eins der Zweiten umgewechselt (und Mardee, die den Luxus liebte, hatte sich sehr gegen diese Notwendigkeit gesträubt), und doch blieb ihr nur ein Taschengeld für eine Sommergarderobe, und die würde sie sich in Haiti besorgen, nicht im teuren New York.

Auf der anderen Seite des Mittelgangs blätterte ein junger Mann in einem Magazin, runzelte die Stirn und legte es beiseite. Mardee nahm eine Ausgabe der *Time*, die ihr die Stewardeß gegeben hatte, in die Hand und lehnte sich herüber. »Die habe ich schon gelesen, wenn Sie tauschen möchten...«

Er nahm seine Zeitschrift hoch und lächelte. Sie war nicht in den Plastikeinband der Fluglinie eingeschlagen. »Wenn es Sie wirklich interessiert...«

Es war ein glänzendes, technisch anspruchsvolles Fotojournal. Mardee lachte. »Es tut mir leid, aber das geht weit über meinen Horizont. Ich kann gerade einen Film in eine Instamatic einlegen!«

Er grinste. Was für ein erfreuliches Lächeln, dachte Mardee.

»Das geht auch über meinen. Ich kann mit einer Kamera umgehen – ich habe einmal für eine Zeitung gearbeitet –, aber dieses ganze technische Zeug kapier' ich nicht. Es ist nicht das, was ich erhoffte. Ich weiß noch nicht einmal, ob es ein Magazin *gibt* für das, was ich suche.«

»Was brauchen Sie denn?« fragte Mardee, aber da schob

sich gerade eine Stewardeß durch den Gang, drückte ihr eine Menü-Karte in die Hand und fragte sie, ob sie vor dem Lunch einen Cocktail haben wollc. Mardee lehnte ab, und die Stewardeß ging weiter. Der junge Mann beugte sich herüber und sagte: »Der Gang wird bald mit Getränke- und Servierwagen verstellt sein. Haben Sie was dagegen, wenn ich herüberkomme und neben Ihnen sitze?«

Er stellte sich auf seine langen Beine und glitt auf den Sitz neben ihr. Er ist nicht gerade besonders hübsch, dachte Mardee, jedoch waren seine Zähne weiß und ebenmäßig, und seine unregelmäßigen Züge sympathisch. Sein Haar war lokkig und kurz geschnitten. Er war, wie sie bemerkte, der einzige Mann im Flugzeug, der nicht Anzug und Krawatte trug. Außerhalb ihrer eigenen Schlafzimmer hätte man die meisten von Teds Freunden nie ohne Jacke und Krawatte sehen können. Er war auch kein langhaariger, ungekämmter Künstlertyp; seine Jacke aus grober Baumwolle und seine verzierten Jeans sahen ganz gut an ihm aus, nur ein wenig abgetragen. Seine Bekleidung war bequem und individuell, sein Benehmen lässig.

Voller Ablehnung schwenkte er das glänzende Fotojournal. »Das ist fast alles nur über den Kauf von Zubehör und Kameras. Ich hoffte auf Hinweise, wie man Illustrationen arrangiert, Kamerawinkel und so weiter, für ein Buch, das ich schreibe. Vor dem Abflug hat mir der Kameramann, der mit mir kommen wollte, wegen seines kranken Kindes abgesagt, und in den nächsten zehn Tagen kann er mich nicht begleiten, vielleicht kommt er überhaupt nicht. Ich kann schon eine Kamera bedienen, aber ich brauch' mir nicht vorzumachen, ich könnte eine ernsthafte Dokumentation zusammenstellen, das weiß ich jetzt genau, nachdem ich all das gelesen habe.« Damit warf er das Magazin auf den Sitz.

»Sie schreiben ein Buch? Sind Sie Schriftsteller?«

»Journalist. Da gibt's einen Unterschied.« Er grinste. »Alles, was du brauchst, um dich selbst als Schriftsteller zu bezeichnen, ist eine Schreibmaschine aus dem Leihhaus und ein Gedicht, das vor vier Jahren von der Zeitschrift der texanischen Geflügelzüchtervereinigung angenommen wurde. Ein Journalist hat gewöhnlich etwas Arbeit geleistet.«

»So habe ich es noch nie gesehen.«

»Ich auch nicht. Da bin ich erst jetzt drauf gekommen. Es ist halt so, wenn ich den Leuten erzähle, ich wäre ein Schriftsteller, dann stellen sie mir immer Fragen wie ›Oh, haben Sie schon etwas publiziert?‹. Da könnten sie gleich auch einen, der sich als Klempner bezeichnet, fragen, ob er wüßte, an welchem Ende man eine Kneifzange anfaßt.«

Mardee lächelte voller Verständnis. »Das kenn' ich auch. Manche Frauen nennen sich selber Schauspielerinnen, weil sie in ein paar Stücken an einer Schauspielschule oder in einer Theatergruppe der Kirchengemeinde aufgetreten sind. Ich hasse es, meinen Beruf zu nennen.«

Er betrachtete sie genauer. »Ich glaube, ich sollte Ihr Gesicht kennen. Aber ich schaff' es nie, ins Theater oder ins Kino zu gehen – entweder sammle ich vor Ort Informationen oder tipp' etwas herunter, hinter eine Schreibmaschine geklemmt, oder versuch', meinen Schlaf aufzuholen. Und wenn ich den Fernseher abends anstelle, zur Entspannung, wenn ich im Bett bin, dann wirkt das wie Schlaftabletten.«

Mardee kicherte. »Das ist besser als Schlaftabletten. Wenn Sie die Gewohnheit aufgeben wollen, gibts keine Entzugserscheinungen.«

»Da ist etwas dran. Was haben Sie denn am Theater gemacht?«

Er schien wirklich interessiert. Sie erzählte ihm von ihrem vierjährigen Vertrag als Schauspielerin und Tänzerin in Hollywood, der kleinen Rolle in der Wiederaufführung von *Detective Story*, den beinah vier Monaten als Jessica in *Folly Garden*.

»So ein Pech«, empfand er mit ihr. »Ich hörte, es sei ein gutes Stück, aber ich habe es verpaßt. Mein Freund, der gewöhnlich Pressekarten bekommt, war nicht in der Stadt.«

Die Stewardeß kam und nahm ihre Bestellung für den Lunch auf, und er sagte: »Machen Sie Ferien auf Haiti?«

Sie lachte. »Schau' ich wie eine Frau aus, die um diese Jahreszeit Urlaub machen kann? Nein, ich geh' als Haushälterin zu meiner Großtante. Sie hat das Haus voller Leute, und es geht ihr nicht gut...« Sie stellte fest, daß sie ganz ungezwungen mit einem jungen Mann redete, dessen Namen sie noch nicht einmal kannte. Nun gut, so etwas geschieht eben mal im Flugzeug, aber dennoch... Sie stellte sich vor: »Ich heiße Mardee Haskell.«

»Mardee. Was für ein seltsamer, ungewöhnlicher Name.«

»Ursprünglich Marie-Louise«, bekannte sie, »aber eine Numerologin sagte mir, das passe überhaupt nicht zu mir und ich würde nie Glück haben, wenn ich ihn nicht änderte. So half sie mir, einen Künstlernamen zu finden, der mir entspricht, und gleich hatte ich meinen ersten Durchbruch; nach allem muß er also die richtigen Schwingungen besitzen.«

Er schaute überrascht drein. »Glauben Sie an all das Zeug – Astrologie, Numerologie?«

»Ich weiß nicht, ob ich's tu' oder nicht, aber eines ist sicher, daß ich grade zu der Zeit mehr Glück hatte, als ich meinen Namen gesetzlich ändern ließ.« Ted hatte das auch nicht verstanden, ihre Weigerung, seinen Namen zu benutzen, ihr Drängen auf eine eigene Telefonbucheintragung unter ihrem Künstlernamen. Sie weigerte sich, an Ted zu denken. »Vielleicht suchte ich nur nach einer guten Entschuldigung, um meinen Namen zu ändern.«

»Wo wir von Namen sprechen, meiner ist Brian Dawes. Und ich hatte einen guten Grund, zu fragen, ob Sie abergläubisch sind. Ich arbeite an einem Buch über das moderne Haiti, und wenn man Haiti sagt, dann denken die Leute an – was fällt Ihnen dabei ein?«

»Calypso-Tänze«, antwortete Mardee, »Voodoo, Zombies, Sklavenaufstände und Zauberdoktoren.«

Er schaute ärgerlich und enttäuscht, und Mardee beeilte

sich zu sagen: »Wissen Sie, Brian, ich weiß wirklich *gar nichts* über Haiti.«

»Und das bestätigt meine Ansicht. All das sensationelle, dekadente Zeug hat die westliche Welt davon abgehalten, Haiti ernst zu nehmen. Eine schwarze Republik in der westlichen Hemisphäre, die einzige außerhalb Afrikas.«

»Hat sich Haiti wirklich sehr verändert?« Ihre Mutter hatte gesagt, es sei ein teuflischer Platz.

»Nein. Ich glaube nicht, daß es sich verändert hat. Aber die Journalisten, die dorthin kamen, waren weiß und konnten schwarze Politik und Wirtschaft nicht für voll nehmen. Und Voodoo und Zombies machen einen besseren Umsatz als Geschichten über Malariaforschung und die Tatsache, daß Haiti mehr Kaffee erzeugte als Brasilien heute.«

»Wollen Sie damit sagen, es gäbe eine Verschwörung, die Leute daran zu hindern, Haiti ernst zu nehmen?«

»Das klingt paranoid, nicht wahr? Nein, aber vom geschichtlichen Ablauf her ist es der Stil der Weltpresse gewesen, die Vorstellung zu vermitteln, daß diese dummen, unwissenden, abergläubischen Schwarzen keine ernstzunchmende Republik haben könnten. Wenn sie damit aufhören würden, den Schund über Voodoo und Zombies zu drucken, müßte man sich ja Haiti anschauen und sehen, was dort wirklich vor sich geht... Aber ich halte hier eine Rede, Verzeihung. Ich höre schon damit auf. Vorträge, Volksreden und Essen vertragen sich nicht.«

Die Bedienung reichte ihnen die Tabletts mit dem heißen Essen.

»Sieht gut aus«, sagte Brian.

Mardee probierte. »Nicht schlecht«, erwiderte sie.

Sie rückten etwas voneinander ab und aßen in vertrautem Schweigen. Schließlich seufzte Mardee und wischte sich den letzten Schokoladenkrümel der exzellenten Torte ab.

Brian sagte: »Ich sehe gern einer Frau beim Essen zu. Als ich hörte, Sie seien Schauspielerin, habe ich schon befürchtet, Sie wären eine von denen, die an einem Salatblatt knabbern und mich wie einen gierigen Freßsack ausschauen lassen.«

Mardee lachte. »Ich liebe gutes Essen. Ich hatte niemals Sorgen um meine Figur. Was für Gaumenfreuden gibt's auf Haiti?«

»Nun, es ist sicher kein Ort, um eine Diät durchzuhalten. Zumeist französische Küche, mit tropischen Spezialitäten, neunzig Arten von Früchten – und einem Kaffee, der mich für dieses Zeug verdorben hat«, fügte er hinzu und schob die Tasse fort, die die Stewardeß gebracht hatte. »Wenn Sie eine Tänzerin sind, dann möchten Sie wohl alle die Tänze sehen: den Kalypso, den Merengue, den Limbo, alles Tänze aus Afrika.«

»Ich hoffe«, sagte Mardee, »aber meine Großtante wohnt außerhalb von Port-au-Prince.«

»Da haben Sie aber Glück. Wollte man Haiti nach Port-au-Prince beurteilen, dann wäre das, wie wenn man die USA zu kennen glaubte und nur West-Hollywood gesehen hat. Ich werde die meiste Zeit in Port-au-Prince zu tun haben, für mein Buch, aber ich möchte auch ins Landesinnere fahren.«

»Kennen Sie Haiti gut?«

»Ziemlich gut. Vor vier Jahren fuhr ich hin, um eine Geschichte über Malariavorsorge zu schreiben, und ich bin seitdem immer irgendwie zurückgekommen.«

Die Bedienung kam und nahm ihre Tabletts. Mardee brachte das Gespräch noch einmal auf den Anfang ihrer Unterhaltung. »Meinen Sie, das war alles nur Sensationsgier? Gab es irgendwelche Zombies? Voodoo, gibt es das nicht wirklich?«

Mardee spürte, daß er darüber nicht reden wollte, aber sie fühlte, sie mußte es wissen. Warum nannte Marie-Claire Haiti einen ›bösen Platz‹? Warum hatte sie ihn mit neunzehn Jahren verlassen, um nie zurückzukehren, zitternd vor Furcht allein bei dem Gedanken?

»Zombies? Ich weiß nicht«, antwortete Brian. »Ich habe nie einen gesehen und niemanden getroffen, der einen gesehen hätte, aber fast ein jeder sagt, er habe einen Mann gekannt, der jemanden kannte, der einen gesehen habe. Und irgendeiner nahm die Geschichten darüber ernst genug, um ein haitisches Gesetz zu erlassen. Es ist illegal, einem eine Droge zu geben, die ihn zu einem Zombie macht, oder auch, einem Zombie Arbeit zu geben.«

Mardee starrte ihn an. »Ernstlich, Brian? Gibt es wirklich so ein Gesetz?«

»Im Ernst. Das steht im Gesetzbuch, obwohl ich nicht glaube, daß in den letzten dreißig, fünzig Jahren deshalb jemand verurteilt wurde. Ich glaube nicht, daß Zombies wiederbelebte Leichen sind oder so etwas. Aber etwas muß dran sein. Streich den ganzen Mist der Sonntagsblätter, und was bleibt, ist eine Droge, die die Gehirnfunktionen zerstört und Leute willenlos macht. Für einen skrupellosen Plantagenbesitzer, der eine Menge Leute braucht, die völlig unqualifizierte Feldarbeit leisten, für den ist ein Zombie oder ein schwachsinniger Schwarzer, dessen Gehirn ausgeschaltet ist, die perfekte Arbeitskraft. Er macht seine Arbeit, er vergeudet keine Zeit beim Schwatzen, alles, was er braucht, ist eine Schüssel mit irgendeinem Fraß und ein Platz zum Schlafen. Er wird niemals einer Gewerkschaft beitreten oder um eine Lohnerhöhung anfragen. Er ist nicht wirklich tot, aber so gut wie. Ich kenne Fabrikbesitzer, die gerne eine solche Droge hätten.« Einen Augenblick lang schaute er recht grimmig.

»Und Voodoo, Brian, ist das auch eine Lüge?«

»*Voudoun*«, sagte Brian, das Wort französisch aussprechend. »Das ist nur allzu wirklich, es ist die alte, noch überlebende afrikanische Religion. Heutzutage meist als Show für die Touristen. Ein paar unwissende Bauern im Landesinnern rennen vielleicht noch zu ihrem örtlichen Zauberdoktor, wenn mit der Ernte oder ihrem Sexualleben etwas schiefläuft. Aber das gibt's auch in Spanisch Harlem, wenn man sich umschaut. Überall gibt es das, wo es Leute ohne Bildung gibt. Das nimmt keiner mehr ernst.«

Mardee war nicht so sicher, aber Brians Standpunkt in bezug auf Aberglauben war so unnachgiebig, daß sie diesen Punkt nicht weiter verfolgen konnte. Die Stewardeß teilte Kopfhörer für den Film aus, und sie lehnten sich zurück.

Es war ein Film über Berge und Skifans. Das Thema interessierte Mardee nicht. Sie wollte statt dessen die Stewardeß nach einer Illustrierten fragen, als sie eine Zeile im Vorspann zu Gesicht bekam: BUCH UND REGIE: SEBASTIAN WRIGHT.

Ihre Neugier war geweckt. Der Star war eine junge Frau, die ihr aus den Jahren als Vertragsschauspielerin in Hollywood flüchtig bekannt war. *Wenn er eine solche Leistung aus Lorna Patten herausholen kann, dachte sie, dann nennt man Sebastian Wright zu recht ein Genie!*

Vielleicht könnte sie den Drehort besuchen und ihm bei der Arbeit zuschauen, dachte sie. Von einem solch renommierten Regisseur gab es immer etwas zu lernen.

Brian war fast gleich zu Beginn des Films eingeschlafen. Als dieser auf sein Ende zusteuerte, streckte er sich und schüttelte sich halb reuevoll, halb belustigt.

»Verdammt! Jetzt ist es schon wieder passiert, dabei hatte ich mir gesagt, daß ich diesmal wach bleibe und Ihnen Gesellschaft leiste. Da müssen mir ja die Frauen weglaufen!«

»Sie haben nicht viel versäumt«, erzählte ihm Mardee. Ihre Bewunderung für die schauspielerische Leistung und die Regie hatte nichts mit dem Script zu tun, das ziemlich einfallslos gewesen war. Es fiel ihr auf, daß sie mit Brian viel mehr gelacht hatte als mit irgend jemandem in der letzten Zeit.

Das Flugzeug verlor nun an Höhe, und die Stimme des Kapitäns kündigte an, daß sie über der Stadt Port-au-Prince kreisen und in wenigen Minuten landen würden. Als Brian von seinem reservierten Platz eine Kameratasche und eine Reiseschreibmaschine holte, fiel es Mardee plötzlich ein, daß, wenn das Flugzeug in wenigen Minuten landete, sie ihn nie wiedersehen würde.

Ein Mann, der sie zum Lachen brachte – und den mußte sie

ausgerechnet in einem Flugzeug kennenlernen! Männer wie ihn hatte sie in New York nicht gekannt. Die meisten waren Schauspieler, in ihr eigenes Spiegelbild verknallt, oder Balettknaben, die an einer Frau nur als Tanzpartnerin interessiert waren, oder solche Typen, die auf billiges Vergnügen aus waren. Und wenn sie einmal einen netten, aufrichtigen, freundlichen Mann kennenlernte, der Einfälle hatte und der sie zum Lachen brachte, dann mußte das ausgerechnet ein zufälliger Nachbar im Flugzeug sein!

Doch schließlich ist das eines der Dinge, auf die es bei der Frauenemanzipation ankommt – Frauen müssen nicht mehr darauf warten, daß der Mann den ersten Schritt unternimmt! Als die Passagiere sich im Gang zu drängeln begannen, schaute Brian zu ihr herüber, und sie streckte ihm ihre Hand entgegen.

»Brian, wo stecken Sie in Port-au-Prince? Ich weiß, Sie sind beschäftigt, und ich werde das auch sein, aber Sie scheinen die Insel so gut zu kennen. Ich würde sie mir gerne mit Ihnen zusammen anschauen, wenn Sie dafür Zeit haben und Tante Emilie mich entbehren kann.«

Über sein Gesicht ging ein befreites Lächeln. »Sie sind ein Schatz, Mardee. Ich wollte schon meinen ganzen Mut zusammennehmen, um Sie zu fragen, ob ich Sie wiedersehen kann, ohne dabei wie jemand dazustehen, der sich an einsame Frauen heranmacht. Das ist das Hotel, in dem ich in den nächsten Tagen unterkomme.«

Er gab ihr eine Karte. »Wo lebt denn Ihre Großtante?«

»In der Nähe eines kleinen Dorfes, das Cap Dominique heißt«, antwortete Mardee.

Er pfiff durch die Zähne. »Das ist weit draußen auf dem Land! Wie wollen Sie denn dort hinkommen? Busse fahren nicht, da bleibt nur übrig, sich einen Esel auszuleihen! Ich habe einen Freund in Port-au-Prince, der hat einen uralten Wagen, aber die Karre läuft, mehr kann man nicht verlangen auf diesen Straßen. Wie wär's, wenn ich Tom anrufe, mir die Karre ausleihe und Sie rausfahre?«

»Das wäre toll«, sagte Mardee bedauernd, »aber sie schrieb in ihrem Telegramm, daß sie jemanden zum Flughafen schikken würde. Doch ich werde Sie anrufen, Brian, das verspreche ich.« Sie nahm ihre Handtasche, das Verabschieden fiel ihr schwer. Zusammen standen sie im Gang, seine Hand leicht auf ihrem Arm.

»Wie heißt Ihre Großtante?«

»Emilie Thibaud«, sagte Mardee.

Brians Kinnlade fiel herab. Er schnappte nach Luft und sagte: »Guter Gott!«

Mardee schaute überrascht auf. »Ich habe sie nie getroffen, und meine Mutter hat mir nicht viel von ihrer Familie erzählt. Hat sie einen schlechten Ruf oder so etwas?«

»Nein, nein, nicht das. Sie ist völlig respektabel, eine Katholikin, die der Kirche spendet und so weiter – Mardee, schauen Sie, wissen Sie noch nicht einmal, daß die alte Madame Thibaud die vermutlich reichste Frau der Insel ist? Die meisten großen Ländereien sind heute im Besitz von amerikanischem Kapital oder internationalen Gesellschaften, aber Maison Dominique ist eine der ältesten Pflanzungen auf Haiti. Mardee, ich hatte keine Ahnung...«

Mardee schüttelte verwirrt ihren Kopf. »Das ist mir alles neu! Ich glaube, ich *brauche* Sie als Führer!«

Brian lachte verlegen. »Gut, ich rufe Sie an. Aber warnen Sie besser Ihre Großtante. Ich glaube nicht, daß sie einen gewöhnlichen, arbeitenden Menschen mit einer Schreibmaschine unterm Arm empfängt.«

»Brian, machen Sie sich nicht lächerlich«, sagte sie herzlich, nahm seine Hand, und nach einem Moment brachte er zögernd ein Grinsen zustande.

Die Stewardeß wünschte ihnen einen ›Schönen Urlaub‹, und sie traten ins Sonnenlicht hinaus.

Sonnenlicht. Sogar die Sonne schien – einen blendenden Augenblick lang – eine neue Sonne zu sein, eine neue Qualität zu haben. Mardee trug selten eine Sonnenbrille – die hielt sie immer für ein Klischee aus Hollywood –, empfand sie jedoch hier im Tropenlicht Haitis als ganz angebracht. Sie bemerkte, daß Brian schon eine aus seiner Tasche gezogen und auf seine Nase gesetzt hatte.

Mardee blinzelte im grellen Sonnenschein und stieg unsicher die Gangway hinunter. Den heißen Asphalt spürte sie durch die Schuhsohlen brennen. Sie würde ein paar dünnere Kleider brauchen und fragte sich, ob Brian ein paar gute Geschäfte kennen würde. Mardee lächelte über sich selbst, als sie merkte, daß ihr ein Wiederschen mit Brian schon als sicher erschien.

Bevor sie die Tür erreichte, auf der in drei Sprachen GEPÄCKABHOLUNG geschrieben war, trat ein großgewachsener Mann auf sie zu.

»Marie-Louise Haskell?«

Sie verstand gleich, daß dies jemand sein mußte, den ihre Großtante geschickt hatte, um sie abzuholen. »Ich gebrauche lieber den Namen *Mardee*«, sagte sie, »aber es stimmt, so heiße ich.«

»Mardee«, sagte er lächelnd und streckte ihr seine Hand entgegen. »Ich bin Sebastian Wright.«

Er war gekommen, um *sie* abzuholen? Verwirrt schüttelte Mardee seine Hand, fühlte den harten Griff muskulöser Finger, bemerkte den Kontrast zwischen ihrer dunklen Hand und der seinigen, die ganz weiß, gar nicht sonnengebräunt war.

Er war ein großer Mann, überragte sie wie ein gigantischer Baumriese; er muß größer als zwei Meter sein, mit einer gewaltigen Mähne weißen Haares und einem mageren, starkknochigen Gesicht. Seine Augen lagen tief in ihren Höhlen, in ihnen blitzte ein Schimmer von Eis. Sie ließ seine Hand los. Ihre eigene Hand fühlte sich kalt an.

Mardee hatte aus dem Brief geschlossen, daß ihre Großtante sie hergebeten hatte, um bei den Vorbereitungen für die Gäste zu helfen. Aber anscheinend befanden sie sich alle schon in Maison Dominique.

Sebastian Wright nahm ihren Arm. »Mein Wagen ist draußen.«

Im Flughafengebäude hielt sie, durch die relative Dunkelheit nach dem Flimmern draußen geblendet, Ausschau nach Brian, aber er war schon verschwunden. Nun gut, die Karte mit dem Namen seines Hotels steckte in ihrer Handtasche. Sie ließ sich von Sebastian durch das Terminal führen, wieder in den Sonnenschein hinaus.

»Wie viele Taschen haben Sie? Haben Sie ein Mädchen mitgebracht?«

Mardee erwiderte blinzelnd: »Nein.« In was für eine Welt war sie geraten!

»Madame lebt, glaube ich, immer noch in der Zeit, da eine junge Frau nicht unbehütet reiste.« Er winkte einem Träger, und ihre Tasche, die sie im Flugzeug dabei hatte, und ihre Gepäckquittungen wurden ihr aus den Händen genommen. Zwei große Autos hielten im Halteverbot vor der Ankunftshalle. Eines war beschriftet: MAISON DOMINIQUE. Mardee ging darauf zu; Wrights Hand auf ihrem Arm zog sie sanft daran vorbei.

»Das ist für die Aushilfskraft«, mit einer Handbewegung deutete er auf den Cadillac. »Sie werden Ihr Gepäck bringen – und Ihr Mädchen, wenn Sie eines hätten. Hier ist mein Wagen.« Mit der einen Hand, die fest auf ihrer Schulter ruhte, führte er sie zu einem glänzenden, hellgrauen Wagen, den sie staunend als einen Rolls-Royce Silver Cloud erkannte. Sie hatte vorher noch nie einen zu Gesicht bekommen. Das Lenkrad war auf der rechten Seite, und es war ein ungewohntes Gefühl, auf den linken Sitz zu klettern und Sebastian Wright sich über den Schaltknüppel beugen zu sehen. Mardee sank in die hellbraune, weiche Lederpolsterung und dachte etwas bitter amüsiert: ›*O Lord, all das für Captain Haskells kleines Mädchen!*‹ Ihr zweiter Gedanke war: ›*Und Mutter hat das alles verlassen und nie zurückgeschaut!*‹

Nie zurückgeschaut. Nicht einmal.

Langsam steuerte Wright den Wagen durch den Flughafenverkehr, ein heilloses Durcheinander von Taxis, Autos, Lieferwagen und anderen Fahrzeugen. Ohne sie dabei anzuschauen, sagte er: »Ich hoffe, Sie sind nicht allzu ermüdet nach Ihrem Flug, Mardee.«

»Überhaupt nicht, Mr. Wright.«

»Sebastian, bitte«, verbesserte er. »Das höre ich gern. Madame hat ein kleines Dinner Ihnen zu Ehren geplant, und wir bekommen Madame nur selten zu sehen.«

»Madame – meine Großtante?«

»Ja. Tatsächlich erinnert sie mich sehr an eine Herzogin aus der Familie der Romanoff, die ich vor vielen Jahren einmal in New York traf. Echter Adel, sogar bis zum französischen Akzent.«

»Französisch – ich dachte, die Romanoffs waren Russen.« Sebastian Wrights Lächeln ließ sie sich linkisch und unwissend fühlen. »Stimmt. Aber in den Tagen vor der russischen Revolution sprach jede russische Adlige französisch, gewöhnlich sogar besser als ihre Muttersprache. Ich fürchte, ihr jungen Leute habt wenig Sinn für Geschichte.« Leichthin fuhr er fort: »Madame ist der Inbegriff der Gastfreundschaft, sie hat uns einen Großteil ihres Hauses zur Verfügung gestellt, sie selber aber lebt die meiste Zeit zurückgezogen, wie eine Hoheit, so daß wir als ihre Gäste sie nur manchmal zu Gesicht bekommen. Es ist ein unschätzbares Privileg, mit Madame zu dinieren. Wenn ich mich nicht irre, war ihr Küchenchef einmal in einem der großen Hotels auf Martinique angestellt.«

Mardee war froh, daß sie Abendkleider dabei hatte, doch mochten sie für derartige Anlässe noch nicht einmal geeignet sein. Sie rief sich ins Gedächtnis: *Großtante Emilie hat nach mir geschickt, um ihr Haus zu führen, nicht um ihre Dinnertafel zu schmücken!* Auf jeden Fall, was bedeutete es schon für diesen weißen Mann, was sie anzog? O ja, er war freundlich, aber bei all seinem Respekt für Madame war sie, Mardee, doch nur eine weitere Person vom angeheuerten Hilfspersonal.

Sie wünschte, er hätte sie als Jessica in Folly Garden sehen können, dann schalt sie sich selbst für diesen Gedanken. Sie war hier nicht als Schauspielerin, und je schneller sie sich dessen besann, um so besser!

»Meine Großtante hat nach mir geschickt, weil sie krank ist, aber sie erwähnte keine Einzelheiten. Woran leidet sie?«

»Madame scheint für eine Frau ihres vorgerückten Alters eine ausgezeichnete Gesundheit zu haben«, antwortete Wright. »Vielleicht hat sie wie viele ältere Damen etwas von einem Hypochonder an sich. Oder sie wünschte vielleicht nur die Gesellschaft einer jungen Verwandten.«

Aber warum, wunderte sich Mardee, hat sie dann Mühen und Kosten nicht gescheut, sie überhaupt herzuholen? Dann zweifelte sie wieder. Für die Mühen hatte ihre Tante jede Menge Diener, und für die Kosten – sie vermutete allmählich, daß die Kosten ihrer Tante nicht mehr ausmachten als ihr, Mardee, die Ausgabe für ein Eis. Ihre Großtante konnte es sich leisten, sie und ihre Mutter, sei es auch nur aus einer Augenblickslaune heraus, herkommen zu lassen.

Aber welches Motiv hätte sie möglicherweise haben können? ›Nach all diesen Jahren versucht sie, dich mit ihrem Reichtum zurückzulocken...‹

Ungeduldig verscheuchte Mardee die Erinnerung an Marie-Claire Haskells Worte.

Sie waren jetzt aus dem Flughafenverkehr heraus und fuhren durch enge Straßen, beidseitig gesäumt mit schmutzigen Hütten, die aus Teerpappe und Treibholz notdürftig zusammengenagelt waren, mit Dächern aus plattgehämmerten Blechkanistern oder Stroh; halbnackte, in Lumpen gekleidete Kinder hockten im trockenen Gras der Vorhöfe. Mardee blickte enttäuscht weg und erinnerte sich daran, ein Land niemals nach den Vorstadtslums seiner größten Stadt zu beurteilen. Und tatsächlich flitzte der große Wagen nach ein paar Minuten einen langen, grünen, baumbestandenen Boulevard hinunter, zu dessen beiden Seiten herrliche Villen und große öffentliche Gebäude standen.

»Mardee«, sagte Sebastian Wright, »ich hatte gehört, Ihr Name sei Marie-Louise.«

»Ja. Mardee ist mein Künstlername.«

»Ein Künstlername?« Die buschigen weißen Augenbrauen waren, wie sich Mardee fest einredete, höflich interessiert angehoben. Unverbindlich antwortete sie: »Ich war früher Tänzerin, und zusammengesetzte Namen machen sich nicht gut auf einem Theaterprogramm.«

»Mardee Haskell«, wiederholte Sebastian, und seine hohe Stirn zog sich leicht in Falten. »Ich glaube mich zu erinnern, warten Sie einen Moment. Standen Sie jemals auf einer Bühne? In San Francisco, ja – eine Wiederaufführung von *Detective Story*. Ja – Sie spielten die Rolle der Teenager-Verbrecherin, die Rolle, die Julie Harris in dem Film spielte, richtig? Ich habe nur die Hälfte der Vorstellung gesehen. Ich hatte gedacht, einen der Männer für eine kleine Rolle in Snowfire verpflichten zu können, aber es war unmöglich, so blieb ich nur eine kurze Zeit. Ich erinnere mich, Ihren Namen im Programm gelesen zu haben, und ich war recht angetan von dem, was Sie machten, aber Sie waren zu jung für Snowfire.«

Mardee warf ihm einen kurzen Blick zu. »Sie besitzen ein erstaunliches Gedächtnis, Mr. Wright.« Er schien leicht ärgerlich, und sie beeilte sich hinzuzufügen: »Sebastian.«

»Ich vergesse niemals ein Gesicht, eine Vorstellung und eine Beleidigung«, sagte er lächelnd. »Ich habe so eine Art geistige Akte angelegt für jede Rolle, die ich einmal gesehen habe, von jedem Schauspieler, der sie gespielt hat und von jeder Schauspielerin.« Aber er sprach nicht weiter, und Mardee fühlte sich etwas unzufrieden. Er hatte sich an ihre Vorstellung erinnert, ja, aber er hatte auch klargemacht, daß er sich an jede Vorstellung erinnerte!

Sie waren nun außerhalb der Stadt, und der Rolls fuhr jetzt langsamer eine schmutzige Straße entlang, durch eine grüne Landschaft, zwischen Feldern mit ihr unbekannten Kulturen. »Zuckerrohr«, sagte Sebastian, der ihren Blick aufgefangen hatte. »Das wächst entlang der Küste. Die Kaffeepflanzungen liegen auf den Hügeln im Landesinnern, wo es kühler ist.«

Dunkle Gestalten in Baumwollhemden und bunten Baumwollkleidern bewegten sich in den schnurgeraden Reihen. Mardee sah eine der Gestalten sich aufrichten und den vorüberfahrenden Rolls anstarren, wobei sie sich mit einem Taschentuch die Stirn wischte; den Luxus der Air Condition empfand Mardee plötzlich beinahe schuldbewußt.

»Haben wir es noch weit?«

»Ungefähr – ich bin noch immer wacklig bei der Umrechnung von Meilen und Kilometern, aber ich denke, es sind noch ungefähr zwanzig Meilen bis ins Innere, und die Straßen sind sehr schlecht. Deswegen ist Cap Dominique auch so geeignet für unseren Film, denn es ist noch genauso wie vor hundert Jahren. Wo die Straßen besser sind, ist alles modernisiert worden.« Der Wagen fuhr jetzt langsam über eine Straße, deren Schlaglöcher von der Federung nur abgemildert, nicht gänzlich aufgefangen werden konnten. Sie fuhren durch kleine Siedlungen, mit Hütten aus Teerpappe und roh gezimmerten kleinen Häusern, abgedeckt mit zusammengenageltem Büchsenblech. In nichts als Lumpen gekleidete, barfüßige Kinder und Hühner stoben in lärmenden Wolken vor dem Auto auseinander. Es hätte ein Dorf in Afrika sein können.

Mardee erinnerte sich, daß sich auf Haiti die Sklaverei nur wenige Jahre gehalten hatte, bis zu dem Aufstand, der es zu einer Republik machte. Es war kein Wunder, daß afrikanische Kultur hier leichter überleben konnte.

Es war ein wenig dunkler geworden, und Mardee blickte, von dem langen Flug in ihrem Zeitgefühl unsicher geworden, aus dem Fenster, um zu sehen, ob die Sonne unterging, aber es waren nur große Wolken, die die Sonne verdeckten. Sie sank in ihren Sitz zurück.

»Müde?« frage Sebastian. »Die Sonne wird Sie hier schnell ermüden, bis Sie daran gewöhnt sind. Sie sind hier in den

Tropen. An unseren ersten Drehtagen brachen zwei Kameraleute mit einem Sonnenstich zusammen, und es gab mehrere Fälle von völliger Erschöpfung durch die Hitze. Ich mußte anordnen, daß jeder dunkle Gläser und Sonnenhüte aufsetzt, wenn er nicht gerade vor der Kamera steht, und daß alle Salztabletten einnehmen. Auch hier in den Bergen, wo es ziemlich kalt werden kann, brennt die Sonne grausam, und das Flimmern ist noch schlimmer.«

Mardee konnte es sich kaum vorstellen, daß es hier auch kalt werden konnte. »Ich habe ein wenig über den Film gelesen, den Sie gerade machen, aber es war nur der übliche Zeitungsklatsch. Darf ich wissen, worum es dabei geht?«

»Haben Sie Rory Kilbrides Novelle *Black Emperor* gelesen? Nein? Nun, da geht's um die Sklavenrevolte auf Haiti und einen schwarzen Emporkömmling, Henri-Christophe, der ein paar Jahre an der Macht war, bevor Haiti Republik wurde.«

»Es tut mir leid, aber ich weiß nicht viel von Haitis Geschichte«, bekannte Mardee.

»Es ist eins der faszinierendsten Kapitel in der Geschichte der Neuen Welt. Sie wissen vielleicht, vermute ich, daß die Landkarte der Vereinigten Staaten anders ausschauen würde, hätte Napoleon es geschafft, einen Stützpunkt auf Haiti zu errichten; er versuchte es zweimal, aber es gelang ihm nicht. Die meisten Historiker denken, daß ihn sein Fehlschlag auf Haiti dazu veranlaßte, seine Idee von einem Imperium in der Neuen Welt aufzugeben und in dem Louisiana-Vertrag das Territorium zu verkaufen, das es unserem Land ermöglichte, sich von Ozean zu Ozean zu erweitern.« Sein Grinsen war ansteckend. »Vielleicht ist das nicht das Wichtigste, das jemals in Amerika geschah, aber es war sicherlich eine Weichenstellung. Ich bin erstaunt, daß Sie nicht mehr über die Geschichte Haitis wissen – Ihre Mutter wurde hier geboren, nicht wahr?«

»Ja, aber sie ging sehr jung fort, und ich habe die Schule verlassen, bevor ›Schwarze Geschichte‹ überhaupt in den Lehrplan aufgenommen war.«

»Ihre Großtante war am Thema dieses Films sehr interessiert«, sagte Sebastian. »Ich sah Maison Dominique ganz durch Zufall und wußte, das ist der perfekte Drehort; von der Insel ist schon so viel zugebaut oder modernisiert. Zu Beginn reagierte sie sehr zornig auf jedes meiner Angebote, und bei Madames großem Reichtum konnte ich ihr auch kein verlokkendes finanzielles Angebot machen. Schließlich flog ich hin und bat sie um ein persönliches Gespräch, dem sie dann zustimmte, und als sie von dem Thema des Films hörte, wurde sie sehr entgegenkommend. Wie ich Ihnen bereits erzählte, hat sie uns einen Flügel ihres Hauses zur Verfügung gestellt und uns damit die große Schwierigkeit erspart, täglich von Port-au-Prince hierher zu kommen.«

»Ist schon einmal ein größerer Film über Haiti gedreht worden?«

»Nicht seit *The Comedians*. Als ich bekanntgab, daß ich einen Film über die Revolution hier drehen wollte, wollte jeder schwarze Schauspieler und jede Schauspielerin von Rang dabei mitmachen. Donna Royce und Paul Barry spielen die Hauptrollen, und Kip Tybalt unterzog sich sogar der beträchtlichen Mühe, aus einem bereits unterzeichneten Vertrag auszusteigen, weil er diesen Film für sich als schwarzen Schauspieler als besonders wichtig empfand.«

»Kip Tybalt?« Mardee wollte es nicht glauben. »Aber er ist doch ein Weißer!«

»Das habe ich auch geglaubt«, sagte Sebastian. »Wie er es darstellt, hatte ihn niemand gefragt, und er selber sprach nicht darüber. Aber nach seinem zweiten Film hätte er auch ein Vulkan aus *Star Trek* sein können, und es wäre jedem egal gewesen. Er wurde aber, sagt er, auf Haiti geboren, und das hat ihn in seiner Sicht der Welt beeinflußt.« Er streckte sich vorsichtig; der Raum hinter dem Lenkrad, so luxuriös er auch war, war zu klein für diesen enorm großen Mann. »An Tybalts politischen Aussagen bin ich nicht interessiert, aber es war ein glücklicher Umstand für mich – er ist einer der besten Schauspieler und wird die Kinokassen zum Klingeln bringen.«

Das konnte sich Mardee vorstellen. Sie hatte den berühmten Kip Tybalt immer für den männlichsten weißen Schauspieler Hollywoods gehalten; jetzt mußte sie ihr vorschnelles Urteil revidieren.

Von Westen zogen Wolken auf, die den Himmel bedeckten. Der Rolls holperte und schlingerte über halb überwachsene, schlammige Straßen, kam zwischen Bäumen und vielfarbig blühenden, wuchernden Klettergewächsen, die Mardee nicht kannte, beinahe zum Stehen. Von irgendwoher hörte sie ganz schwach den Klang einer Trommel in der hereinbrechenden Dunkelheit: eine afrikanische Trommel, die unaufhörlich, dumpf und eindringlich schlug. Sie schloß die Augen, um besser zu hören; es schien ihr, als ob die Trommel in einer Sprache zu ihr spreche, die sie – noch – nicht verstand.

Sebastian deutete ihr Verhalten falsch.

»Müde? Es ist nicht mehr weit. Dies ist das Dorf Cap Dominique, es ist weniger als eine halbe Meile von Madames Eingangstür entfernt, es war einmal Teil der ursprünglichen Pflanzung, und hier«, der Rolls fuhr eine langgezogene Einfahrt entlang, »hier ist Maison Dominique. Willkommen zu Hause, Mardee.«

Es war ganz dunkel geworden; Blitze zuckten aus den niedrigen Wolken, unheimlich beleuchtet vom Licht des Sonnenuntergangs. Wenige schwere Regentropfen fielen, wie um ein Herannahen drohenden Unheils anzukündigen. In einem Aufleuchten sah Mardee eine lange Reihe weißer Säulen, die Vorderfront des Maison Dominique.

Aber – gütiger Himmel, das ist ja ein Palast! war ihr erster Gedanke. Mardee hatte niemals so etwas erwartet. Ein großes Haus, ja, ein schönes Haus, aber das? Oder war es vielleicht einfach das unheimliche Wetterleuchten, das kam und ging, oder die Erinnerung an Marie-Claires ›*Es ist ein teuflischer Ort ...*‹

Sebastian half ihr aus dem Wagen; der zweite Wagen hielt ebenfalls, und ein Chauffeur reichte ihr Gepäck heraus.

Selbstkritisch machte sie sich Gedanken darüber, was sie wohl von ihren schäbigen Koffern halten würden.

Wieder zuckte ein greller Blitz, und ein gewaltiger Donnerschlag schien den Himmel auseinanderreißen zu wollen. Mardee setzte ihren Fuß auf die unterste Stufe, als eine seltsame Ahnung sie zögern ließ. *Ich will da nicht hineingehen,* dachte sie, und dann, voll unerwarteter Panik, *ich sollte wirklich besser gar nicht eintreten ...* In ihren Ohren war ein merkwürdiges, wasserfallähnliches Rauschen, oder war das nur ein Echo der Trommel, die sie immer noch schwach hörte, von irgendwoher? Sie rieb ihre Augen, unterdrückte die Panik. *Was ist nur los mit mir?*

Mit einemmal brach das Gewitter mit Wind und starkem Regen los, und Sebastian ergriff fest ihren Arm und eilte mit ihr die Treppe hoch. Auf der obersten Stufe erstarrte sie plötzlich wie in einem Schock, der sie in Sebastians Arme fallen ließ. Auch er hatte innegehalten, und einen Augenblick lang verloren beide die Balance; für eine Sekunde schien eine geisterhaft umrissene Form, eine erhobene Waffe bedrohlich schwenkend, den Eingang zu versperren. Mardee schnappte voller Entsetzen nach Luft, und Sebastian richtete sie mit einem Griff um ihre Taille wieder auf.

»Was war das?« Auch Sebastians Stimme klang unsicher.

»Nur ein Schatten«, sagte Mardee, denn die Figur war verschwunden, hatte sich vielmehr in Sebastians Schatten aufgelöst, der im Lichte einer Kerosinlampe, die jemand innerhalb des Eingangs hielt, schwankte.

»Gott sei Dank haben Sie das auch gesehen. Ich glaubte, einen Mann mit einem Gewehr zu sehen – ach, alles nur Geschwätz aus Angst vor dem eigenen Schatten.« Sein Lachen klang hoch und brüchig vor Erleichterung. Er hielt sie immer noch um die Taille gefaßt; Mardee rückte von ihm ab.

»Natürlich, dieser Ort soll doch von Geistern heimgesucht sein«, fuhr Sebastian fort und sprach schnell weiter, um damit zu verbergen, daß er wirklich sehr erschreckt war. »So etwas redet man natürlich über jedes Haus in der Neuen Welt, das älter als hundert Jahre ist... Sie haben keine Angst vor Gespenstern, oder, Mardee?«

»Es wäre doch schrecklich einfach, hier an Gespenster zu glauben, nicht wahr?«, antwortete sie zitternd. Mit Sebastians Hand auf ihrem Arm gingen sie durch die Tür in das Maison Dominique.

2. *Kapitel*

Sebastian teilte Mardee mit, daß die Filmleute alle in dem anderen Flügel untergebracht waren. Er übergab sie einem vornehmen Butler in einem dunklen Anzug, der Mardee an ihre Kindheit erinnerte, als er sie in seinem weichakzentuierten Französisch als *Mamselle* ansprach und ihre Koffer sicher in die Hand nahm. Er führte sie durch dunkel getäfelte Korridore, die mit weichen Teppichen ausgelegt waren, und eine Treppenflucht hinauf, die sie diesmal an eine Filmkulisse erinnerte, bis sie an die Tür einer Zimmersuite gelangten.

»Madame ruht gerade, Mamselle. Sie läßt sich bei Ihnen entschuldigen und bittet Sie, ihr und ihren Gästen beim Dinner Gesellschaft zu leisten.«

Er setzte ihre Taschen ab und ging fort. Eine kleine Frau in dunklem Kleid und weißer Schürze trat durch eine rückwärtige Türe ein.

»Mamselle Marie-Louise?«

Mardee wunderte sich schon, wie lange sie brauchte, um sich *daran* zu gewöhnen.

»Mein Name ist Fleur, Mamselle. Madame hat mich geschickt, Ihnen aufzuwarten, als sie hörte, daß Sie kein eigenes Mädchen mitgebracht haben. Sie sagt, wenn Ihnen aus irgendeinem Grund diese Zimmer nicht zusagen, sollen Sie es mir oder Robert« – sie gab dem Namen die weiche französische Aussprache Robair – »mitteilen, und es würden Ihnen andere Räume zur Verfügung gestellt.«

Mardee nahm an, daß Robert der würdevolle Butler war. Fleur fuhr fort: »Madame dachte, daß diese Räume Ihnen gefallen könnten, denn es sind die gleichen, die Ihre Mutter als junges Mädchen bewohnte, als sie in Maison Dominique lebte.«

Sie machte eine Pause, als ob sie eine Antwort erwartete. Mardee sagte: »Das war sehr freundlich von ihr.« Hier also war Marie-Claire Thibaud aufgewachsen! Es waren Zimmer für ein junges Mädchen, ja, eine *jeune fille,* und Mardees anspruchsvollen Augen erschienen sie ein bißchen altmodisch; trotzdem waren sie auch hübsch und elegant – die Wände in einem kühlen, gelblich-weißen Farbton; die Fenster mit Musselin- und elegant drapierten blauen Seidenvorhängen, die Möbel weiß, mit Goldfarbe verziert. Dekoration und Möblierung hätten aus einem Museum stammen können oder aus einem französischen Palast vor der Revolution. Prinzessin Marie Antoinette hätte in solchen Räumen ihr Schicksal erwarten können! Das Bett war mit weißen Vorhängen verhangen; einen Augenblick später stellte Mardee fest, daß sie aus Moskitonetzstoff waren. Sie befand sich jetzt in den Tropen! Es gab noch einen großen Kleiderschrank, einen weißen, elegant geschwungenen Frisiertisch und in einer Ecke ein altes Prie-Dieu mit einem schweren, dunklen Kruzifix.

Dieser Gegenstand versetzte Mardee einen Schock. Ihre Mutter war eine Katholikin, natürlich; Mardee selbst war zwar mit der Kirche aufgewachsen, doch hatte sie schon seit langem aufgehört, ihren Glauben zu praktizieren. Sie hatte gelegentlich ihre Mutter zur Messe begleitet, doch ihre Scheidung machte dem ein Ende.

Mardee fühlte sich jetzt das erste Mal unbehaglich bei diesem Besuch und dachte daran, daß Brian von ihrer Großtante als einer frommen Katholikin gesprochen hatte, und dabei kannte er sie nicht einmal. Würde ihre unbekannte Großtante von ihr erwarten, eine fromme, praktizierende Katholikin zu sein?

Nun gut, das konnte man später klären. Sie ging daran, das luxuriöse Badezimmer zu erkunden, das mit seinen eleganten Marmorkacheln und Wasserhähnen in der Form von Delphinen eindeutig aus dem letzten Jahrhundert stammte. Die Toilette war mittels einer alten Kette zu spülen, und das

Wasser floß laut und rostfarben. Doch im Waschbecken lief sogar heißes Wasser, und die hohe Badewanne auf Klauenfüßen war wie für Queen Victoria selber geschaffen.

Als Mardee in das Schlafzimmer zurückging, verstaute Fleur gerade den mageren Inhalt ihrer Koffer in dem großen Kleiderschrank. Mardee setzte sich auf das hohe Bett mit dem Moskitonetz und schaute Fleur dabei zu, wie sie in ihren weichen Slippern umherlief, die Falten in ihren Kleidern glattstrich und sie auf seidenbezogene Bügel hing.

»Ich lasse Ihnen ein kühles Bad einlaufen, Mamselle. Und wenn Sie mir sagen, welches Kleidungsstück Sie für heute abend wählen, werde ich es für Sie bereitlegen, während Sie sich erfrischen.«

Etwas in Mardee war überwältigt von all diesem Luxus; nach einer Kindheit in Militärwohnungen und einem kurzen Erwachsenendasein in den finanziell schwierigen Umständen einer unbekannten Schauspielerin. Aber tief in ihrem Inneren empfand sie diesen Luxus auch als ihr angestammtes Recht, und sie spürte ein schwaches Gefühl der Ablehnung ihrer Mutter gegenüber. *Ich hätte in diesem Luxus aufwachsen können! Warum hat Mutter ihn aufgegeben?*

Nun gut, für den Augenblick würde sie diese märchenhafte Umgebung rückhaltlos genießen! Lange ließ sie sich in der eleganten Badewanne von duftendem Wasser umschmeicheln und betrachtete die kunstvolle Form der Stuckdecke mit ihren Ornamenten und Putten. Fleur hatte ihr einen Bademantel zurechtgelegt; Mardee zog ihn an, legte sich auf das Bett und beobachtete die kleine Frau, wie sie mit einem schweren altmodischen Bügeleisen ihre Kleider bügelte. Sie fühlte sich müde und weit weg, als ob dies ein seltsamer Traum wäre und sie sich immer noch im Flugzeug befände und sich dies alles nur vorstellte.

Das beeindruckende Auftreten Sebastian Wrights beschäftigte noch ihre Gedanken. Wie hatte er sie gesehen? Als die Nichte der reichsten Frau Haitis, die Nichte seiner Gastgeberin? Als eine Gelegenheitsschauspielerin, die auf sich aufmerksam machen wollte? Als eine begehrenswerte Frau, die er erobern, an sich ziehen, ausnutzen wollte?

Fleur hatte den Inhalt ihrer Kleidertaschen auf den Tisch neben dem Bett gelegt. Sie nahm die Karte mit Brians gekritzelter Adresse und dem Namen seines Hotels in die Hand. Morgen würde sie ihn anrufen. Er war lustig und gutaussehend und viel eher auf ihrer Wellenlänge als Sebastian Wright! Es gab keinen Grund zu glauben, daß Sebastians Galanterie mehr als ein Wunsch war, einen guten Eindruck auf seine Gastgeberin zu machen, die Herrin von Maison Dominique.

Brian. Man konnte ihn vorzeigen, sicherlich; ihre Großtante könnte schwerlich etwas gegen einen respektablen Journalisten einwenden, der ein Buch über das neue Haiti schreibt. Und er brachte sie zum Lachen! Sie konnte sich vorstellen, wie er lachen würde beim Anblick dieses Prunkes aus vergangenen Zeiten! Wie er lachen würde bei der Vorstellung, es gäbe hier Gespenster!

»Möchten Sie jetzt ein Kleid für das Abendessen auswählen, Mamselle?«

Mardee hatte drei Abendkleider mitgebracht. Schöne Kleider waren ihre Schwäche; sie wußte, daß sie viel zu viel dafür ausgab. Sie besaß einen blumengeschmückten Seidenkaftan in der Farbe von Herbstblättern; ein flammendrotes Kleid aus ihren Tagen als Tänzerin, so knapp geschnitten, wie der Anstand es gerade noch erlaubte, das sich ihr wie eine zweite Haut anschmiegte; und das romantische, in Weiß und Gold gehaltene Tanzkleid, das sie im zweiten Akt von *Folly Garden* getragen hatte.

Im ersten Impuls wollte sie das flammendrote Kleid wählen – *das wird sie erschlagen!* –, erinnerte sich jedoch daran, wie Sebastians Augen ihr gefolgt waren, und errötete.

»Das weiß-goldene, denke ich.« Als sie es gekauft hatte, war es ihr als zu jugendlich bescheiden, zu unschuldig für eine Frau ihres Alters erschienen. Ein Kleid für die naive Debütantin, die sie in *Folly Garden* spielte. Ein Kleid für die Rolle einer Naiven. Ein Kleid, das zu diesem Zimmer paßte. Und ihre Großtante Emilie war eine alte Frau. Das rote Kleid würde sie vermutlich für nicht schicklich halten. Sie könnte es tragen, wenn sie mit Brian in Port-au-Prince tanzen ginge, aber für das Abendessen mit einer alten Dame war das weiße Kleid das am besten geeignete.

Ein Schlüpfer in dieser Hitze schien unmöglich; sie glitt in ein Bikini-Höschen und stieg mit nackten Füßen in die Goldsandalen, die zu dem Kleid paßten. Ihr Nylonbademantel klebte unangenehm am Körper. Als Mardee ihn auszog, bemerkte Fleur: »In diesem Klima ist ein Bademantel aus Baumwolle angebrachter, Mamselle.«

»In ein paar Tagen möchte ich einen kaufen.« Alle trugen sie Baumwolle in diesem Klima, wie Mardee gesehen hatte, und kein Wunder! Fleur half ihr in das weiße Kleid und schloß es am Rücken. Mardee setzte sich an den Frisiertisch, um ihr Haar in Ordnung zu bringen. Fleur stellte sich hinter sie und streckte schweigend ihre Hand nach Mardees Kamm und Bürste. Als Mardee zögerte, sagte sie: »Ich bin eine sehr gute *Coiffeuse*, Mamselle, meine Mutter war Madames eigenes Mädchen, und sie lehrte mich alles, was sie wußte. *Sie* lernte in einem Pariser Salon.«

Mardee übergab ihr beides lachend. »Sie werden mich zu sehr verwöhnen, Fleur!« Sie beobachtete im Spiegel, wie die schmalen, dunklen Hände sich an ihrem Haar zu schaffen machten. »Sind Sie schon länger mit Madame, meiner Tante, zusammen?«

»Mein ganzes Leben, Mamselle, und vor mir meine Mutter. Ihre Mutter und ich spielten als kleine Mädchen miteinander.« Zum ersten Mal war ihrer Stimme ein wenig persönliches Interesse anzumerken. »Ich hoffte, sie wiederzusehen, Mamselle, aber man versteht natürlich, daß sie nicht zurückkehren will, nachdem ...« Mit einem kleinen Seufzer brach sie ab.

»Fleur, ich habe nie gewußt, warum meine Mutter Haiti verließ. Wollen Sie es mir erzählen?«

»Es ist nicht meine Art, über persönliche Affären in der Familie meiner Arbeitgeber zu schwätzen«, antwortete Fleur sanft und bestimmt. »Ich hoffe, Madame ist wohlauf und glücklich. Ich hörte, daß sie einen Amerikaner geheiratet habe.«

»Ja, doch mein Vater ist schon vor zehn Jahren gestorben. Sie ist Leiterin eines kleinen Colleges in New York City.«

»Marie-Claire, Leiterin eines Colleges!« wiederholte Fleur. Mardee fragte sich, was hinter diesem undurchdringlichen Gesicht vor sich ging. Diese Frau hatte ihre Mutter gekannt, war mit ihr aufgewachsen, wußte, was sie mit neunzehn Jahren von Haiti vertrieben hatte, wußte, was sie allein bei dem Gedanken an eine Rückkehr vor Furcht die Hände ringen ließ. Aber sie würde nicht darüber reden.

Fleur trat zurück, um Mardee so zu frisieren, daß die Haltung ihres schmalen Kopfes auf ihren Schultern und die Kurve ihres anmutigen Halses betont würden. Sie befestigte kleine goldene Ohrringe in den durchbohrten Ohrläppchen und sagte: »Mamselle ist schön, schöner als alle diese Filmstars.«

Jetzt, da es wirklich soweit war, fühlte sich Mardee nervös und unwohl. Zögernd sagte sie: »Fleur, glauben Sie, ich werde meiner Großtante gefallen?«

»Das glaube ich schon, Mamselle. Sie sind ein Ebenbild von Marie-Claire als jungem Mädchen«, antwortete Fleur, und Mardee war überrascht. Ihre unauffällige, von Arbeit gezeichnete Mutter in den eintönigen Kleidern einer Lehrerin – war sie jemals schön gewesen, als verhätschelte Tochter? Eine schwache Empfindung von Ärger straffte ihr Rückgrat, als sie die langgeschwungene Treppe hinunterging.

Ein oder zweimal lief Mardee in die Irre, dann entdeckte sie den Grand Salon. Er wirkte auf sie wie aus einem Film, mit einem langen Tisch aus dunklem Holz, gedeckt mit glänzendem Silber und Kristall, in warmes Licht getaucht von schimmernden Kristallüstern. Überall flackerte Kerzenlicht, von den Leuchtern, den Anrichten und Fensternischen. Der Sturm war vorüber, jedoch erfüllte das Wetterleuchten ab und an den Raum mit Schatten. Am entfernten Ende des Raumes, am Kopf der langen Tafel, saß eine alte Frau allein in einem dunklen Kleid. Sie hob eine schmale Hand und winkte.

»Komm hierher, mein Kind«, sprach sie auf französisch, und Mardee trat auf sie zu. »Du bist sehr hübsch. Ich hätte dich überall als Marie-Claires Tochter erkannt. Ich bin Emilie Thibaud. Du kannst mich Tante Emilie nennen, wenn du möchtest.«

Mardee kam langsam näher. Sie sagte, ihr Französisch sorgsam abwägend: »Wie geht es dir, Tante Emilie?«

»Mir geht es gut, wie gewöhnlich. Warum kam Marie-Claire nicht mit dir?«

Mardee schaute in das runzlige Gesicht, das über dem Halskragen aus makellosen Rüschen an eine vertrocknete Pflaume erinnerte. Sie antwortete langsam, wohl wissend, daß sie die ablehnenden Worte ihrer Mutter, die in ihrem Kopf wie ein lautes Echo tönten, nicht äußern konnte. »Sie – sie konnte nicht fort, sie erhielt keinen Urlaub.«

»Sie arbeitet?« klang es mit einer Spur von Verachtung, wie von einer ›Romanoff-Herzogin‹, als die Sebastian sie bezeichnet hatte. »Bitte sage mir, was für eine Arbeit findet sie in all den Jahren so viel wichtiger, als sich mit ihrer – Familie auszusprechen?«

Aber sie möchte sich nicht aussprechen, Madame, sie sagte, Sie wären keine gute Frau, Sie hätten kein gutes Herz . . . Mardee sagte langsam: »Sie ist Leiterin eines Junior Colleges.«

»Marie-Claire, Leiterin eines Colleges!«

Fast die gleichen Worte hatte Fleur gesprochen, doch in einem Ton der Bewunderung; Emilie Thibaud sprach sie voll ätzender Verachtung. Um sie in Schutz zu nehmen, sagte Mardee: »In den USA ist es nicht leicht für eine Farbige, eine sinnvolle Arbeit zu finden.«

»Dann sollte sie auch nicht in einem solchen Land leben«,

gab Madame kurz angebunden zurück. »Nun gut, ich habe sie wissen lassen, daß sie hier willkommen ist, jederzeit hätte sie zurückkehren können. Damit können wir das Kapitel ja abschließen. Dein Französisch ist exzellent, Marie-Louise.«

»Mein Vater war in der Air Force; er war in Frankreich stationiert, bis ich zwölf Jahre alt war. Gleich nach dem Krieg hat er meine Mutter in Frankreich kennengelernt.«

»Ein Soldat? Und wie alt bist du, Marie-Louise? Deine Mutter hielt es nicht für nötig, mich von deiner Geburt zu benachrichtigen; ich mußte es durch andere Quellen in Erfahrung bringen.«

»Sechsundzwanzig, Madame.«

»Und du bist noch nicht verheiratet?«

Sie ist eine überzeugte Katholikin. Sie würde die Scheidung nicht billigen, dachte Mardee. Und Ted war auch kein Katholik, da würde sie die ganze Heirat nicht gutheißen. Sie antwortete »Nein« und ließ es dabei.

»Komm, setz dich neben mich, *ma chérie,* unsere Gäste werden gleich hier sein. M'sieur Wright, nehme ich an, hat dir etwas über den Film erzählt, den sie hier drehen?«

»Er sagte mir, er handle von der Geschichte Haitis, ja.«

»Von der Revolution. Diese Pflanzung gab es schon damals, es war eines der wenigen großen Häuser« – sie benutzte das Wort *châteaux* –, »das seit jener Zeit bewohnt blieb und vor dem Verfall gerettet wurde. Deine Vorfahren, *chérie,* Schwarze und Weiße, lebten hier seit 1781, als Sebastien Thibaud Maison Dominique für seine Familie errichten ließ. Er wurde hier mit seiner Familie während des Sklavenaufstands von 1791 massakriert, als die Plantagenbesitzer und viele der *affranchis,* der befreiten Farbigen, auf grausamste Weise ermordet wurden. Auf diesem Grund wurden Sebastien Thibauds weiße Frau und seine Kinder ermordet, aber er hatte auch eine *affranchie,* die ihm Kinder geboren hatte, und es war ihr Sohn, der Maison Dominique erbte. So gründete sich unsere Familie auf Skandale und Bastarde, wie so viele andere«, sagte sie mit gepreßtem Lächeln, »aber seitdem ist es ruhig um uns geblieben, wir sind gute Katholiken. Hast du schon davon gehört, *ma chère,* daß es auf Haiti ein Zeichen von Adel ist, wenn jemand behaupten kann, daß seine Vorfahren über fünf Generationen hinweg gesetzlich verheiratet waren?«

»Ermordet – auf diesem Grundstück?« Mardees Stimme konnte man das Entsetzen anhören.

»Du weißt nicht, wie verdorben diese Männer waren, *petite,* sonst hättest du die Grausamkeit verstanden, mit der sich die Schwarzen erhoben, um sie alle auszulöschen. Es war nur Zufall und Glück, sowie der Schutz durch irgendeinen einflußreichen Mann unter den Revolutionären, daß Sebastien Thibauds *affranchie* überleben durfte. Die Bauern und Sklaven jener Tage waren ebenfalls gewalttätige Verbrecher, schlimmer noch als ihre weißen Herren.« Ihr Mund zog sich voll Abscheu fest zusammen. »Sogar heute erzählen sie einander noch gotteslästerliche Geschichten, daß das Maison von Geistern bewohnt sei, und sie hängen sich Amulette um, um den Toten zu vertreiben, den Geist des Besitzers, obgleich der Priester das viel besser könnte. Sie sind völlig unwissend, aber ich versuche, meine Pflicht als Katholikin zu erfüllen, indem ich die Besten unter ihnen ausbilden lasse. Ich hoffe, du bist eine gute Katholikin und frei von Aberglauben, Marie-Louise.«

»Ich denke nicht, daß ich besonders abergläubisch bin.«

Die alte Frau streichelte ihre Hand. Ihre schwer mit Ringen geschmückten Finger waren so weich wie verwelkte Rosenblätter, und Mardee fragte sich, ob diese Frau in ihrem ganzen Leben jemals auch nur die leichteste Arbeit damit verrichtet hatte. Beinahe bedauernd gedachte sie der Hände ihrer Mutter, die von ihrem mühevollen Leben rauh geworden waren.

»*C'est bon*. Aber hier kommen unsere Gäste, *ma chère.*«

Als der alte Butler sie in den Salon bat, sagte Madame: »Mr. Wright hast du schon getroffen.«

Sebastian beugte sich über Madame Thibauds Hand. »Madame, es ist mir eine große Freude.«

»Ganz meinerseits, M'sieur«, antwortete sie in exzellentem Englisch, mit einem kaum wahrnehmbaren französischen Akzent. »Bitte setzen Sie sich. Ich möchte Ihnen allen meine *petite nièce* vorstellen, Marie-Louise Haskell.« Sie hatte ein wenig – nicht viel – Schwierigkeiten mit dem Nachnamen. »Möchten Sie nicht Ihre anderen Gäste vorstellen?«

Leise fügte sie, nur für Mardee, hinzu: »Natürlich sind Schauspieler und Schauspielerinnen *un peu déclassé,* aber nachdem ich M'sieur Wright eingeladen hatte, muß ich notwendigerweise auch seine Kollegen akzeptieren.«

Sebastian Wright begann mit Paul Barry, einem dunkelbraunen, schwergewichtigen Mann mit kurzem Haarschnitt, den sie, wie sie sich erinnerte, in einem populären schwarzen Horrorfilm gesehen hatte. Er verbeugte sich respektvoll vor Madame und reichte Mardee seine Hand.

»Donna Royce, sie ist der Star unseres Films«, fuhr Sebastian fort, und Mardee schaute in das bezaubernde, beinah katzenhaft anmutende Gesicht der bekanntesten schwarzen Schauspielerin des amerikanischen Theaters. Herablassend berührte sie leicht Mardees Finger.

»Margaret Sandifer.«

Die berühmte Charakterschauspielerin war eine weiße Frau mittleren Alters. Sie sprach zu Tante Emilie: »Wie freundlich von Ihnen, Madame, Ihr Haus und Grundstück für unseren Film zu öffnen«, und an Mardee gerichtet fügte sie hinzu: »Was für ein hübsches Kleid, und wie kühl sie darin ausschauen in dieser tropischen Hitze!« Mardee erriet aus der distanzierten, hoheitsvollen Würde, mit der sie sich ausdrückte, daß sie die Schauspielerin war, die Napoleons Schwägerin spielen sollte, und daß sie schon damit begonnen hatte, ihre Rolle, auch ohne daß die Kamera lief, zu spielen, wie es Schauspielerinnen eigen ist.

»Kip Tybalt.«

Er beugte sich höflich über Madames Fingerspitzen. Dann

richtete Mardee, atemlos, ihre Augen auf das berühmte Profil und fühlte den warmen Druck seiner Hand. Als Vertragsschauspielerin, die ab und an in seinem eigenen Studio kleinere Rollen zu übernehmen hatte, hatte er sie nie auch nur angesehen, ihr nicht einmal ein höfliches Hallo zugerufen. Jetzt nahm er ihre Hand und schenkte ihr sein berühmtes Lächeln. Sie war mehr auf der Hut als bei Sebastian; sie hatte genügend Schauspieler gekannt, um zu wissen, wie wenig männlicher Charme bedeutete, wenn es darum ging, jemanden zu beeindrucken. Er erschien noch attraktiver als auf der Leinwand. Er war kein großer Mann, nur um weniges größer als sie selber. Sebastian überragte ihn wie ein riesiger Redwood einen jungen Stamm. Aber er war breitschultrig und muskulös und bewegte sich mit der Grazie eines Tänzers. Seine Hände waren lang und schön.

Sebastian, der wohl auf Bitten ihrer Großtante die Sitzverteilung vornahm, plazierte sie zwischen sich selbst und Tybalt. Donna Royce saß gegenüber, und Mardee fing ihren besitzergreifenden Blick auf Sebastian auf.

Ich habe gehört, daß die meisten Stars, die er entdeckt, seine Geliebten werden. Manchmal heiratet er sie sogar für eine Weile. Aber, dachte sie verwirrt, Donna Royce war bekannt genug, um das nicht nötig zu haben! Oder war Sebastian so eitel, daß er es nicht vertragen konnte, wenn er den Star seines gegenwärtigen Films nicht eroberte?

Es gab noch einen Gast, einen dunklen Typ, mit weicher Stimme und klerikalem Halskragen. Sein Händedruck war weich und leblos. Tante Emilie stellte ihn vor als Père Etienne, Pastor von Cap Dominique.

Robert servierte von Geschirr, das auf einer Anrichte heißgehalten wurde und von schattenhaften Gestalten, die sich mal innerhalb, mal außerhalb des Lichtkreises des Kerzenleuchters bewegten, wiederaufgefüllt wurde. Es gab gegrilltes Fleisch in einer köstlichen Soße, dazu Bohnen einer seltsamen Färbung, Süßkartoffeln mit einem Geruch von reicher, dunkler Melasse, dünne Scheiben rosaglänzenden Schinkens und Früchte von ungewohnter Form und ungewöhnlichem Aroma.

Kip Tybalt flüsterte ihr zu: »Kennen Sie die haitische Küche? Sie ist eine superbe Kombination der französischen Tradition mit Spezialitäten der Karibik.«

»Es schmeckt ausgezeichnet.« Es fiel Mardee nicht leicht, ihren Tischnachbarn richtig einzuordnen. Sie hatte immer an Kip Tybalt als den schönsten Weißen auf der Filmleinwand gedacht. Jetzt saß er neben ihr und machte Tischkonversation. Und überhaupt, er war kein Weißer, sondern von ihrer eigenen Rasse. Er sah zehn Jahre jünger aus als in den Filmen; Mardee schätzte ihn auf ihr eigenes Alter. Nach allem, was man wußte, war seine Laufbahn ein kurzer, ein meteorenhafter Aufstieg zu großem Ruhm. Sein zweiter Film schon brachte ihm den begehrten Oscar. Jetzt hatte er einen Vertrag gekündigt, der ihm sicher den zweiten gebracht hätte, um in diesem Film über Haiti mitzuwirken – sicher, um seine schwarze Identität zu betonen. War es ein politischer Akt, wie Sebastian es sah? Oder galt das allein der künstlerischen Befriedigung, mit Sebastian Wright zu arbeiten? Bei Schauspielern konnte man nie wissen.

Donna lächelte über den Tisch hinweg Mardee an.

»Sebastian«, ihre Stimme schnurrte beim Klang seines Namens, »erzählte mir, Sie seien auf der Bühne gestanden, Mardee. Was haben Sie gemacht? Ich habe den Namen nie gehört.«

Mardee lächelte. »Da wäre ich schon sehr überrascht, wenn Sie ihn kennen würden. Ich spielte etwa ein Dutzend kleiner Rollen in Filmen, jede noch unbedeutender als die vorangegangene. Harem-Tänzerinnen, Passanten, Statisten in Massenszenen. Letztes Jahr spielte ich die Jessica in *Folly Garden*, aber das Stück lief nur vier Monate.«

»So ein Pech«, sagte Margaret Sandifer aufrichtig, »aber als ich noch als Teenager im Varieté arbeitete – ich hasse es zu sagen, wie lange das zurückliegt –, hatten wir ein Sprichwort: Je besser das Stück, desto weniger Vorstellungen. Läuft es fünf Jahre, kannst du absolut sicher sein, daß es nichts taugt.« Sie lachte leise und angenehm. »*Folly Garden* lief nur so kurz, daß es einen künstlerischen Wert gehabt haben muß.«

Paul Barry kicherte und sagte: »Was für eine Schande, daß man mit künstlerischen Erfolgen noch nicht einmal die Miete zahlen kann! Zwischen zwei Engagements konnte ich mir die Vorstellung einmal ansehen, und ich hielt sie für verdammt gut – Entschuldigung«, fügte er hinzu mit einem Blick von Tante Emilie zu dem Priester, »für hervorragend. Und Sie, Miß Haskell – oder darf ich Mardee sagen, weil wir hier doch alle Kollegen sind – waren ein ausgesprochener Lichtblick. Ich habe die Kritiken gelesen.«

»Mit den Kritiken ist es genau umgekehrt«, warf Margaret Sandifer ein. »Erhält ein Stück überschwengliche Kritiken, bleibt das Publikum in Scharen zu Hause, wird es von den Kritikern verrissen, stehen die Leute jeden Abend an der Kasse Schlange.«

Sebastian lachte. »Sie versuchen ja, wie ein zynischer alter Fuchs zu klingen, Maggie!«

Donna schnurrte: »Wie tapfer von Ihnen zuzugeben, daß Sie alt genug sind, sich ans Varieté erinnern zu können, Miß Sandifer! Ich kann mich nicht daran erinnern – das war vor meiner Zeit.«

»Bis zu einer gewissen Anzahl von Jahren ist das Alter ein Vorteil für eine Schauspielerin«, erwiderte Margaret, »wie bei feinen Violinen oder Wein. Hat man natürlich die Fünfunddreißig überschritten und spielt immer noch die romantischen Hauptrollen, sollte man sein Alter besser niemanden wissen lassen. Ich begann jedoch schon mit dreißig, Charakterrollen zu spielen, so hatte ich mein Alter nie zu verbergen.« Sie lächelte süß und fuhr fort: »Ich würde lieber zugeben, zweiundsechzig zu sein, um die Leute staunen zu hören, wie gut ich mich gehalten hätte, als zu behaupten, ich sei neununddreißig, und sie würden nur noch über die Anzahl meiner Schönheitsoperationen spekulieren.«

»Mir könnten Sie nicht weismachen, Sie seien schon zweiundsechzig, Maggie«, sagte Paul Barry.

Margaret kicherte. »Tatsächlich bin ich schon siebenundsechzig, mein Sohn, aber erzählen Sie das nicht weiter!«

Schnell das Thema wechselnd, sagte Donna Royce: »Sie verwenden den Namen Mardee? Wie hübsch!«

»Ich hielt Marie-Louise für zu lang«, erklärte Mardee, wie schon Sebastian gegenüber. Sie würde doch nicht am Tisch ihrer Großtante und vor dem Priester die Numerologin erwähnen!

»Manche Leute geben ihren Töchtern die fürchterlichsten Namen, nicht wahr?« fragte Donna. Mardee hielt sie für eine der schönsten Frauen, die sie je getroffen hatte, doch gab das Kleid aus Goldlamé einen zu tiefen Blick in ihren Ausschnitt frei, und Père Etienne, der direkt neben ihr saß, schien nicht zu wissen, wohin er schauen sollte, während Tante Emilie am Kopfende des Tisches jedesmal, wenn sie in Donnas Richtung schaute, leicht, doch erkennbar ihre Augenbrauen hob. Mardee war plötzlich froh, daß sie das unauffällige Weiß-Goldene anhatte. Mochte es auch an einer Frau in den Zwanzigern zu bescheiden wirken, so konnte doch ihre ältliche Tante und Gastgeberin oder ein Dorfpriester keinen Anstoß daran nehmen.

Urteilte sie zu hart über Donna Royce? Warum sollte sie sich einer ältlichen Dame anpassen, die noch im viktorianischen Zeitalter lebte? Doch dann stockte sie. Das Goldkleid war bis zu den Schenkeln hochgeschlitzt und gab eine hervorragende Sicht auf Donnas lange Beine; sogar in Las Vegas wäre es für gewagt befunden worden.

Und eine Schauspielerin wie Donna Royce hat sicherlich Dutzende von Kleidern, die sie zum Tee beim Papst anziehen könnte! Dies hat sie mit Absicht angezogen.

»Mardee klingt charmant und paßt zu Ihnen«, sagte Kip Tybalt. »Donna, binden Sie es den Leuten auf die Nase, was auf Ihrem Geburtsschein steht? Ich wette, es ist so entsetzlich wie *Beulah Mae*!«

»Das bleibt ein Geheimnis zwischen mir und meiner Mama«, erwiderte Donna lachend. »Die Mütter sollten erst einmal bedenken, wie die Namen, die sie für ihre Töchter aussuchen, in der Öffentlichkeit ankommen!«

»Das Thema sollte die Frauenemanzipation sicherlich aufgreifen«, stimmte Mardee ihr zu und wandte sich wieder zu Kip. »Ich nehme an, *Ihr* Name ist ein Künstlername? *Tybalt* – wie bei Shakespeare?«

»Das haben Sie aber schnell erraten«, gab er gutmütig zurück.

Tante Emilie, die mit dem Essen auf ihrem Teller herumspielte, sagte mit trockener, räuspernder Stimme: »Es gibt wichtigere Erwägungen bei einer Namensgebung. *Marie-Louise* ist ein gutkatholischer Name, der Name einer Heiligen. *Mardee* – das ist überhaupt nichts!«

»Ich bin sicher, daß Sie recht haben, Madame«, sagte Margaret Sandifer, »aber für die Bühne wählt man einen Namen, der Auge und Ohr anspricht. Ich wurde *Grâce Gertrude* genannt, da paßt mir *Margaret* besser. Und lieber *Sandifer* als *Van Bleigenberg*!«

»Der Himmel bewahre uns, Maggie«, lachte Sebastian. »Kein Wunder, daß du ihn geändert hast!«

Die alte Frau am Tischende lächelte nicht. Sie sagte: »Niemand könnte gegen *Margaret* etwas einwenden, Madame. Aber *Donna* ist überhaupt kein christlicher Name. Ist er vielleicht die weibliche Version von *Donald*? Oder eine Abwandlung von *Diana*, einem heidnischen, gar nicht christlichen Namen?«

Donna Royce lächelte verlegen und murmelte: »Es tut mir leid, aber ich habe keine Ahnung, Madame.«

Der Priester versuchte, Frieden zu stiften. »Sie vergessen, Madame, daß Protestanten ihren Kindern nicht den Namen eines Heiligen zu geben brauchen, wie es Katholiken tun. Ich glaube, Miß Royce ist keine Katholikin?«

»Nein, Reverend«, sagte sie, »aber mein Vater war ein Baptistenprediger, der jede Menge Kinder auf Namen taufte, die ein Heiliger nicht trägt. Er sagte, Gott kennt ihre Namen, auch wenn die katholische Kirche sie nicht kennt – keine Beleidigung, Reverend.«

»Das habe ich auch nicht so aufgefaßt«, antwortete der Priester. »Das ist eine anerkannte und akzeptable Ansicht, die ich selber auch teilen kann.«

»Gut, wir haben alle unsere eigenen Ansichten«, begann Kip, als die alte Dame wieder unterbrach.

»Was Sie angeht, M'sieur Tybalt, so fürchte ich, daß mir *Kip* eher ein Hundename zu sein scheint – kein Name für einen Mann, auch nicht für einen Schauspieler!«

Ihre Stimme klang voller Verachtung, doch ließ sich Kip dadurch nicht aus der Ruhe bringen.

»Wieso, Madame, mein Taufname würde Père Etienne jedenfalls gefallen. Ich heiße *Christophe*, im amerikanischen Kino konnte das aber niemand richtig aussprechen, und mein Agent schlug *Kip* vor, weil das einfacher klingt als *Chris* und leichter behalten wird.«

»Christophe.« Ihre Augen verengten sich. »Ihre Aussprache ist die eines Franzosen, M'sieur.«

»Französisch ist meine Muttersprache, Madame.«

Der Raum fiel kurz in Schweigen, als Robert, kaum hörbar hinter ihren Rücken tretend, die Teller abdeckte.

»Robert, bring den Herren Brandy.«

Wieder herrschte Schweigen. Sebastian nippte an der weißlichen Flüssigkeit und murmelte etwas Zustimmendes. Von irgendwo, durch das Schweigen, schien Mardee wieder weiche Rhythmen zu vernehmen. Die Trommeln, die sie zuvor gehört hatte, irgendwoher...

In der Hitze des Raumes konnte sie fühlen, wie Kälteschauer ihr Blut langsam gefrieren ließen. Fremdartige Trommeln, die mit eindringlichem Rhythmus riefen...

»Trommeln«, rief Donna Royce, als sie vom Tisch in die Kerzenlichtschatten traten. »Sind das Voodoo-Trommeln?«

Madame Thibaud lachte. »*Mais non*, Mamselle Royce, das sind Trommeln in Cap Dominique. Irgendeine arme Familie begeht eine *bamboche*, eine Feierlichkeit, einen Geburtstag oder Festtag. Trommeln spielen zum Tanz, nichts anderes.«

Margaret Sandifer sagte: »Welche Enttäuschung! Ich wollte die Voodoo-Trommeln hören, über die man so spricht.«

Père Etienne bemerkte ungehalten und streng: »So etwas wie *Voudoun* gibt es nicht, Madame Sandifer. Das ist eine erfundene Lüge, mein Volk zu beleidigen, nicht mehr.«

Kip runzelte die Stirn, schien etwas sagen zu wollen und blieb doch still. Mardee dachte, daß Brian beinah das gleiche gesagt hatte. Und doch war ihr, als schlügen die Trommeln in ihrem Blut, in mysteriösem Rhythmus, pochend, sie rufend... Mardee lehnte sich an ein Möbel, redete sich gut zu, nicht zu fantasieren.

»Trommeln werden Sie überall auf Haiti hören«, sagte der Priester gerade. »Die Trommeln gehören zu unserer Musik, die vor zweihundert Jahren mit den Sklaven aus Afrika hierhergebracht wurde und intakt erhalten blieb.«

Sebastian warf ein: »Wie die alte Volksmusik von Schottland und den Hebriden. Auf den britischen Inseln findet man sie heute nirgendwo mehr, aber in Nova Scotia und Appalachia haben Musikwissenschaftler sie noch erhalten vorgefunden.«

»Ganz genau, M'sieur Wright. Am hellen Tage werden Sie es gleichfalls hören«, fuhr der Priester fort. »Touristen, die von den Hügeln her das dumpfe Schlagen der Trommeln hören, stellen sich alles mögliche dabei vor und verbinden in ihrem Kopf den Klang mit teuflischen und gotteslästerlichen Legenden, dabei ist die Wahrheit wie meistens ganz einfach: eine *coumbite* oder ein *coup de main*, Sie würden wohl Arbeitsbrigade dazu sagen, versammelt sich zur Arbeit auf den Feldern. Sogar in Ihren industrialisierten Ländern hat man herausgefunden, daß die Arbeiter in den Fabriken mit Musik besser arbeiten, und Afrikaner wußten das schon lange, lange vor der industriellen Revolution, daß die Menschen am besten zu ihrer eigenen Musik arbeiten.«

»Schlagen die Trommeln jetzt auch deswegen, Father?« fragte Sebastian.

»Zu dieser Stunde, M'sieur? Nein, eine arme Familie feiert, wie Madame sagt, eine *bamboche*, eine Party, trinkt *clairin*, den lokalen Rum, und vergnügt sich beim Tanz. Jeder spielt die Trommel, ob Mann, Frau oder Kind. Es ist ihre Musik, und jetzt ist die Zeit, sich zu zerstreuen. Es lebt ein hartes Leben, mein armes Volk.«

Mardee verschloß ihre Ohren gegen das unaufhörliche Schlagen. Nur eine arme Familie, wie die, die sie auf der Straße gesehen hatte, in einer der Elendshütten, ein Huhn im Kochtopf, feiert einen Geburtstag oder ein Fest; was für ein lächerliches Gefühl, durch ein geheimnisvolles Rufen ließen sie ihr Blut pulsieren! *Ich bin von haitischem Blut, afrikanischem Blut. Die Trommeln sprechen zu mir...* das zu glauben ist leichter, ja, und einleuchtender.

Ihr war, als seien die Trommeln nicht mehr zu hören, und doch klang ihr Rhythmus in ihrem Kopfe weiter... Nein. Was sie jetzt vernahm, waren Kip Tybalts Finger, die einen komplizierten Rhythmus auf dem Holz des Mahagonitisches anschlugen. Kip bemerkte ihren Blick, fuhr auf, lachte und schloß seine langen, schmalen Finger zur Faust zusammen. »Entschuldigung«, sagte er, wieder lachend, »Gewohnheit. Ich war einmal Bongo-Drummer in einer Band.« Er steckte seine Hand in die Tasche, aber Mardee hatte den Verdacht, daß sein ganzer Körper angespannt sei und mit dem Rhythmus vibrierte.

Tante Emilie fragte: »M'sieur ist Franzose?«

»Haitianer, Madame«, antwortete Kip.

»Und Ihr Familienname, M'sieur?«

»Ihrem eignen nicht unähnlich, Madame – *Thibault*, anstelle von *Thibaud*. Ich glaube, es ist einer der häufigeren Namen auf den französischen Inseln.«

»Stimmt, M'sieur. Es ist sogar möglich, daß wir irgendwie miteinander verwandt sind«, erwiderte sie huldvoll, und Mardee lächelte. Madame mochte Schauspieler für *déclassé* halten, Kip Tybalts Charme gegenüber war sie aber keineswegs immun. Kip Tybalt – Christopher Thibault.

Mardee ging zum Fenster und blieb dort stehen, preßte ihre schmerzende Stirn gegen die Scheibe. Plötzlich fühlte sie sich so müde, daß sie kaum aufrecht stehenbleiben konnte. Schon wieder bildete sie sich ein, die Trommeln zu hören, irgendwo dort draußen, unter dem geheimnisvollen Mond.

Kip Tybalt sprach hinter ihr sanft: »Sie können sie auch hören. Sie sind immer noch da, Sie wissen es.«

Sie nahm sich mühsam zusammen, ihr angespanntes Gesicht zum Lächeln zu bringen: »Aber Père Etienne hat uns gewarnt, mit ihnen irgend etwas Mysteriöses in Verbindung zu bringen.«

Kip stand nah hinter ihr; als ob sie sich umarmten, konnte sie ihre Gesichter, ihre zwei Körper in dem antiken Glas sich spiegeln sehen. Sie konnte seine Wärme in der Dunkelheit fühlen. Er sprach ganz sanft: »Der Priester weiß vielleicht nicht alles, *ma belle.*« Die Berührung seiner Hand auf ihrem Arm schien ihr wie ein heißes Feuer durch den ganzen Körper zu gehen. *Schreib ihn ab, er ist ein Schauspieler, der seinen Charme einsetzt. Wie sogar bei Tante Emilie. Natürlich ist er attraktiv und sexy, schließlich ist das sein Geschäft!* Doch Mardee fühlte sich atemlos, unbehaglich. Warum empfand sie durch die leichte Berührung seiner Hand, als ob die Trommeln noch um sie beide schlügen, in seinem Blut wie in ihrem eigenen...?

Kip starrte an ihr vorbei in die Dunkelheit und sagte: »Vielleicht ist es nur die Nacht, die ihnen so viel Magie und Zauber verleiht.« Das war jetzt überhaupt nicht an Mardee gerichtet; vielmehr schien er in die Nacht selbst hineinzusprechen, oder mit sich selbst. So leise, daß sie sich anstrengen mußte, ihn zu verstehen, fuhr er fort: »Da liegt eine Magie im Klang der Trommeln. Sie sind vielleicht die älteste Form menschlicher Kommunikation. Vielleicht ahmten die frühesten Vorfahren des Menschen vor Millionen Jahren, irgendwo in Afrika, bevor die Sprache zu ihnen kam, die Geräusche der

Nacht nach, den Donner, die Rufe der großen Affen, die die Dschungel mit ihnen teilten, schlugen mit Steinen und Hölzern und allem, was sie finden konnten. Vielleicht reagieren wir alle deswegen so auf Trommeln, weil sie ins Blut der menschlichen Rasse eingegangen sind.« Dann lächelte er sie an, und ihre Augen trafen sich im schwarzen Spiegelglas des Fensters. »Oder die Magie befindet sich im menschlichen Geist und hat nichts mit den Trommeln selbst zu tun.«

»Ich wünschte, die Trommeln wären näher«, sprach Donna hinter ihnen. »Da könnte man großartig zu tanzen! Hier gibt es keine Tanzmusik, und die Nightclubs in Port-au-Prince sollen randvoll mit amerikanischen Touristen sein!«

Abrupt zerriß ihre prosaische Stimme den magischen Faden, der sich zwischen ihnen gespannt hatte. Mardee rückte ein wenig ab von Kip, als Madame Thibaud gewinnend vorschlug: »Wenn es Ihnen gefällt, könnten wir die Trommler von Cap Dominique für morgen abend einladen, ihre Kunst vorzuführen. Sie würden gerne zum Tanz aufspielen, nicht wahr, Père Etienne?«

»Bestimmt, Madame, und es gäbe ihnen eine Gelegenheit, sich ein wenig Geld für den Kauf kaum erschwinglicher Luxusgüter zu verdienen, wie einen neuen Anzug, ein Paar Schuhe – oder für einige Kürbisgefäße, Mamselle Royce; sie würden die ganze Nacht für Ihr Tanzvergnügen spielen.«

»Könnten wir das nicht an einem Abend machen?« bettelte Donna Royce, die sich an Sebastians Arm gehängt hatte.

Sebastian sprach in feierlicher Höflichkeit. »Wenn das arrangiert werden könnte, Pater, wäre ich glücklich, sie für ihre Bemühungen ausreichend zu entschädigen.« Er lächelte Donna zu und drückte ihre Hand unter seinem Arm in gleichfalls besitzergreifender Geste. »Alles, um meine Herzdame glücklich zu sehen.«

Mit einemmal fühlte sich Mardee sehr erschöpft. Sie führte ihre Finger an die Lippen, um ein Gähnen zu unterdrücken, doch Madame entging das nicht.

»Du bist müde. Du hattest einen langen Tag, *ma chère.*«

Sebastian nahm diesen Wink schnell auf. »Und wir als arbeitende Menschen müssen schon bei Tagesanbruch auf sein, Madame, wenn wir nicht hoffnungslos hinter unserem Zeitplan bleiben wollen.«

Sie reichte ihm ihre Fingerspitzen, und er beugte sich darüber. Dann war Mardee allein mit Tante Emilie, die dem Priester noch eine gute Nacht wünschte. Er verbeugte sich ebenfalls, dankte für das ausgezeichnete Dinner und verließ den Salon.

»Ein erfreulicher Abend, *chérie*, und ich bin froh, dich hier zu haben. Ich fühle mich fremd unter diesen *blancs* und Amerikanern, und ich bin glücklich, jemanden meiner eigenen Familie, von meinem eigenen Blut, mir nahe zu wissen. Hat es dir gefallen, *petite*?«

»Es war ein schöner Abend, Tante Emilie. Ein Haus wie dieses habe ich nie gekannt – so luxuriös...«

»Es ist dein Zuhause, Marie-Louise, und dein Erbe. So schnell werde ich Marie-Claire nicht vergeben, daß sie dich all die Jahre von mir ferngehalten hat. Nicht jede alte Frau hat am Ende ihres Lebens eine junge Verwandte um sich. Ich bin sehr alt, Marie-Louise, zu alt für all das. Wenn die Leute zu mir sagen ›Madame müssen hier nach dem Rechten schauen‹, dann möchte ich wieder in der Lage sein können, ihnen zu sagen: ›Gehen Sie damit zu *Mamselle*, sie wird sich darum kümmern.‹« Sie beugte sich vor und küßte mit ihren blassen Lippen, weich wie eine Berührung von tropischen Blüten, Mardees Wangen. »Ich bin sehr müde, *p'tite*, möchtest du mir noch ein Glas Wein einschenken?«

Mardee ging zum Tisch und entdeckte, daß die geräuschlosen Diener alles Geschirr und alle Spuren des Dinners schon abgetragen hatten; nur die Brandy-Karaffe stand noch da, ihr geschliffenes Glas blinkte im Kerzenschein wie Juwelen. Mardee sagte: »Sie haben ihn abgeräumt. Möchtest du etwas Brandy, Tante Emilie?«

Die alte Frau schaute entrüstet: »Ich und Brandy? Das ist kein Getränk für eine Dame, Marie-Louise!«

»Ich dachte nur, weil du so müde ausschaust, Tante Emilie...«

»Ein paar Tropfen, nicht mehr.« Als sie das Glas an ihre Lippen setzte, schaute sie beinahe schuldbewußt. »Würdest du bitte diese Glocke läuten, *chérie*?«

Ihr Ton klang weich und hallte lange nach, und nach wenigen Minuten betrat eine große, kohlschwarze Riesin von einer Frau das Zimmer. Mißbilligend schaute sie auf das zerbrechliche Glas in Tante Emilies Hand, und die alte Frau setzte es schnell ab. In kläglichem Tonfall sagte sie: »Ich bin sehr müde, Fifine. Bring mich zu Bett. *Bon nuit*, Marie-Louise.«

»Gute Nacht, Tante Emilie. Gute Nacht, Fifine.«

Die Riesin schaute ärgerlich auf Mardee und äußerte etwas auf *créole*. Sich schwer an die große Frau lehnend, schlurfte die alte Frau aus dem Raum, und Mardee fiel es zum ersten Mal auf, wie alt und zerbrechlich ihre Großtante war.

Es war irgendwie eine Illusion, was die alte Frau um sich schuf: ein Zauber, ein Glanz im alten, strikten Sinne des Wortes. Der Akzent, die Kleidung, ihr Benehmen – eine Herzogin des *ancien régime*.

Aber wenn sie allein ist, läßt sie ein wenig nach, weil sie so alt, so schwächlich ist. Und diese alte Frau hatte Marie-Claire gefürchtet, sie teuflisch genannt?

Robert glitt lautlos in das Zimmer. »Gibt es noch irgend etwas heute abend, Mamselle?«

»Nichts, vielen Dank, Robert. Madame ist mit Fifine zu Bett gegangen. Ich gehe jetzt hoch.«

»Soll ich das Haus schließen und alles für die Nacht bereiten, Mamselle?«

Das ist es, was Tante Emilie gemeint hatte. Daß, wenn Diener und Leute Madame um Anordnungen angingen, sie ihnen sagen könnte, Mamselle werde sich darum kümmern. Sie sagte zu dem alten Butler, der offensichtlich auf Befehle wartete: »Ja, schließen Sie das Haus wie gewöhnlich, machen Sie alles sicher.«

»Sonst noch etwas, Mamselle?«

»Nein, danke.« Plötzlich merkte Mardee, worauf er noch wartete. »Das ist alles. Gute Nacht, Robert.«

Und so, dachte Mardee, als sie die Treppe zu ihrem Zimmer hinaufging, hatte Emilie Thibaud nichts von den teuflisch vagen Absichten an sich, die ihr Marie-Claire zugeschrieben hatte, absolut nichts. Sie war einfach alt und schwach und brauchte sie, brauchte wirklich jemanden aus ihrer eigenen Familie, um dieses große Haus zu führen, um nach den Dienern zu schauen.

Und ich bin ihre einzige lebende Verwandte. Sie schalt sich dafür, berechnend zu sein, doch wollte der Gedanke sie nicht verlassen.

Fleur hatte noch auf sie gewartet; tapfer ihr Gähnen verbergend, half sie ihr beim Entkleiden und hing das weiß-goldene Kleid in den Schrank. Aber nachdem Mardee sie zu Bett geschickt hatte, konnte sie keinen Schlaf finden. Das große Haus lag in Schweigen, und doch schien sie immer noch die eindringlichen Rhythmen der Trommeln vernehmen zu können, ein Klang, der gerade noch zu hören war, eher eine Schwingung als ein Geräusch. Stundenlang lag sie wach, strengte sich an, es noch zu hören oder sicherzugehen, daß es nicht mehr da war, und schließlich stand sie auf, begann sich im Raum nach Lesestoff umzuschauen. Aber sie fand nichts als ein französisches Gebetbuch.

Unten müßte sich etwas zum Lesen finden lassen. Ein Haus dieser Größe hat bestimmt eine Bibliothek, und wären auch alle Bücher Tante Emilies auf französisch, so wären sie doch interessanter als das Gebetbuch. Sie warf einen Bademantel über ihr Nachtkleid und ging leise die Treppe hinunter. Die Hallen schienen so weit und leer, daß sie einen Moment lang erschrak. Was wanderte sie auch mitten in der Nacht in einem fremden Haus umher?

Aber Tante Emilie hatte gesagt, ›*Es ist dein eigenes Zuhause, Marie-Louise*‹, und Mardee entschloß sich, sie beim Wort zu nehmen.

Irgendwie nahm sie am Fuß der Treppe eine falsche Richtung und fand sich bald darauf hoffnungslos verloren in einem langen Korridor, den sie vorher nicht gesehen hatte. Als sie aus ihm heraus in einen großen Raum trat, dachte sie einen Moment, es wäre der Grand Salon, denn in seiner Mitte stand ein langer Tisch. Aber darüber war kein Kerzenleuchter, und an einem Ende war eine Feuerstelle, das Feuer heruntergebrannt, und eine dunkle Gestalt stand davor.

Mardee merkte, daß sie irgendwie in den anderen Flügel eingedrungen sein mußte, in dem die Filmleute untergebracht waren. Schon wollte sie so leise, wie sie gekommen war, kehrtmachen, als sich die dunkle Gestalt, die am Kaminsims lehnte, aufrichtete, umschaute und sie erblickte.

»Mardee! Ist etwas nicht in Ordnung?« Und sie erkannte Kips Stimme.

»Nichts als mein Richtungssinn«, antwortete Mardee verlegen lachend. »Ich kam herunter, um ein Buch zum Lesen zu finden, und hab' mich irgendwie verlaufen. Tante Emilie hätte mir eine Karte zeichnen lassen sollen!«

»Es ist ein verwirrendes Haus«, sagte Kip. »Einmal stolperte ich oben in ein paar Zimmer, die wohl neben den Räumen Ihrer Großtante liegen, und ihr Mädchen schaute mich an, als hätte ich mir eine ziemlich unerlaubte Freiheit herausgenommen – was ja auch stimmte –, unbeabsichtigter Weise.« Er hatte Jacke und Krawatte abgenommen und trug ein weißes T-Shirt, in dem er jünger und ungezwungener ausschaute. »Ich konnte nicht schlafen, obwohl der ganze Rest der Besetzung und die Kameraleute schon in ihren Betten liegen.« Sein Lachen war schwach, klang etwas verächtlich. »Ich bildete mir ein, die Trommeln wieder von irgendwo zu hören, und sie hielten mich wach.«

»Sie auch?«

»Ich stamme ebenfalls aus Haiti, und es gab eine Zeit, da ich – nun, da ich die Trommeln zu spielen pflegte, obwohl ich noch ein Junge war, als ich mein Dorf verließ. Aber soll ich Ihnen nicht zeigen, wie Sie zu dem Grand Salon zurückfinden?«

»Ja bitte. Ich würde mich zu Tode erschrecken, wenn ich in die Quartiere der Dienerschaft eindränge und Robert mich für einen Einbrecher hielte, dem er mit einem Schrotgewehr oder ähnlichem nachsteigen müßte!«

Er lachte. »Es gibt keine Diebe auf Haiti. Oh, vielleicht in Port-au-Prince, wo man reiche Touristen ausrauben kann, aber nicht in den Dörfern. Aber kommen Sie, ich kann Ihnen zeigen, wo die Bibliothek ist. Ich habe mich dort auch gelegentlich umgeschaut, obgleich ich fürchte, daß es nur französische Bücher darin gibt.« Er nahm eine Kerze vom Kaminsims und entzündete sie an dem ausgehenden Feuer. Ihr fiel auf, daß er barfuß war. Er brachte sie zur Halle zurück.

»Sehen Sie, hier haben Sie die falsche Kurve genommen. Dort«, er zeigte es ihr, »ist der Grand Salon, und hier die Bibliothek. Sie besteht hauptsächlich aus Balzac, Dumas, Victor Hugo – liegt Ihnen etwas an den Gedichten von Ronsard, oder an Marcel Proust?« Er untersuchte die Bücherborde mit dem Kerzenlicht. »Sie lesen doch Französisch, hoffe ich. Es gibt nicht viele englische Bücher hier.«

»Ich ging in Frankreich zur Schule.«

»Leben Ihre Eltern in Frankreich?«

»Nein, ich wurde in Denver geboren, aber mein Vater war Captain der Air Force, nach dem Krieg war er in Frankreich stationiert. Ich ging in Marseilles zur Schule, und auch in der Normandie, bis ich zwölf war.«

Er drehte sich um und lächelte sie an. »So kamen Sie auch als eine Fremde in die Staaten? Da können Sie nachfühlen, wie es mir erging, als ich dorthin kam.«

»Ich fühlte mich wirklich fremd, jahrelang war ich das einzige schwarze Mädchen in meiner Schule, dazu mit einem französischen Akzent«, erwiderte Mardee bedauernd. »Ich glaube, damals habe ich mich entschieden, Schauspielerin zu werden, als ich meine Mutter darum kämpfen sah, ihren Akzent zu verlieren und mir klar wurde, daß du nicht eine, sondern ein Dutzend Stimmen haben kannst, wenn du nur willst.«

»Das kann ich nur zu gut verstehen«, sagte Kip. Sein Gesicht schien gedankenvoll im Schatten des Kerzenlichts. Nichts lag mehr darin von dem überlegenen Charme, den er am frühen Abend gezeigt hatte; er schaute jünger und sorgenvoll aus. »Ich war Trommler und Tänzer auf Martinique, als man mir eine kleine Rolle in einem amerikanischen Film anbot. Ich sprach noch nicht einmal französisch, ich sprach *créole*, den Dialekt von Haiti. Englisch lernte ich schnell, doch am Anfang verstand ich nicht so viel, daß ich gemerkt hätte, daß sie mich für einen Weißen hielten – es war nicht so, daß ich irgend jemanden betrügen wollte.« Er schien bekümmert. Dann lachte er plötzlich auf, selbstbewußt, und wandte sich zu den Regalen. »Vielleicht werde ich Ihnen eines Tages die Geschichte meines Lebens erzählen, jetzt ist dazu nicht die Zeit. Hat es gerade wieder gedonnert?«

Mardee lauschte und sagte: »Diese Tänzer werden sicher ganz naß.«

»Oh, ich glaube, jetzt dürften sie wohl drinnen sein. Hier neben Proust stehen die Novellen von Colette. *Le Blé en Herbe, Claudine en Mènage, La Vagabonde*... Die hielt man einmal für ziemlich skandalös, als Ihre Großtante noch eine *jeune fille* war, natürlich, aber heutzutage kann man sie sogar Schulmädchen in die Hand drücken. Dennoch muß sie in ihren jungen Jahren recht aufgeschlossen gewesen sein. Was möchten Sie haben?«

»*La Vagabonde* habe ich schon auf englisch gelesen, jetzt versuch' ich's auf französisch«, erwiderte Mardee und nahm den dünnen Band entgegen. Er begleitete sie noch zurück den Korridor entlang.

»Verlaufen Sie sich nicht noch mal. Diese Treppe hoch... *Mais, comment*...«, brach Kip mitten im Satz ab. »*Regardez.*«

Die Tür stand weit offen, unverriegelt. Ungehalten sagte Mardee: »Auf Madames Order habe ich Robert angehalten, für die Nacht abzuschließen.«

»Das tat er auch, Mardee, denn ich sah ihn seine Runde machen.«

»Ich dachte, Sie hätten gesagt, es gäbe keine Diebe auf Haiti«, erwiderte Mardee scharf. »Würden Sie dann bitte abschließen und die Tür verriegeln, Kip?«

Kip zögerte und sprach dann: »Verzeihung, Mardee, es geht mich ja nichts an, aber das würde ich nicht. Der alte Robert hat vermutlich eine *petite amie* im Dorf, oder er ging nur hinaus, um zu den Trommeln zu tanzen. Lassen Sie es, Mardee, warum sollten wir dem alten Knaben Schwierigkeiten bereiten? Ich bin sicher, mehr hat das nicht zu sagen, wirklich.«

»Glauben Sie wirklich?«

»Gewiß«, erwiderte Kip, und sie lachte.

»Nun gut, ich hätte es niemals erfahren, wenn ich nicht runter gekommen wäre, und Robert dachte wahrscheinlich, was Mamselle nicht weiß, tut ihr nicht weh. Da kann sich der alte Mann gleich unbemerkt wieder hereinschleichen.«

Er streckte ihr seine Hand entgegen, und sie zögerte einen Moment auf den Stufen, ihm ihre zu reichen. »Gute Nacht, Mardee, hoffentlich können Sie jetzt schlafen.«

»Werde ich bestimmt. Obwohl, um sicher zu gehen, hätte ich vielleicht einen Band von Proust mitnehmen sollen.«

Sein leichtes Lachen klang wohltuend in der Dunkelheit. »Ich halte Ronsard für ein wirksames Mittel gegen Schlaflosigkeit. Besser nehme ich gleich eine Ausgabe davon mit.«

»Gute Nacht, Kip«, sagte Mardee und ging die Treppe hinauf. Diesmal fand sie ihr Zimmer ohne Schwierigkeiten, stieg ins Bett und schlug *La Vagabonde* auf. Doch hatte sie zum Lesen keine Lust mehr. Endlich waren die Trommeln verstummt. Sie lag und überdachte den vergangenen Tag. Sebastian Wright. Kip, dessen männliches Gesicht sich über sie beugte, als er sie *ma belle* nannte. Und dann fiel ihr, fast schuldbewußt, Brian ein.

Zwei interessante Männer an einem Tag! Sie langte nach Brians Karte, steckte sie als Lesezeichen in *La Vagabonde*, löschte das Licht und blickte lächelnd in die Dunkelheit. Sie dachte an Kips anziehendes Lächeln und sagte sich fest: *Laß das, Mardee. Der Schauspieler in ihm setzt nur seinen Charme ein.* Aber in der Nacht schien Kip aufrichtiger, jünger, wirklicher.

Come on, ermahnte sie sich selbst. Ihr Typ war doch wirklich Brian. Morgen rufe ich ihn an, dachte sie noch, als sie in den Schlaf fiel.

Die Trommeln hatten wieder zu schlagen begonnen. Sie hörte sie im Halbschlaf. Ob sie ihr ein Zeichen gaben?

3. *Kapitel*

Mardee schlief lange; sie erwachte bei hellem Sonnenschein und erblickte Fleur, die sich leise im Zimmer bewegte.

»Ich habe Ihren Kaffee gebracht, Mamselle.«

Der Kaffee war schwarz und sehr stark und erinnerte Mardee an den kräftigen französischen Kaffee ihrer Kindheit. Auf einem Teller türmten sich ungewohnte tropische Früchte und heiße, knusprig kleine Croissants. Mardee aß und trank mit gutem Appetit und suchte dann nach der Karte mit der Adresse und Telefonnummer von Brians Hotel. Jetzt, da sie selber die palastähnlichen Verhältnisse auf Maison Dominique gesehen hatte, konnte sie verstehen, daß er nur ein wenig unwillig die ersten Schritte unternehmen wollte.

»Ich würde gerne telefonieren, Fleur. Wo steht das Telefon?« Sich an den nur von Kerzen erleuchteten Salon erinnernd, fragte sie gleich hinterher in plötzlich aufkommendem Verdacht: »Ich nehme doch an, es *gibt* hier ein Telefon?«

»Aber gewiß doch, Mamselle«, versicherte ihr Fleur. »In der großen Eingangshalle steht diese modernste Errungenschaft. Robert wird Ihnen gerne den Apparat und seine Bedienung vorführen.«

Das Telefonzimmer war ein kleiner, stilvoll getäfelter Raum unterhalb der großen Haupttreppe, und Mardee mußte lächeln beim Anblick der ›modernsten Errungenschaft‹, eines altertümlichen, hochgabeligen Telefons der Art, wie sie gerade in New York in eleganter Ausführung wiederentdeckt wurde; aber als sie sich mit dem Hotel verbinden ließ, klang Brians Stimme im zinnverkleideten Hörer erstaunlich klar.

»Mardee! Wie schön, von Ihnen zu hören! Ich wollte schon nicht mehr mit einem Anruf rechnen, da Sie doch jetzt anfangen, bei der Oberschicht zu verkehren – so ist das die angenehmste Überraschung, die ich mir vorstellen kann. Wann kann ich Sie wiedersehen?«

»Es tut mir leid, aber heute nicht. Es ist schon Mittag, und den Nachmittag wird meine Großtante schon für mich verplant haben. Aber jeder andere Morgen wäre recht. Ich habe ein paar Einkäufe in Port-au-Prince zu erledigen, meine Kleider taugen nur für einen gewöhnlichen nördlichen Sommer, nicht für die Tropen. Kennen Sie Geschäfte, wo ich die Sachen finden könnte, die ich brauche?«

»Dutzende«, erwiderte er heiter, »und eine neue Stadt kann man beim Einkaufen gut kennenlernen.«

»Wissen Sie schon, wann Ihr Kameramann kommen wird?«

Brian schien erfreut, daß sie sich daran erinnerte. »Gestern habe ich schon ein kleines Vermögen für ein Ferngespräch ausgegeben, um das herauszufinden. Bis er herkommt, hänge ich doch sehr in der Luft, aber daran bin ich bei meiner Arbeit gewöhnt – ich wandere herum und schnuppere die Atmosphäre, dann setze ich mich hin und schreibe es mir von der Seele. Und dabei hätte ich gerne Gesellschaft. Wie wär's, wenn ich mir den Wagen ausleihen und Sie morgen einladen würde? Wir machen Ihre Einkäufe, und ich führe Sie ein wenig herum.«

»Das muß ich erst mit Tante Emilie besprechen«, bremste sie ab, »aber wenn ich bis zum Mittagessen nicht zurückgerufen habe, bleibt es dabei.«

»Schön. Ist zehn Uhr zu früh?«

Als Mardee in ihr Zimmer zurückkehrte, reichte ihr Fleur eine Einladung von Sebastian Wright, sich am Nachmittag beim Filmen der Massenszenen in Cap Dominique bei ihnen umzuschauen. Sie war an Madame Thibaud gerichtet, doch Fleur klärte sie auf.

»Madame befindet sich *un peu souffrante*, dachte jedoch, daß Mamselle sich das vielleicht anschauen wolle. Sie bittet Sie, sich ganz nach Ihrem Belieben, so oder anders, zu zerstreuen, und ihr zur Dinnerzeit Gesellschaft zu leisten.«

»Sollte ich nicht in der Nähe bleiben, wenn Madame sich nicht wohl fühlt?«

»*Mais* ganz bestimmt *non*, Mamselle«, sagte Fleur. »Madame drückte sich ganz eindeutig aus, daß sie nichts brauche und daß Sie sich ganz nach Ihren Wünschen unterhalten sollen. Es ist nur eine leichte *malaise*... Ich glaube, wegen des Sturms hat sie nicht gut geschlafen.«

Und wegen der Trommeln, dachte Mardee. Sie, genau wie Kip, war lange von ihnen wach gehalten worden. Sie schaute auf die Nachricht, worin Sebastian sich für die Einladung zur heißesten Tageszeit entschuldigte, doch machten es die Scriptanweisungen notwendig, zu dieser Stunde zu filmen; wenn die Damen dabeisein wollten, müßten sie sich sorgsam gegen die Sonne schützen.

»Ich brauche eine Sonnenbrille, Fleur. Wo kann ich eine herbekommen?«

»Ich fürchte, Mamselle müssen warten, bis wir nach Port-au-Prince schicken können; für Haushaltsbesorgungen fährt der Wagen täglich dorthin, doch an diesem Morgen war er schon fort, bevor Mamselle aufwachte.« Sie schaute zweifelnd. »Vielleicht gibt es eine in dem kleinen Geschäft von Cap Dominique, wo die Arbeiter einkaufen, aber eigentlich nichts für eine Lady wie Mamselle.«

Mardee lachte. »Sonnenbrillen sind Sonnenbrillen, Fleur. Gibt es jemanden, den wir schicken können, oder kann ich nach Cap Dominique laufen?«

»In der Hitze, Mamselle? Nicht einen Augenblick sollten Sie an so was denken!« Sie klang entrüstet. »Mein Henri wird sie für Mamselle holen.«

Sie verschwand und kehrte kurz darauf wieder zurück in Begleitung eines kleinen, barfüßigen Jungen in abgetragenen Baumwollfetzen.

»Er wird nach Cap Dominique laufen und eine Sonnenbrille holen.«

Das Kind im Alter von etwa zehn Jahren verbeugte sich scheu vor Mardee und murmelte etwas Unverständliches.

»Sprich französisch«, schalt ihn Fleur, »Mamselle versteht kein *créole*, und was würde der gute Pater dazu sagen?«

»Ihr Sohn, Fleur?«

»Mein Jüngster, Mamselle, ein Lausejunge. Jetzt aber ab mit dir«, ermahnte sie ihn, und der Junge lief davon; ein paar Minuten später sah ihn Mardee aus dem Fenster, wie er in die Richtung von Cap Dominique rannte. Besorgt sagte sie: »In der Hitze sollte er nicht so schnell rennen!«

»Der da, der gedeiht in der Sonne wie ein Salamander, Mamselle. Ich schick' ihn in die Unterrichtsstunden zum Pater, er wird lesen und schreiben lernen und etwas aus sich machen.« Ein müdes, stolzes Lächeln zeigte sich in ihrem Gesicht. »Er wird kein Taugenichts werden, der sich auf den Zuckerrohrfeldern oder in den Kaffeepflanzungen abplagt wie seine Brüder.«

Mardee dachte an ihren eigenen Vater, der sie immer wieder dazu anhielt, das beste aus ihrer Schulbildung zu machen. *Und dabei kam Mutter aus diesen Verhältnissen, und sie hat uns nichts davon erzählt!* Der Kontrast berührte sie schmerzhaft. Air Force Captain Zachary Haskell hatte sein Ziel erreicht – wie weit hatte er es gebracht, von einer Kindheit in Alabama –, doch er war ein Sohn armer Leute, und er hatte Mardee zu der Gewißheit herangezogen, daß sie für ihren Lebensunterhalt arbeiten müsse.

Der kleine Henri kam aus einer Armut, die Zachary Haskells Kindheit in glänzendem Licht erscheinen ließe. Haiti, Land der Kontraste – zu viele Kontraste! Nach haitischem Maßstab hatte Fleur eine gute Arbeit, im Dienst einer der reichsten Frauen Haitis, und doch lief ihr Sohn barfuß und in Lumpen herum, und sie machte sich Sorgen, ihn vielleicht nicht vor der Arbeit in den Zuckerrohrfeldern bewahren zu können. Mardee kämpfte mit diesem bitteren Gefühl von Ungerechtigkeit. Wieso ging es ihr so gut? Und ein noch seltsamerer Gedanke kam ihr: Wäre sie hier aufgewachsen, in dem, was Tante Emilie als ihr Erbe bezeichnete, würde sie das für selbstverständlich halten und nie eine Ungerechtigkeit darin sehen, daß sie so reich und Fleur so arm war.

Irritiert brachte Mardee ihr demokratisches Bewußtsein zum Schweigen. Tante Emilie beutete niemanden aus. Sie gab den armen Haitianern Arbeit, wo sie doch sonst auf ihren kleinen Farmen ein Hungerdasein fristen müßten. Sie zahlte sie gut.

Sicher, sie zahlt sie gut. So gut, daß Fleur ihrem zehnjährigen Sohn keine Schuhe überziehen kann, obwohl es in diesem Land von Hakenwürmern nur so wimmelt!

Dann dachte sie: Was für ein Unsinn, ich habe noch nie einen Zehnjährigen gekannt, der sich freiwillig Schuhe anziehen würde. Sie wandte sich an Fleur, die leise im Zimmer aufräumte. »Hörten Sie die Trommeln in der Nacht, Fleur?«

»Trommeln, Mamselle?« Doch in ihren Augen war ein Flackern, das die unschuldige Frage Lügen strafte.

»Trommeln. Die ganze Nacht durch.«

»Mamselle muß geträumt haben«, erwiderte Fleur fest. »Ich vernahm nur den Sturm.«

Und tatsächlich war es in der Morgenstille des Maison Dominique, in der nur weiche Vogelrufe ans Ohr drangen, schwer zu glauben, daß in der vorigen Nacht der Klang von Trommeln ihr Blut schlagen und pochen ließ.

»Oh, aber da *waren* Trommeln«, sagte der kleine Henri, der mit einem Päckchen in der Hand das Zimmer betrat. »Die Trommeln gingen die ganze Nacht, und es wird erzählt, *le gros blanc* sei wieder im Sturm gesehen worden, um zum Kampf gegen...«

»*Tais-toi*«, zischte Fleur. »Sei still, du Bengel, ich will das dumme Geschwätz nicht hören!«

Also hatten *doch* Trommeln geschlagen, sie hatte nicht geträumt oder fantasiert! Mardee sagte: »Wer hat die Trommeln gespielt, Henri? Und wer oder was ist *le gros blanc*?«

»Sei ja still«, fuhr Fleur wieder dazwischen, und sie ließ auf *créole* einen wahren Sturzbach an Schmähungen folgen. »Der Pater hat dir verboten, diesen Geistergeschichten zuzuhören oder sie gar zu wiederholen!«

»Schimpfen Sie ihn nicht, Fleur, schließlich habe ich ihn gefragt«, sprach Mardee. »Ich interessiere mich...«

»Nichts als Aberglauben und Unsinn«, sagte Fleur streng. »Haiti wäre ein Land voller Geister, wenn hier jeder, der in jenen dunklen, blutigen Tagen umkam, fluchend herumliefe.«

Henri drückte sich von ihr weg und sprach in verletzter Würde: »Ich habe aber nicht von Geistern, sondern von Trommeln gesprochen. Die ganze Nacht spielten sie für die Toten, und zu *ce diab'*, und man sagt, die weiße *mamaloi* sei erschienen, um zu den Trommeln zu tanzen, und zur Beschwörung...«

»Schweig, schweig, du Nichtsnutz!« In großer Rage schlug Fleur auf das Kind ein, daß es auf seinen Beinen wankte. »Wo ist Mamselles Sonnenbrille, oder hast du sie gar vergessen wegen diesem unnützen, lästerlichen Schwachsinn?«

Weinend und seine geschlagenen Wangen reibend, fischte Henri sie hervor. Mardee nahm sie entgegen; sie fühlte sich unwohl dabei, daß ihre Fragen dem Kind eine solche Bestrafung eingebracht hatten. Sie hatte ihm eine Fünfdollarnote mitgegeben, nachdem sie sich versichert hatte, daß amerikanisches Geld angenommen würde. Jetzt schüttete er ihr einen Haufen Wechselgeld in die Hand; sie erinnerte sich, daß der amerikanische Dollar etwa fünf bis sechs haitische Gourde wert war. Sie gab ihm ein paar Münzen.

»Für dich, Henri, und vielen Dank.«

»Mamselle ist zu freigebig.« Fleur schaute immer noch steif und ärgerlich drein. »Wenn Mamselle ihm eine halbe oder eine Gourde geben möchte...«

»Nein, es ist schon recht so. Es war ein langer Weg in der heißen Sonne. Ich besteh' darauf.« Anders konnte sie ihr Bedauern für die schweren Schläge, die ihm ihre Fragen eingebracht hatten, nicht ausdrücken. Aber warum mußte Fleur sich so aufregen? Jedes alte Haus hatte mit einer Geistergeschichte aufzuwarten, und gewöhnlich ging man mit einem Achselzucken darüber hinweg. Vage erinnerte sich Mardee, gelesen zu haben, daß eine *mamaloi* eine Voodoo-Priesterin sei, doch Père Etienne behauptete natürlich, so etwas gäbe es nicht. Henri hielt das Geld in seiner Hand und blickte zu seiner Mutter um Erlaubnis; schließlich nickte sie brummelnd, und er lief mit leuchtenden Augen fort.

Fleur sagte: »Mamselle ist zu gut zu meinem frechen Jungen.«

Dann strömten wie in einer Flut die Worte aus ihr. »Mamselle, Sie haben ein gutes Herz! Sie sind Marie-Claires Tochter, und Sie müssen gut sein! An diesem teuflischen Ort sollten Sie nicht bleiben! Gehen Sie sofort weg, zurück in die Staaten! Sofort, Mamselle! Es ist gefährlich für Sie!«

Mardee stand und starrte sie an. »Was meinen Sie, Fleur? Ich bin gerade erst angekommen, und meine Großtante braucht mich!«

»Die, die braucht nichts und niemanden, Mamselle! Mamselle, ich flehe Sie an, aus Liebe zu Marie-Claire, die mir eine Freundin war in meiner Kindheit, ich beschwöre Sie, gehen Sie fort, Mamselle! Hier ist es gefährlich für Sie! Mamselle ist vom Blute ...«

An der Tür war ein leichtes Klopfen zu hören. Fleur sprach nicht mehr weiter und öffnete mit einem verschwiegenen Blick auf Mardee die Tür, in der der alte Butler Robert zu sehen war. Mardee fragte sich, ob er sie belauscht hatte, jedoch war seinem Gesicht davon nichts anzumerken.

»M'sieur Wright befindet sich unten, wenn Mamselle bereit ist, ihn zu begleiten.«

Mardee folgte Robert mit einem besorgten Seitenblick auf Fleur, deren Gesicht, wie aus Furcht, stumpf und eingefallen schien. *Wird sie deswegen in Schwierigkeiten geraten?* wunderte sie sich. *Was konnte sie gemeint haben?*

In der Halle brachte Sebastians Stimme Mardee wieder aus dem Reich des Aberglaubens und seltsamer Warnungen zurück in die wohlbekannte professionelle Welt des Theaters und der Schauspieler, die ihr so vertraut war.

»Wie ich sehe, haben Sie sich eine Sonnenbrille beschafft. Gut, die Sonne ist wirklich stechend. Heute beginnen wir mit der Aufnahme der Massenszenen in Cap Dominique, und anstatt die Statisten einzufliegen, haben wir allen Leuten in der Gegend angeboten, bei diesen Szenen mitzumachen. Hier entlang, kommen Sie«, fügte er hinzu und brachte sie zum Wagen. »Es tut mir leid, daß Madame sich nicht wohl genug fühlt, uns zu begleiten, aber«, und dabei drückte seine Hand die ihre ein bißchen zu bedeutsam, »es ist mir gleichfalls eine Freude, Sie bei mir zu haben.«

Mardee errötete und dachte: *Ich habe wohl eine Vorliebe für ältere Männer, seit ich mich damals in meinen Geschichtslehrer in der Schule verknallt habe. Aber den hier ernst zu nehmen, wäre nicht gerade schlau. Der flirtet nur; die Royce hat ihn sich geangelt, geknebelt und gebunden. Dagegen komme ich nicht an – wo ich doch nicht einmal sicher bin, ob ich das wollte!*

»Einen Penny für Ihre Gedanken!« sagte Sebastian, indem er sich im Fond neben sie setzte und dem Chauffeur das Zeichen zum Abfahren gab.

»Inflationspreis«, erwiderte Mardee lächelnd. »Soviel sind sie gar nicht wert.«

Cap Dominique lag nur eine halbe Meile entfernt; kurz darauf fuhr der große Wagen auf die Hauptstraße der kleinen Stadt. Tatsächlich war die Hauptstraße die einzige Straße, die es dort gab – ein verbreiterter Abschnitt des schmalen Weges, mit einem halben Dutzend Holzhäusern, einem kleinen Geschäft, einem noch kleineren Laden, weiß gestrichen, mit dem Schild APOTHECAIRE, und einer Bude, in der Hühnerfutter verkauft wurde. Am anderen Ende der Straße, in der Nähe der Tankstelle mit farbenfroher Pumpe, stand ein Fuhrpark schwerer Lastwagen, aus denen von aufeinander eingespielten Teams schnell und routiniert Kameras und Ausrüstung geladen wurden, sowie ein großer Wohnwagenanhänger mit der Aufschrift WRIGHT PRODUCTIONS.

»Umkleideräume auf Rädern«, sagte Sebastian. »Garderobefrauen und Maskenbildner kümmern sich jetzt um die Schauspieler. Und dort drüben...« Er wies auf lange Bänke, die unter den Bäumen aufgestellt waren, und wo Masken- und Kostümbildner sich mit wohl einer Hundertschaft von Männern, Frauen und Kindern befaßten. »Die ganze Stadt Cap Dominique und ein paar Arbeiter von den Hügeln werden hier zu Sklaven und Freigelassenen aus den Revolutionstagen gemacht.«

Er ging mit Mardee zu dem mit Seilen abgesperrten Platz. Nur wenige Schritte davon entfernt war ein Haufen Coca-Cola-Schilder abgestellt, und Mardee bemerkte kichernd, wie wenig es in Cap Dominique nur bedurfte, das 20. Jahrhundert vergessen zu machen. Sebastian nickte. »Für den Film ist das ideal. Alles, was wir brauchten, waren Kostüme, und die haben sich auch nicht viel verändert. Männerhemden haben mehr Knöpfe, und die Männer tragen Armeehosen aus Khakistoffen und Blue Jeans, die nicht so schnell ausbleichen. Die Kleider der Frauen waren ein bißchen länger, nicht viel; außer in Port-au-Prince habe ich noch keinen wirklich kurzen Rock gesehen.«

Er zeigte auf eine Gruppe barfüßiger Frauen und Mädchen, die in zerlumpten und ausgeblichenen Kleidern aus bedruckter Baumwolle steckten.

»Jede dieser Frauen könnte, was sie in diesem Film trägt, überall auf dem ländlichen Haiti tragen, und niemand würde was bemerken. Der Hauptunterschied liegt in den Farben. In jenen Tagen war es leicht, Arme von Reichen am Grade der Leuchtkraft ihrer Kleider zu unterscheiden. Die heutigen Anilinfarben bleichen kaum, aber damals konnte man ganz gut erkennen, wie alt die Klamotten waren, und die Höhe seines Einkommens daran messen.«

Mardee fragte: »Was haben Sie denn gemacht, daß die Kleider so ausgebleicht wie damals ausschauen?«

»Daran haben ein paar Leute monatelang gearbeitet«, antwortete Sebastian. »Ich ließ ganze Stapel von billigem Baumwollstoff in den altmodischen Farben von damals färben, dann wurden sie geschneidert und durch Waschmaschinen gejagt, so daß wir jetzt alle Farbstufen haben. Sie können bemerken, daß die Kleider der Kinder die verblichensten sind, denn gewöhnlich wurden die abgetragenen Kleider der Erstbesitzer für Kinder zurechtgeschnitten.« Er lächelte auf seine attraktive Weise und sagte: »Ich würde gern hierbleiben und mit Ihnen reden, doch jetzt warten die Kameraleute auf mich. Sie können von hier aus alles sehen.«

Unter den Bäumen standen ein paar Aluminiumklappstühle, und Mardee erblickte Kip Tybalt in einem offenen, verblichenen Hemd und verblichenen Hosen. Er war barfuß. Neben ihm stand Paul Barry, in dunklem Übermantel und Hosen, gekräuselten Manschetten und Rüschenkragen sowie Stiefeln bis zu den Knien. Beide Männer hießen Mardee mit einem Lächeln willkommen.

»Wie haben die es damals bloß geschafft, in diesen Kleidern nicht zu zerfließen?« wollte Paul wissen. Er strich sich vorsichtig über die Stirn, und schon kam ein Maskenbildner herbeigerannt, der ihm mit Kamm und dunklem Puder zu Leibe rückte. Kip lachte.

»Ich glaube, sie sind zerflossen«, sagte er freundlich. »Kopf hoch, Paul, du bist der Gouverneur der Kolonie, und bei all diesem goldenen Zierrat macht doch ein bißchen Schweiß nichts aus.« Er schaute hoch und lächelte. »Schön schauen Sie aus und noch so frisch, Mardee. Hier, kommen Sie in den Schatten.«

Paul Barry sagte: »Auf diese Weise erhält Wright seinen Ruf für wirklichkeitsgetreue Darstellung. Aber ich träume jetzt ganz sehnsuchtsvoll von einem Studio der Universal-International, mit Air-Condition, gekühlten Getränken und Eimern voller Eis. Ganz zu schweigen von einem Ankleideraum mit Ventilator! Für dich ist es ja okay, Kip, du bist ein freigelassener Sklave, der barfuß und mit offenem Kragen herumlaufen kann!«

Kip lachte. »Oh, ich habe mein Lehrgeld auch schon bezahlt. Wright erspart dir wenigstens die gepuderte Perücke, bis du vor der Kamera stehst! Ich erinnere mich, daß ich bei dem letzten historischen Film jeden Tag stundenlang im Kostüm herumstehen mußte, um auf den Star zu warten, der immer zu spät auftauchte. Genauso«, fügte er mit grimmigem Blick auf die Anziehkabine hinzu, »wie mit unserer lieben, lieben Donna. Wäre sie doch nur selbst hier draußen, anstatt mit uns nach ihrer Laune umzuspringen...«

Paul zuckte mit den Schultern. »Ich habe Schlimmere gekannt als Donna. Sie hat immer noch ein paar Manieren übrig. Sicher ist Donna alles ein wenig zu Kopf gestiegen, jetzt, wo sie mit Sebastian zu Premieren und in teure Nightclubs geht, und dann all die Klatschspaltenschreiberlinge, die ihr Make-up-Girl bestechen, um herauszufinden, mit wem sie schläft. Sie wird schon noch von ihrem hohen Roß heruntersteigen.«

»Dafür hatte sie genügend Zeit«, grummelte Kip. »Ein wenig professionelle Höflichkeit würde ich schon schätzen. Warum zum Teufel läßt Sebastian ihr das durchgehen...«

Paul Barry grinste. »Das weißt du so gut wie ich.«

Kip winkte ab. »Mardee, ich bin überrascht, daß Sebastian nicht vorschlug – vielleicht hätte es Sie amüsiert, ein Kostüm überzuziehen und sich in der Menge herumzutreiben. Daran haben Gäste am Drehort oft Spaß, und an Orten wie diesem würde schon niemand zur Gewerkschaft rennen, weil Sie einem Mitglied einen Tag Arbeit wegnähmen – guter Gott, schaut einmal, wer hier kommt! Marie Antoinette, nehme ich an?«

»Wohl kaum«, protestierte Margaret Sandifer. Das Haar auf ihrem Kopf war hochgesteckt. Sie trug ein kostbares Kleid aus silberblauem Brokat, wie aus dem 17. Jahrhundert. Sie keuchte ein wenig. »Wie konnten die Frauen nur in diesen engen Miedern *atmen*?«

»Vielleicht konnten sie es nicht«, sagte Kip, »deswegen sind sie vermutlich aus der Mode gekommen. Maggie, Sie schauen großartig aus!«

Die Charakterschauspielerin lächelte. »Vorausgesetzt, ich verwelke nicht wie ein Salatblatt, bevor ich vor der Kamera stehe.«

Paul Barry sagte: »Ich wünschte mir gerade, wir wären alle in einem Studio mit Air-Condition in Hollywood, aber wahrscheinlich wäre das nicht authentisch genug für den großen Meister!«

»Darauf sei gepfiffen!« lachte Margaret. »Daß wir hier auf Haiti drehen, hat nichts mit Wirklichkeitstreue zu tun. Das liegt an der ganz einfachen Tatsache, daß Hollywoods Statisten, die in der Gewerkschaft organisiert sind – wieviel ist es jetzt? –, sechzig Dollar am Tag bekommen. Und wieviel löhnt Sebastian dem Haufen?«

»Jedem zehn Gourdes«, gab Kip zu. »Wenig mehr als zwei Dollar.«

»Ausbeutung«, bemerkte Paul Barry.

»Was heißt hier Ausbeutung!« protestierte Kip. »Das sind zwei Tageslöhne in den Kaffeepflanzungen. Dabei ist im Augenblick keine Erntezeit, und es gibt nirgendwo Arbeit. Also müssen diese Leute nicht so viele Mahlzeiten auslassen zwischen der einen Ernte und der nächsten, und ein paar von den Kindern kriegen Schuhe. Alles ist relativ. In Hollywood wäre Wright ein ganz gewöhnlicher Ganove, von den Gewerkschaften auf die schwarze Liste gesetzt; hier ist er ein öffentlicher Wohltäter, der die Segnungen des Kapitalismus unters Volk bringt.«

Von Regieassistenten über Megaphone auf französisch gerufen, liefen jetzt die Kinder auf der Straße zusammen. Eine alte Kutsche in hellen Farben mit den Lilien Frankreichs an den Wagenschlägen und einem Kutscher in gepuderter Perücke auf dem Bock rollte die Straße entlang und wirbelte dabei große Staubwolken auf.

»Bringt die Kutsche hier weg!« schrie jemand. »Wartet, bis der Wasserwagen durch ist, damit der Staub sich legen kann! Hey, Mr. Wright, machen Sie mal den Bastarden klar, daß sie wieder von der Straße müssen!«

Margaret sagte: »Ein Filmgelände bei International wäre sicherlich viel *ruhiger*!« Sie hob acht Meter Brokatstoff, um voller Jammer ihre Silberschuhe mit hohen roten Absätzen zu betrachten. »Diese verflixten Schuhe drücken immer noch. Ich habe sie zweimal ändern lassen, aber ich hoffe, sie lassen mich nicht weit damit laufen!«

Kip wandte sich um. Ironisch bemerkte er: »Und hier geruht endlich unser Star, sich mit seinem Gefolge unter uns zu begeben.«

Mardee sah Donna vom Caravan kommen, hinter ihr eine Maskenbildnerin mit einem Armvoll Spangen, Tüchern und Make-up-Flaschen und einer Garderobenfrau als Nachzüglerin.

Margaret sagte: »Das Zeug werden wir alle noch brauchen, wenn es nicht bald losgeht.« Mit einer automatischen Bewegung drehte sie an ihrem Handgelenk, dann lachte sie über sich selber. »Ein Kostüm aus dem siebzehnten Jahrhundert, und ich versuche, meine Uhr aufzuziehen!«

»Achtzehntes«, sagte Kip, »und wen kümmert's, solange Sie das nicht vor der Kamera tun! Haben Sie eine Uhr, Mardee?«

Sie schaute nach. »Halb vier.«

»Bislang im Zeitplan.« Kip schaute besorgt nach Süden, wo sich am Horizont langsam eine Wolkenbank auftürmte. »Was hält Sebastian noch auf? Können sie denn nicht diese verflixte Kutsche in Bewegung bringen, oder was?«

Donna trat mit beleidigtem Blick auf sie zu. »*Manche* Leute haben nichts als Ärger mit ihrer Garderobe! Schauen Sie mal, was Sie tragen – und was ich anhabe!« Sie wies auf ihr langes, zerlumptes, farbloses Baumwollkleid, mit *ganz* tiefem Ausschnitt.

Margaret sagte: »Mein liebes Mädchen...«

»Und nennen Sie mich nicht *Mädchen*, weiße Lady!«

Paul hielt vor Schreck die Luft an. Kip sagte: »Hey Donna...«, Margaret jedoch hob ihre aristokratischen Augenbrauen, kühl und unbewegt.

»Meine liebe *Miß Royce,* ich entschuldige mich wirklich, daß ich Ihre Hautfarbe einen Augenblick vergaß und mit Ihnen wie mit einer Kollegin sprach!«

»Lassen Sie das, Donna«, sagte Kip, »in diesem Film geht es nicht um die Hautfarbe, auch wenn Sie darauf bestehen. Wir sind auf Haiti, nicht in Harlem. Seien Sie also nicht streitsüchtig.« Sein Lächeln war ansteckend. »Was haben Sie denn für Sorgen?«

»Die Kostümausstattung behandelt mich hier wie ein häßliches Entlein. Schauen Sie sich mal den Fetzen an, den ich tragen muß! Ich werde mich bei Sebastian beschweren!«

»Meine Liebe«, sagte Margaret sanft, »haben Sie das Script sorgfältig gelesen? Einmal abgesehen von allen anderen Erwägungen, ist gerade die Einfachheit Ihres Kleides ein Ausdruck des Charakters. In diesem Aufzug schaue ich wie eine aufgedonnerte Hexe aus, und das ist es natürlich auch, was ich bin. Die Absicht ist, daß Sie – oder Angèlique – schön genug sind, um auch in Lumpen zu erstrahlen.«

Donna schaute immer noch beleidigt. Schlecht gelaunt wandte sie sich an Mardee. »Was machen Sie hier eigentlich?«

»Mr. Wright lud mich ein – und meine Tante –, die Massenszenen zu beobachten.« Mardee merkte, daß sie sich verteidigte, aber auch, daß Donnas Feindseligkeit eine Art von Kompliment war. Wäre sie wirklich unbedeutend, hätte Donna sie ignoriert, wie sie es mit der abwartenden Maskenbildnerin mit ihrem Haufen von Kämmen und Tüchern tat.

Sebastian trat aus der Menge auf sie zu, die, von zwei Regieassistenten angeleitet, sich auf der Straße zu verteilen begann. Unauffällig trat Mardee etwas beiseite. Sie empfand schon ein merkwürdiges Bedauern, daß sie nicht mitmachte, nur aus Höflichkeit der Gastgeberin gegenüber als Zaungast am Drehort eingeladen war.

Sebastian blickte Donna ärgerlich an. »Wer hat dich in das

Ding gesteckt? Der Ausschnitt ist gute zehn Zentimeter zu tief. Warum hast du sie nicht zur Hölle gejagt?«

Sie verzog ihren schönen Mund. »Sie wollten es bis hier oben hin lassen«, verächtlich zeigte sie mit ihrem Finger auf ihren Hals, »und darüber noch so eine Art Taschentuch. Ich sagte ihnen, zur Hölle damit, das ist kein Film über Hexenverfolgungen im puritanischen Salem!«

Sebastian lächelte gutmütig. »Hey, dies ist meine Show, Schätzchen.« Er winkte der Kostümbildnerin. »Der Ausschnitt ist zu tief. Nur eine *poule* wäre in jenen Tagen so ausgegangen.«

Verärgert sagte Donna: »Ich mag es so, wie es ist. Was ist überhaupt eine *poule*?«

»Eine Hure, Darling«, erwiderte Sebastian, und zur Kostümbildnerin sprach er: »Bringen Sie das mal zehn Zentimeter höher.«

Mürrisch stapfte Donna mit ihrem Fuß auf den Boden, als die Frau mit Schere und Faden an ihr zu arbeiten begann. »Jeder schaut gut aus in dieser Szene, nur ich schau aus wie jemand aus der Müllgrube! Machst du dir Sorgen wegen der Sittenapostel, oder was ist los?«

»Ich mache mir Sorgen wegen *dir*, Donna«, sagte Sebastian milde. »Angèlique soll ein anständiges Mädchen sein, eine respektable Bauersfrau. Du willst doch nicht wie eine Stadtnutte ausschauen, die mal schnell im Heu turnen will, oder?«

Donna wurde wütend. Sie ergriff die Hand der Kostümbildnerin, um sie daran zu hindern, das Kleid wieder hochzunähen.

»Ich will auch nicht wie eine Nonne ausschauen! Habe ich denn dabei nichts mitzureden? So, wie es ist, gefällt's mir!«

Die Frau trat zurück und blickte auf Sebastian wegen weiterer Anweisungen.

»Verdammt, Donna«, explodierte Sebastian, »wenn ich du wäre, würde ich es mir zweimal überlegen, ob ich die ganze Welt wissen lassen möchte, daß meine einzigen Talente zehn Zentimeter vor meiner Brust hängen!«

Donna verbarg ihr Gesicht in ihren Händen und brach in Tränen aus. Tief Luft holend, weinte sie laut wie ein Kind. Sebastian stand daneben und betrachtete sie verärgert.

»Sweetheart«, sagte er zuletzt ganz weich, »ich habe nicht gemeint...«

»*Rede* nicht weiter mit mir!« heulte Donna. »Geh *weg*!«

»Donna, Liebe, weine nicht, ich habe nur gemeint, ich wollte, daß du wie eine Lady ausschaust!«

Sie wandte sich von ihm ab und rannte schluchzend und den einfachen Rock mit ihren Händen hochziehend auf den Caravan zu. Sebastian folgte langsam, und Mardee sah ihn an die Türe pochen.

»Donna! Liebling, laß mich herein! Sweetheart, bitte, laß mich doch mit dir reden...«

Kip lachte, daß ihm die Augen tränten. Er sagte zu Mardee: »Nehmen Sie das bloß nicht ernst! Nur ein Streit zwischen Liebenden!« Er ging nicht auf Margarets warnenden Blick ein und fuhr fort: »Wenn sie es nicht die ganze Welt wissen lassen wollen, sollten sie den Kampf in ihrem Kämmerlein austragen.« Er fuhr sich über den Kopf, machte eine Grimasse und rief einen Maskenbildner zu sich. »Sebastians Liebesleben ist mir egal, ebenso Donnas. Aber ich werde fuchsteufelswild, wenn das bedeutet, daß ich hier den ganzen Nachmittag herumstehen und schwitzen muß!«

Ein Regieassistent trat auf sie zu und sagte:

»Würden Sie diese Stühle dort drüben hin zu den anderen Bäumen stellen? Wir müssen die Kutsche wenden, Mr. Tybalt...«

»Ich habe nichts dagegen, den Platz zu wechseln«, sagte Kip, »aber ich werde keine Stühle rumtragen, dabei bleibts. Nehmen Sie sich einen Ihrer Männer dafür. Nein, Paul«, er machte dem anderen Mann ein Zeichen, »laß du auch deinen Stuhl stehen!«

Der Mann hob seine Brauen. »Wie ein bißchen Erfolg einem Schauspieler zu Kopf steigen kann!«

»Ach was, Erfolg«, sagte Kip. »Ich bin im Kostüm und will

nicht schwitzen.« Er lächelte gewinnend. »Überhaupt, wozu zahlen Sie denn die Leute von der Requisite?«

Der Regieassistent schaute unwillig und sagte: »Wenn man es so genau nimmt, sind diese Stühle keine Requisiten. Wenn ich sie bäte, persönliches Eigentum von Schauspielern zu tragen, könnte ich Schwierigkeiten mit der Gewerkschaft bekommen!«

Mardee lachte laut heraus. »Das ist doch idiotisch!« Sie nahm Kips leichten Klappstuhl in die eine Hand und Margarets in die andere. »Wohin wollen Sie die haben?«

Der Assistent sagte es ihr, doch dann schien ihm etwas aufzufallen. »Wer sind Sie? Unbefugte Gäste sollen sich hier doch nicht...«

»Sie ist nicht unbefugt«, sagte Sebastian, der gerade vom Caravan herüberkam. »Ich habe sie eingeladen. Mardee, um Himmels willen, Sie müssen doch nicht diese Dinger herumschleppen!« Er griff sich den noch übriggebliebenen Stuhl und balancierte alle drei an ihren neuen Platz. »Was ist bloß los mit euch, einen Gast am Drehort anzustellen?«

Mardee lachte.

»Ich habe nichts dagegen. Ich arbeite nicht, habe kein Kostüm zu ruinieren und gerate nicht in einen Konflikt mit der Gewerkschaft. Betrachten Sie es als Teil der Gastfreundschaft Maison Dominiques.«

»Sebastian, wann wird endlich losgelegt? Wir zerfließen schon langsam. Ein bißchen Schweiß erhöht die Echtheit, aber allzuviel...« sagte Kip.

»Richtig. Haben sie die Kutsche schon gedreht? Wenn Donnas Make-up fertig ist, fangen wir sofort an.« Sebastian ging fort. Die Regieassistenten bewegten sich in der Menge der Statisten, teilten sie in kleine Gruppen auf und wiesen ihnen Plätze entlang der Straße. Mardee konnte Bruchstücke ihrer Anordnungen vernehmen.

»Ihr drei dort, ihr geht langsam die Straße herunter. Redet in *créole* miteinander... Egal, was ihr sagt, es wird eh nicht aufgenommen, schaut aber natürlicher aus. Wenn die Kutsche kommt, seht ihr auf und rennt, was ihr könnt, um ihr aus dem Weg zu kommen. Fertig, Miß Sandifer?«

Sorgsam wurde Margaret in die Kutsche geholfen, damit sie nicht über ihren riesig weiten Rock stolperte. Ein Maskenbildner fummelte noch an Pauls gepuderter Perücke.

Mardee hörte den Regieassistenten sagen: »Sie schauen nur aus dem Fenster, ohne jedes Interesse. Diese Leute bedeuten ihnen gar nichts.«

Der Schauspieler nickte. Helfende Hände hoben ihn in die Kutsche. Sebastian wandte sich an Kip: »Wo ist der Junge, den Sie für diese Szene gefunden haben? Sie wissen doch, ich kann die Leute noch nicht auseinanderhalten.«

Kip überblickte die Menge und rief. Ein magerer, barfüßiger Junge rannte aus der Gruppe lachender Kinder auf sie zu, und Mardee erkannte Henri, Fleurs jüngsten Sohn. Er grinste Kip an und ließ einen aufgeregten Redeschwall auf *créole* folgen.

Sebastian fragte: »Versteht er, was wir von ihm wollen?«

»O ja.« Kip sprach mit Henri, und der kleine Junge nickte ernsthaft.

»Okay, wir sind soweit. Wenn die Kutsche die Straße herunterrollt, dann muß er versuchen, sich direkt vor sie zu stürzen, auszurutschen, hinzufallen und dort liegenzubleiben, als ob er glaube, die Kutsche rolle direkt über ihn. Sagen Sie ihm, daß er keine Angst zu haben braucht. Mein bester Stuntman sitzt auf dem Kutschbock, und die Pferde kommen ihm nicht näher als zwei Meter. Aber er muß wie zu Tode erschrocken *ausschauen*, als ob er sicher wäre, unter ihre Hufe zu geraten – alles klar?«

Kip wiederholte die Anweisung, und Sebastian nickte.

»Dann kann's losgehn.«

Kip sagte: »Ich geh' mit ihm und vergewissere mich, daß er alles versteht, nur für den Fall, daß Jerry« – er wies auf den Regieassistenten – »einen Anfall kriegt.«

Sebastian lächelte dankbar. »Das ist wirklich nett, Kip. Es macht's doch schwerer, wenn man nicht seine Sprache spricht, aber ich brauchte ein nettes Kind, nicht einen verzogenen Kinderstar.«

Kip ging auf die Straße, seine Hand ruhte auf Henris Schulter, wie wenn sie alte Freunde wären. Und dabei hatte sich Kip zuvor geweigert, einen federleichten Stuhl in die Hand zu nehmen, aus Furcht, sein Kostüm durcheinanderzubringen! Die Kutsche rumpelte wieder die Straße hinunter. Als Mardee schon glaubte, daß Sebastian ihre Anwesenheit vergessen habe, sagte er: »Schaut gut aus, der Junge. Kip hat ihn für mich gefunden. Meine Theorie ist, daß gutes Aussehen bei Kindern nur auf das Vorhandensein von Intelligenz zurückzuführen ist, und wenn du ein Kind hast, das genau das hinkriegt, was du ihm erzählst, dann macht sich das auch auf der Leinwand gut. Deswegen arbeite ich lieber mit normalen Kindern, soweit ich kann. Die Kinderdarsteller von Hollywood sind nur...« Abrupt brach er ab. »Gut. Hier ist Donna. Schau, du stellst dich in die Menschenmenge – nein, dort hinten –, schau, *hinter* die Frau im roten Schal. Man muß dich aber sehen können.«

Donna schien immer noch mürrisch. Ihre Füße waren nackt, ihre Brüste züchtig verborgen. Donna war schön, ohne ihre Goldkette, den Ausschnitt, ohne allen äußeren Glanz, doch Mardee fragte sich zum zweitenmal, wie alt die Frau wirklich war.

»Wenn Kip anfängt, die Menge anzustacheln, dann schiebst du dich vor, verstanden? Zwänge dich durch all diese Leute, komm ganz nach vorne, ganz nah an die Kutsche. Wir machen eine Aufnahme von Paul, wie er dich vollkommen gefühllos betrachtet, du schaust ihn aber nicht an, sondern hältst deine Augen auf Kip gerichtet, du hast Angst, daß er in Schwierigkeiten kommt...«

Donna nickte. Sie wirkte ernsthaft, ganz professionell, war nicht länger mehr eine Frau, die mit ihrem Liebhaber streitet, sondern Schauspielerin, die aufmerksam den Anweisungen ihres Regisseurs zuhört.

Mardee dachte, *ich kann eine Menge dabei lernen, diesen Leu-*

ten zuzuschauen. Eine Gelegenheit, Sebastian Wright bei der Arbeit zu beobachten, war wie eine Meisterklasse in Schauspielkunst. Die Szene mit Donna wurde ein halbes dutzendmal geprobt, bis sie ganz nach Sebastians Vorstellung ausfiel – und er war ein pedantischer Perfektionist. Schließlich begannen sie, die Szene abzudrehen. Sie beobachtete die vertraute Prozedur mit der in Kreide festgehaltenen Einstellungs- und Szenennummer, den langweiligen Wiederholungen und Retakes. Henris Nummer wurde schnell und gut abgedreht, und Kip kam zurück in den Schatten, gesellte sich zu Mardee und sagte: »Es ist eine echte Erfahrung, mit Sebastian zu arbeiten.«

»Das sehe ich auch«, gab Mardee zurück.

»Von ihm kann ich mehr lernen als von drei anderen Regisseuren«, vertraute Kip ihr an.

Henri lungerte in ihrer Nähe im Schatten. Mardee sagte: »Sie kennen Henri?«

»*Mais naturellement.* Er ist der jüngste Sohn meiner ältesten Schwester.«

Mardee war überrascht.

»Fleur ist Ihre Schwester?«

»Niemand anders.« Er schien lächelnd die Freude über ein gemeinsam geteiltes Geheimnis auszukosten. »Ich wurde in Cap Dominique geboren. Natürlich verlasse ich mich auf Sie, Mardee, daß Sie Madame dies Geheimnis nicht mitteilen. Sie wäre niemals bereit, mich, den Sohn einer Bediensteten, zu empfangen.«

»Natürlich behalte ich das für mich«, sagte Mardee. Ihr fiel Fleurs dunkle *cafe-au-lait*-Hautfarbe ein, und sie fügte hinzu: »Ich glaube nicht, daß das irgend jemandem auffiele.«

Er schüttelte seinen Kopf. »Fleur und ich haben verschiedene Väter. Ich habe meinen Vater nicht gekannt, vermutlich war er hier als Seemann während des Krieges auf einem der Schiffe stationiert. Wahrscheinlich ein *Blanc* – ziemlich sicher sogar, wenn ich mich im Spiegel anschaue. Und weil ich deswegen auch ein Bastard bin, kann mich Fleur nicht leiden.

Meine alte *maman* ebenfalls nicht, denn auf ihre alten Tage ist sie beinah so fromm geworden wie Fleur oder Madame. Sie hielten mich immer für einen Wilden und für einen Schandfleck, und so habe ich mich auch dementsprechend aufgeführt. Nur meine alte *grandmère*, die eine *bocor*, eine Kräuterkundige war...« Er brach ab und schaute verlegen zum Himmel hoch. Das Sonnenlicht war nicht länger mehr so grell, denn am südwestlichen Himmel sammelten sich dicke Wolken, und er gab einen beunruhigten Pfiff von sich.

»Schauen Sie sich das an! Sebastian wird ja rasen wie ein Verrückter! Wenn Donna uns nicht aufgehalten hätte, hätten wir die ganze Geschichte schon vor Stunden im Kasten gehabt.« Und tatsächlich eilte Sebastian gerade auf sie zu, mit einem Gesichtsausdruck, der den Gewitterwolken am Himmel geradezu abgeschaut war.

»Kip, jetzt aber Bewegung!«

»Ich warte auf *Sie*, Sebastian.« Auch er hatte Mardee vergessen, war ganz auf die Arbeit konzentriert. Was hatte er von seiner Großmutter erzählen wollen?

Er deutete auf die dicken Wolken, die die Form eines Ambosses angenommen hatten. »Mir gefällt dieses Wolkenzeichen, das sich über der französischen Aristokratie zusammenzieht. Das bedeutet natürlich noch mal Retakes mit Donna. Geht aus dem Weg, wir drehen das noch mal, okay?«

Noch einmal rollte die schwere Kutsche die Straße hinunter. Kip schob einen Mann in der Menge beiseite und sprang auf die Straße, direkt vor die Kutsche; Mardee war erstaunt über seine Veränderung, noch bevor er irgendein Wort gesagt hatte. Aus dem ruhigen, unterhaltsamen, scheuen Mann, der eben noch ein lustiges Gespräch mit ihr geführt hatte, war plötzlich ein aufregender Star geworden, wie sie ihn von der Leinwand her kannte. Er schien sogar größer, muskulöser geworden zu sein. Er hatte seinen Arm gehoben, die Faust geballt, und sie konnte die Wut *fühlen*, die er in dieser einfachen Geste zum Ausdruck brachte.

»Tyrannen!« schrie er. »Euer Tag wird kommen...«, und dann brach er ab, laut lachend.

Jemand schrie: »Schnitt!«

Sebastian rief: »Verdammt, was ist denn jetzt passiert?« und eilte zu Kip auf die Straße. Er schaute ärgerlich aus. Kip bemühte sich, sein Gesicht unter Kontrolle zu bringen.

»Sebastian, ich habe Ihnen gesagt, daß ich das nicht mit ehrlich überzeugtem Gesicht bringen kann. Ich hab's versucht, verdammt, ich hab's wirklich probiert, aber – guter Gott, machen Sie das selber einmal!« In grotesk übertriebener Parodie mimte er in hohem Falsetton: »Tyrannen, Euer Tag wird kommen!« und mußte wieder hilflos lachend abbrechen. »So geht es nicht«, brachte er endlich hervor. »*Grand Dieu* – das klingt wie irgendein – irgendein Untertitel aus einem Douglas Fairbanks Film! *Tyrannen!*« Vor lauter Lachen liefen ihm Tränen das Gesicht hinab. »Sebastian, tut mir leid, ich habs versucht, aber...«

»Schauen Sie einmal, Kip...«

»Ich weiß. Sie sind der Regisseur. Aber so kann man das nicht spielen. Es ist völlig unmöglich, daß man diese Zeile mit ernstem Gesicht vortragt und dann auf eine Wirkung auf der Leinwand hofft; versuchen Sie es selbst!«

»Ich seh das ein«, sagte Sebastian schließlich; seine Lippen hatten schweigend den Ausruf nachgeformt. »Im Script machte sich das nicht so blödsinnig.«

»Vergessen wir das Script, Sebastian. Das ist was zum Lesen, hier hört man die Worte nicht. Der Schreiber bedenkt allein, wie die Worte auf dem Papier wirken, das reicht ihm. Aber wenn ich es sage, kommt es *lustig* raus. Lächerlich. Ich brauche einen Text, der überzeugt, wenn ich ihn ausspreche, etwas, das nicht komisch klingt, auch wenn man es herausschreit.«

Sebastian dachte darüber nach. »Kip, Sie wissen, daß ich es Ihnen nicht schwermachen will. Sie wissen, was Sie vertreten können und was nicht. Aber was könnten Sie dann rufen? Das ist schließlich ein historischer Film. Sie wollen doch nicht wie irgendein radikal-revolutionärer Hippie klingen, oder?«

Kip nickte langsam und bedächtig. »Wie wär's, wenn ich so etwas rufe wie: *Wie lange geht das hier noch so weiter?* Sie schneiden den ersten Teil und beginnen dort, dann eine Einstellung von Donna, wenn Sie wollen, dann geht es mit der nächsten Rede weiter. Die Zeile mit dem Tag, der bald kommen wird, wird gestrichen, und weiter geht's mit der folgenden. Sie wissen schon, was ich meine. *Unser Elend werdet ihr nicht immer mißachten können,* blah, blah, blah – Sie wissen, welche Stelle ich meine...«

Sebastian biß sich nachdenklich in die Lippen. »Wir können es so versuchen. Wenn es nicht geht, werden wir Cappy noch einmal an die Stelle dransetzen müssen.«

»Gut«, sagte Kip, »jetzt werde ich das aber erst einmal ausprobieren.«

Sebastian gab dem Kamerateam und dem Regieassistenten ein Zeichen und stellte sich etwas abseits. Wieder der Sprung, die zum Himmel gereckte geballte Faust.

»*Wie lange...*«

Im Donnerschlag gingen seine weiteren Worte unter. Sebastian fluchte.

»Verdammt! Schnitt!«

»Noch mal von vorn?«

Sebastian blickte auf den düsteren Himmel. Ein paar dicke Regentropfen platzten auf die staubige Straße. Er schüttelte den Kopf.

»Hat keinen Sinn. Das Licht ist weg. Bringt die Kutsche und die Kostüme rein, bevor alles aufgeweicht wird, und ruft die Leute für morgen elf Uhr zusammen. Kip, können Sie sich morgen früh um neun mit Cappy zusammensetzen?«

»Sicher doch.«

Die Leute von der Maske und den Kostümen schwärmten um die Statisten. Immer noch fielen nur vereinzelte Tropfen, doch das Grollen des Donners schien die Luft zu erfüllen.

Donna Royce kam aus der Menge, und Sebastian trat verärgert auf sie zu.

»Verdammt, Donna, du hast es schon wieder fertiggebracht, uns einen ganzen Drehtag durch irgendeine blödsinnige Laune zu schmeißen! Mach das noch ein einziges Mal, und ich pack' dich in das erste Flugzeug, das hier rausfliegt, und kabel Eartha Kitt, um ihr deine Rolle anzubieten! Fang bloß nicht wieder an zu schreien! Das hatten wir schon einmal heute!«

»Warum hackst du auf mir rum? Kip hat uns länger aufgehalten als ich. Sich so wegen seinem Text aufzuführen!«

»Kip ist ein Schauspieler!« gab Sebastian scharf zurück. »Er wollte das Bestmögliche aus sich herausholen. Aber dieser verdammte Streit, wieviel du von deinen Brüsten zeigen kannst! Du weißt ganz genau, wenn es um Kunst und Darstellung geht, bin ich ganz auf der Seite des Schauspielers. Deine Egotrips sind etwas anderes!«

»Geh zur Hölle!« schrie Donna. »Versuch ja nicht, mir zu erzählen...«, aber Sebastian hatte sich schon umgedreht und war fortgegangen.

Mardee fühlte sich sehr verlegen, für Donna wie für sich selbst. Sie versuchte, in der sich zerstreuenden Menge fortzukommen, doch Sebastian holte sie ein.

»Nach all dem wär es ein wenig peinlich, mit den Schauspielern im Studiowagen zurückzufahren. Das trag' ich lieber mit mir alleine aus. Möchten Sie nicht durch die alte Pflanzung zurücklaufen? Ich liebe diese Landschaft, auch wenn ich nicht genau weiß, warum.«

Benutzte er sie, um Donna eifersüchtig zu machen? Und sollte sie dabei mitmachen? Oder war es einfach so, wunderte sich Mardee, daß es nach einem anstrengendem Tag für ihn eine Erleichterung sein mußte, in der Gesellschaft von jemandem zu sein, der mit dem Film nichts zu tun hatte und in die Spannungen zwischen den Schauspielern nicht verwikkelt war?

»Danke, ich komme mit.«

Sie ließen sie alle hinter sich, die Grüppchen der Arbeiter und Statisten, der Masken- und Kostümbildner, der Männer von der Requisite, die sich mit der Kutsche abmühten. Unter dem sich verdunkelnden Himmel fiel es schwer, noch etwas zu erkennen; Mardee nahm ihre Sonnenbrille ab und steckte sie in die Tasche.

Schweigend gingen sie einen engen Pfad, der von Cap Dominique wegführte. Als sie auf einen von Bäumen gesäumten Weg stießen, sagte Sebastian:

»Vermutlich fragen Sie sich, warum ich einen Film über Haiti machen will.«

»Überhaupt nicht, es ist eine faszinierende Idee.«

»Aber das würden Sie doch wohl nicht von einem weißen Produzenten erwarten?« provozierte er sie.

»Ich glaube, darüber habe ich noch nicht einmal nachgedacht«, antwortete sie aufrichtig.

»Ich weiß, daß ich mich dabei in der Defensive befinde«, gab Sebastian zu, »weil ich nämlich immer auf die gleichen Reaktionen gestoßen bin. Ihre Großtante konnte es auch nicht verstehen, warum ich einen historischen Film über Haiti machen wollte, und ich wußte nicht, wie ich es ihr erklären sollte. Ich weiß es immer noch nicht.«

Er betrachtete die tropischen Bäume am Wegrand; in atemberaubender Farbenpracht flog plötzlich ein leuchtender Vogel ganz niedrig vor ihnen her. »Vor vier Jahren kam ich hierher, nach einer Lungenentzündung. Man könnte sagen, ich habe mich in diesen Ort verliebt – die Szenerie, die Töne, die Gesichter, die Trommeln – in den magischen Zauber, wenn man es so sagen will. Die Stimmen der Menschen, die Lieder der Vögel, die Blumen – ich wüßte nicht, wo ich anfangen sollte. Der Klang der Trommeln in der Nacht, die Gerüche auf dem Markt. Ich wußte, ich würde nie zufrieden sein, bevor ich das alles nicht in einem Film festgehalten hätte, damit die Leute es so sehen und lieben könnten, wie ich es liebte.« Er schwieg einen Moment.

Mardee antwortete mit leiser Stimme: »Nein, ich glaube, ich weiß, was Sie meinen. Dieser Ort würde jedem ans Herz wachsen.«

Still gingen sie in der Dämmerung. »Haiti war mir zur zwanghaften Idee geworden. Ich wollte mehr daraus machen als einen Urlaubsfilm. Zuerst dachte ich an einen Film über Voodoo; ich las Seabrooks *The Magic Island*. Darin lag ein gewaltiger Reiz für mich.«

»Warum haben Sie es dann nicht gemacht?«

»Ich konnte dafür keine Gelder auftreiben. Ganz egal, wem immer in der Filmindustrie ich es auch vorschlug, jeder dachte gleich an Monsterfilme, billige Science-Fiction oder ähnliches, wie *Frankenstein und seine Zombies*, in der Art etwa.« Er machte ein verbittertes Gesicht. »Ich stehe nun wirklich nicht ohne Geld da, hätte aber für meinen Film wesentlich mehr Kapitalunterstützung benötigt. Dann bekam ich Rory Kilbrides Roman *Black Emperor* in die Hände; ich glaube, das habe ich Ihnen schon erzählt. Es war nicht das, was ich wollte, aber ich wußte, daß sich daraus ein gutes Drehbuch schreiben ließe; eine Rohfassung habe ich erst einmal selbst besorgt, dann setzte ich einen Profi an das Buch und schaffte es, das nötige Kapital aufzutreiben. Dane Capwell hat das Drehbuch geschrieben, und ich kam hierher, um mich nach Schauplätzen umzuschauen.«

Er schien versunken und angespannt zugleich zu sein. Mardee dachte, *er ist verliebt in diesen Ort, mit seinem Film und seiner ganzen Vorstellung von Haiti*. Sturmwolken zogen sich zusammen, und einen Moment lang glaubte sie, irgendwo in der Ferne wieder die Trommeln zu hören – oder war es nur das Donnergrollen von weit her?

»Das wird der Film des Jahrhunderts«, sagte er und fügte lachend hinzu: »Bescheidenheit ist nicht eine meiner Tugenden, wie Sie deutlich sehen können.«

Sie waren zu einer von Bäumen umgebenen Lichtung gekommen. Sebastian hielt an und sagte: »Dieses ganze Land gehörte einmal, wie mir Père Etienne erzählte, als er mich das erste Mal hier herumführte, zu der alten Pflanzung. Ich weiß nicht, wieviel sich davon noch in den Händen der Familie Ihrer Großtante befindet. Ich habe einige Szenen in den Zuckerrohrfeldern gefilmt, mit Leuten in Kostümen, und ich machte auch Aufnahmen von der alten Destillerie. Ich weiß noch nicht, ob ich das verwenden kann, aber ich hatte das Gefühl, daß ich das einfach haben mußte.« Er zeigte auf zusammengefallene Ruinen. »Das war die alte Zuckerrohrmühle; in den Revolutionstagen wurde sie niedergebrannt. Auf der anderen Seite von Cap Dominique steht jetzt eine neue.«

»Das alles gehörte Tante Emilies Vorfahren?«

Sebastian nickte. »Einen Teil der Geschichte erzählte sie mir am ersten Abend. Der ursprüngliche französische Besitzer der Plantage hatte, noch vor der Revolution, seine weiße Frau und seine Kinder hierhergebracht. Jedoch hatte er wie die meisten Weißen in jener Zeit der Sklavenhaltung auch eine schwarze Geliebte, eine *placée*, und ein paar Kinder von ihr. Damals war das überhaupt nichts Ungewöhnliches.«

»Nein, ich glaube nicht...«

Sebastian stand still und schaute in die Ferne. Nach einer längeren Pause sprach er langsam weiter: »Diese Geschichte hatte mich unglaublich gepackt. Seit ich das erste Mal nach Haiti gekommen war, war ich sicher, einmal einer solchen Geschichte zu begegnen, und ich empfinde es als tragisch, daß ich mich schon zu sehr in den Kilbride-Roman verstrickt habe. Das hier ist doch viel realistischer...« Seine Stimme war immer leiser geworden. Schließlich sagte er: »O ja, Ihre Großtante würde es als Zumutung empfinden, wenn ich mich an ihrer Familiengeschichte versuchen wollte.«

»Sie wollten mir doch mehr von der Familiengeschichte erzählen«, erinnerte ihn Mardee.

Er fuhr leicht auf, wie wenn er einen Moment vergessen hätte, daß sie noch da war. »Oh. Ja. Gut. Als die Revolution ausbrach, wurden die weiße Frau und die Kinder des französischen Pflanzers von den Sklaven ermordet, er auch, glaube ich, doch bin ich da nicht sicher. Und seine schwarze Geliebte, die man vielleicht seine zweite, rangniedere Ehefrau hätte nennen können, wäre vermutlich ebenfalls mit ihren Kindern umgebracht worden. Die aufständischen Sklaven behandelten die Schwarzen, die zu ihren weißen Herren, den Mischlingen und Freigelassenen hielten, genauso grausam wie sie mit den Weißen verfuhren. Keiner weiß wie, aber auf irgendeine Weise entkam gerade diese schwarze Frau mit ihren Söhnen dem Gemetzel. Man glaubt, daß sie einen Liebhaber oder einen Bruder unter den Anführern des Aufstands gehabt hat, und deswegen hat man ihr Leben verschont. Danach blieb Maison Dominique in ihrem Besitz, und sie haben es all die Jahre hindurch halten können. So kommt es, daß sie zu den ältesten Familien des schwarzen Adels auf Haiti zählen.«

Er hatte innegehalten und wandte sich um, um Mardee anzuschauen. Dann ging er verlegen weiter und bemerkte: »Jetzt ist es schon richtig dunkel. Und ich fürchte, daß es bald regnen wird.«

Nebeneinander gingen sie den schmalen Weg entlang. Plötzlich wandte sich Mardee zur Seite.

»Was für ein hübsches, kleines Haus!« rief sie.

Es war ein kleines, altes Steinhaus. Die Fensterläden waren offensichtlich schon viele Jahre lang verschlossen, und wenn auch die Vorderseite mit den rankenden Trieben der Bougainvillea zugewachsen war, so war es doch so solide gebaut, daß die Wände und das Dach noch völlig erhalten waren. Aber ein Steinhaus, hier? Es hatte ein merkwürdig europäisches Aussehen. Mardee stand und schaute es an, von Neugier und einer unerklärlichen Aufregung gepackt, die sie einen Augenblick später als *Furcht* identifizierte. Wiedererkennen und Furcht. Sie sagte, und sie merkte, daß sie flüsterte: »Warum lebt hier niemand?«

»Es war für *sie* gebaut«, antwortete Sebastian. Seine Stimme hatte einen merkwürdig weit entfernten Klang, als ob sie, dachte Mardee, durch mehrere Schichten dicker, muffiger Luft zu ihr dränge. Oder war es nur die drückende Luft des herannahenden Sturms? »Wer würde heute darin leben wollen, nach jenen Vorfällen?«

Beinahe angstvoll schaute Mardee zu ihm hoch. Ihr war es eigentlich nie aufgefallen, wie groß er war oder was für eine harte, grausame Linie seine Kiefer bildeten. Sie schloß ihre Augen und es kam ihr vor, als ob irgendwo in der Luft ein seltsames, hohes Summen sei, wie wenn jeder andere Ton verstummt wäre. Sie ging von ihm weg und schritt schnell auf das kleine Haus zu. Ihre Füße traten auf holprige, zerbrochene Schieferplatten, die bis zur Eingangstür führten. In dem angsteinflößenden, singenden Schweigen war Sebastian ihr nachgegangen, und Mardee empfand eine plötzliche Panik. Automatisch griff sie mit ihren Händen nach der Tür, fühlte einen Riegel unter ihren Fingern, poliertes Silber – *woher weiß ich, daß es Silber ist?* – und bewegte ihn.

Ein gewaltiger Donnerschlag und grelle Blitze schienen mit einemmal den Himmel spalten zu wollen, enthüllten dabei halbbewußte Visionen von einem furchtbaren Geschehen jenseits...

Fast gleichzeitig setzte ein starker Regen ein, und Sebastian packte Mardee und zog sie unter den schützenden Giebel. Sie wehrte sich in panischer Angst, und die Tür schwang auf. Ihr Herz schlug bis zum Hals, als sie sich von ihm losreißen konnte. Der Donner hatte das seltsam hohe Summen nicht zum Schweigen gebracht. Um sie herum schien alles still und ruhig, auch wenn ein gedämpftes Trommeln und Rasseln des anhaltenden Regengusses leise zu hören war.

Schmutz, Feuchtigkeit und Spinnen hatte sie erwartet. Aber das Haus war wetterfest und trocken, und es lag nur wenig Staub. Tief staunend zog sie die Luft ein. Der Raum war groß und seine Aufteilung schön, der Fußboden war aus Hartholz, und am anderen Ende befand sich ein steinerner Kamin, mit blau-weißen Delfter Kacheln rundum eingefaßt.

Sebastian flüsterte: »Das ist ja unbezahlbar«, aber Mardee hörte nicht hin. Schlafwandlerisch trat sie auf den Kamin zu, blieb ruhig dort stehen, wobei ihre Hände über die Kacheln glitten. Draußen hämmerte der Regen, doch drang sein Klang nur wie durch mehrere Schichten des Schweigens an ihr Ohr. Erstaunt fragte sie sich: *Was in aller Welt geschieht mit mir?* Sebastian sprach, aber sie hatte seine Anwesenheit vergessen. Die Türeingänge zeigten Reste von Vergoldung, jetzt waren sie von Rauch geschwärzt. Mardee sprach halblaut zu sich selbst: »Die Küche ist da hindurch, und das Schlafzimmer. Und der alte Marmortisch steht noch da, am Fenster.« Wie in einem Traum bewegte sie sich zu ihm hin, legte zärtlich ihre Hände auf die alte, schwarze Marmorplatte.

Er hatte sie für sie machen lassen. Er hatte ihr all diese schönen Dinge gebracht, um ihr zu beweisen, daß er sie nicht weniger liebte und schätzte als seine weiße Frau und seine Kinder aus Frankreich. Hier, an diesem Fenster, mußte sie gesessen und auf ihn gewartet haben, an diesem hübschen kleinen Platz, den er ihr bereitet hatte, grad außerhalb der Sicht des großen Hauses.

Sebastian war ihr zum Fenster gefolgt. Er legte seine Hände auf ihre Hände, und Mardee schaute mit einer seltsamen Mischung von starker Ablehnung und Faszination herab auf seine bleichen Finger auf ihren eigenen dunklen Fingern. *Genau so. Der Kontrast.* Aber sie fühlte sich wie gelähmt, unfähig, sie wegzuziehen.

Sie muß meine Ahnin gewesen sein. Meine Ur-Ur-Ur-Großmutter. Ein Kind, das Kind von Sklaven. Oder vielleicht unter dem freien Himmel Afrikas geboren und in Terror, Schmerz und Furcht hierhergebracht, in Erniedrigung und Entsetzen. Und dann ihren eigenen Leuten weggenommen und von dem weißen Mann hierher verschleppt, der ihren Körper, ihren Geist, ihre Seele besaß ...

Hatte sie ihn geliebt oder gehaßt, diesen Fremden, der sie gebrauchte, sie verwöhnte, sie mit hübschen Dingen umgab, für sie diesen schönen Ort schuf, der nur ihr gehörte, obwohl er sie doch für nur eine Handvoll Süßigkeiten oder billig glänzenden Schmuck hätte haben können?

Mardee fühlte schmerzhafte Tränen in ihren Augen aufsteigen. Sie war noch immer ohne Orientierung, ohne Halt, ohne Widerstand, als Sebastian sie bei den Schultern nahm und sie sanft zu sich herumdrehte. Er sprach zu ihr, aber sie hatte Schwierigkeiten, seine Worte zu verstehen. Sie war nicht ganz sicher, in welcher Sprache er redete, aber sie glaubte, ihn flüstern zu hören: »Weine nicht. Du bist hier sicher. Keiner wird dir etwas antun.«

Sie fühlte, wie er sie in seine Arme nahm, fühlte, daß ihr Kopf nach hinten fiel unter seinem Kuß, seinen Mund auf ihrem, wie sich seine Arme spannten, versuchten, ihrem widerstandslosen Körper eine Reaktion abzuringen...

Die Tür öffnete sich; ein Schatten fiel über sie, und Mardee erwachte plötzlich mit einem Schrei des Entsetzens. Im Donnern und trommelnden Regen verging der summende Ton, und Kip Tybalt stand da und starrte sie an, verlegen und bestürzt.

Von Kopf bis Fuß zitternd stand Mardee da, hatte die Hände über ihren Mund geschlagen. Langsam sprach Kip: »Ich dachte, ihr müßtet hier vor dem Regen Schutz gesucht haben. Ich ließ den Studiowagen zurückfahren, um euch zu holen – Mardee, sind Sie in Ordnung?«

Der Schock des plötzlichen Wiedereintretens in die Gegenwart ließ Mardee in Stößen keuchen. Plötzlich fiel ihr ein, daß ihr Entsetzensschrei einen sehr merkwürdigen Eindruck gemacht haben mußte. Kip schaute auf Sebastian mit erhobenen Augenbrauen. Ob er ernstlich dachte, Sebastian habe sie attakiert? Oder glaubte er, sie bei heimlichem Liebesspiel überrascht zu haben? Das Schweigen dauerte; Mardee hatte die verrückte Vorstellung, sie sollte vorspringen, sich zwischen sie werfen, sie auseinander halten... Bebend sagte sie: »Sie haben mich erschreckt, so hereinzuplatzen, Kip. Ich dachte – ich dachte...« Plötzlich wußte sie, *was* sie gedacht hatte. »Ich glaubte, Sie hätten ein Gewehr!« Sie versuchte zu lachen. »Dieser Ort hat mich angesteckt!«

Kip sagte nichts, streckte nur die Hand aus, zeigte darin eine Taschenlampe. Sie fühlte sich ganz klein werden. Es war zu dunkel, um etwas zu erkennen, aber die Verachtung in seinen Augen konnte sie sich vorstellen. Die erfolglose

Schauspielerin, die es dem berühmten Regisseur unmittelbar nach einem Streit mit seinem Star leichtmacht. Der Mann ihrer Hautfarbe, der mit unverhüllter Verachtung auf die selbstsüchtige Opportunistin schaut, die die unsichtbare Linie nur zu ihrem eigenen Vorteil zu überschreiten versucht.

Mardee brachte es nicht fertig, sich zu verteidigen. Das hieße, diese Beschuldigung ernst zu nehmen.

Sebastian legte einen Arm fest um sie und sagte: »Fühlen Sie sich wieder wohl, Mardee? Sie war einer Ohnmacht nah – es ist staubig und heiß hier. Gibt's etwas, womit wir unsere Köpfe bedecken können, wenn wir zum Wagen laufen?«

Kip zuckte mit den Schultern. »Ich glaube, das müssen Sie schon so schaffen.«

So müssen sie sie angeschaut haben, die anderen Sklaven. Voller Haß und Verachtung für die Frau, die sich mit ihrem Feind zusammengetan hatte, die das Bett mit ihrem Besitzer teilte, seine Kinder gebar. Die Sklaven töteten auch die Mulatten und die Freigelassenen...

Mardee wollte herausschreien *Es ist nicht so, wie Sie denken;* doch ihre Scham ließ sie schweigen. Bis sie das Auto erreichte, nach kurzem Sprint durch den Regen, war sie schon bis auf die Haut durchnäßt, aber es war ihr völlig gleich. Stumpf saß sie zwischen Kip und Sebastian. Als Sebastian seine Hand auf die ihre legte, zog sie sie schnell weg.

Sie zitterte. Bei klarerem Bewußtsein, und um allen Zauber abzuschütteln, sagte sie sich, daß es nichts zu bedeuten habe. Sie war eine erwachsene Frau, selbstverantwortlich und welterfahren genug, um zu wissen, daß es keinen Grund gab, sich schamvoll zu verkriechen, weil sie bei einer Umarmung mit einem Mann überrascht worden war, den sie noch nicht einmal gut kannte. Nicht mehr war es gewesen als ein Augenblick füreinander empfundener Sympathie, ein Impuls, entstanden in dem Moment, da sie miteinander die seltsame, romantische Geschichte des kleinen Steinhauses nachempfanden. Die nagende Erinnerung an die furchteinflößende Stille, und daran, wie sich Sebastian *verändert* hatte, wischte sie beiseite – es war die Atmosphäre, redete sie sich ein, der Zustand, in dem sie sich befand. In der Dunkelheit des Wagens schaute sie von der Seite her auf Sebastian: groß, lächelnd, überlegen, ganz ein Mann dieses Jahrhunderts. Eine Art bizarrer Tagtraum war es gewesen, nichts anderes.

Und doch hatte sie kurze Zeit lang Furcht vor ihm gehabt, war widerstandslos in seinen Armen gelegen, ohne jedes Verlangen, voller *Angst*, sich seinen Küssen zu entziehen...

Als der Studiowagen vor Maison Dominique vorfuhr, hatte sie einen Teil ihrer Fassung wiedergewonnen. Eine verrückte, fantastische Episode war es gewesen; ja, weil sie sich so intensiv hineinversetzt hatte in ihre Vorfahrin, in diese schon seit zweihundert Jahren tote Frau, dieses Kind von Sklaven, die ihr Leben als Herrin von Maison Dominique beendete. Sie schuldete Kip Tybalt keinerlei Erklärungen für ihr Verhalten! Ihr lag an seiner Achtung, seiner Freundschaft, aber wenn sie sie wegen einer solchen Kleinigkeit schon verlieren konnte, wollte sie sie erst gar nicht haben.

Robert begrüßte sie in der Halle, mit leicht vorwurfsvollem Blick auf ihr tropfnasses Kleid und ihre wild ins Gesicht hängenden Haarsträhnen. Sie zwang sich dazu, ihrer Stimme einen belanglosen Klang zu geben.

»Das Wetter draußen hat es in sich, Robert«, sagte sie. »Ich gehe sofort hoch, mich umzuziehen. Bitte schicken Sie Fleur sogleich zu mir.«

Robert schüttelte seinen Kopf.

»*C'est impossible, je regrette*... Ich werde Melanie zu Mamselle schicken; sie ist willig, wenn auch nicht so erfahren wie Fleur. Mit Ihrer Erlaubnis möchte ich auch Mamselle einen heißen Rum bringen lassen, damit sie sich nicht eine Erkältung zuzieht.«

»Das klingt gut«, erwiderte Mardee, der es jetzt erst auffiel, wie sehr sie zitterte vor lauter Kälte. »Aber was ist mit Fleur geschehen? Ist sie bei Madame?«

»Nein, Mamselle«, erwiderte Robert steif, »ich glaube, ein

Mitglied von Fleurs Familie ist krank geworden, und sie ist in ihr Dorf zurückgekehrt, um es zu pflegen.«

»Oh, wie schade!« Ihr erster Gedanke galt dem kleinen Henri. »Aber am Nachmittag sah ich Henri in Cap Dominique, er schien ganz gesund...«

»Mehr weiß ich auch nicht, Mamselle.« Sein Gesicht blieb verschlossen und undurchdringlich. Sie dachte: *Er hörte mich mit Fleur reden, und wie sie mich drängte, fortzugehen. Ich möchte wetten, daß er Fleur fortgeschickt hat, weil sie sich beim Reden so gehen ließ.* Aber während sie noch nachsann, wie sie ihn darauf ansprechen könnte, sagte Robert: »Mamselle werden es mir verzeihen, aber Sie sollten keine Erkältung riskieren und nicht in feuchten Kleidern herumstehen.«

Mardee ging hinauf in ihr Zimmer, stieg aus dem nassen Hosenanzug und ließ sich selber ein heißes Bad einlaufen. Es war ärgerlich, daß sie nicht so viele Kleider mitgebracht hatte, und sie hatte damit gerechnet, daß Fleur ihr diesen Anzug gleich wieder herrichtete. Sie lag noch in der Badewanne, als die angekündigte Melanie eintraf, ein Teenager in schlecht sitzender Hausmädchenuniform, die an ihr unpassend aussah, als sei sie in aller Eile hineingesteckt worden. Ihr volles Gesicht und ihre rundliche Gestalt ließen Mardee vermuten, daß sie in wenigen Jahren ganz schön fett sein würde. Von Fleurs zupackender Umsichtigkeit hatte sie nichts an sich, sondern sie bewegte sich umständlich und schlurfend, und ihre Fingernägel waren nicht ganz sauber. Jedoch hatte sie den heißen Rum gebracht, und Mardee trank ihn langsam in kleinen Schlucken und fühlte, wie sich seine Wärme in ihrem Körper ausbreitete. Aber als Mardee die Aufmerksamkeit des Mädchens auf den Anzug lenkte, hob Melanie ihn nur mit ungeschickten Händen vom Boden auf und bemerkte unsicher, daß sie ihn in die Küche bringen und sehen würde, was sich damit machen ließe. Offensichtlich kannte sie sich in solchen Dingen noch weniger aus als Mardee, und nachdem sie gegangen war, wünschte Mardee, daß sie ihn selber im Badezimmer ausgewaschen und die Flecken behandelt hätte, um ihn dann auf Fleurs kleinem Bügelbrett zu glätten. Aber mit Dienern im Haus – wäre das wohl richtig gewesen? Mardee war sich nicht sicher.

Sie leerte ihren Rum, spielte mit dem Gedanken, Melanie bei ihrer Rückkehr um ein zweites Glas zu bitten und setzte sich an den Toilettentisch, um ihr Haar in Ordnung zu bringen, das von der schwülen Luft ganz zerzaust war. Hierbei vermißte sie ebenfalls Fleur, doch hatte Mardee als Schauspielerin gelernt, ihre Haare unter allen Bedingungen selber in Form zu bringen. Sie machte sich an die nicht einfache Arbeit und mühte sich immer noch damit ab, als es an die Tür klopfte.

Sie vermutete, es sei Melanie und rief ein wenig ungeduldig: »Die Tür ist offen. Hast du jemanden gefunden, der mit meinem Hosenanzug umgehen kann?«

Aber nicht Melanies träge, junge Stimme antwortete. »Nein, ich möchte mit Ihnen reden.« Mardee wandte sich verwirrt um, denn Donna Royce stand in der Türe.

Mardee war überrascht und fühlte sich sehr im Nachteil – kämpfte sie doch gerade in einem Durcheinander von Kämmen, Lockenwicklern und Festiger mit ihren Haaren. Sie stand von ihrem Toilettentisch auf und sagte: »Sie entschuldigen, ich dachte, es wäre mein Mädchen. Möchten Sie nicht hereinkommen, Miß Royce?«

Sie hatte nicht die geringste Idee, was Donna Royce von ihr wollte. So sagte sie nur: »Bitte setzen Sie sich, Miß Royce. Soll ich einen Drink für Sie kommen lassen?« Denn was immer sie auch unter Tante Emilies Dach wollte, Mardee würde ihr die gleiche Art von Gastfreundschaft erweisen wie ihre Großtante.

Donna blieb stehen. »Es wird nicht lange dauern, und du kannst dir deine aufgesetzte Höflichkeit sparen, Marie-Louise, oder Mardee, oder wie du dich sonst nennst.«

Mardee dachte: *Oh, wenn du mir so kommst, sollte es da nicht besser Miß Haskell heißen, oder?* Aber sie wußte, daß Donna mit dieser affektierten Art, ihren Namen zu vergessen, sie herabsetzen wollte, nur war das so doch wirklich nicht geschickt. Aus irgendeinem Grund mußte die Royce einen Besen an ihr gefressen haben. »Um was geht es, Miß Royce?«

»Und die *Miß Royce* kannst du auch weglassen; so viel älter als du bin ich nicht«, erwiderte Donna wütend. »Ich bin nur gekommen, um eins klarzumachen: *Hände weg von Sebastian!*«

Schockiert fand Mardee, daß das einzige, was ihr dazu einfiel, zu frivol und vulgär wäre, um es Donna zu erwidern. Statt dessen sagte sie: »Da sind keine Hände wegzunehmen, glauben Sie mir. Sebastian hat kein Interesse an mir, und ich versichere Ihnen« – dabei war sie sich dessen nicht sicher –, »daß ich keins an ihm habe. Und ohnehin...«

»Er steht auf mir, richtig«, fiel ihr Donna ins Wort, und Mardee mußte den Impuls zurückhalten, zu erwidern: *Wie schön für dich.* Die Dinge, die sie Donna Royce doch lieber nicht sagte, dachte sie in sarkastischem Bedauern, würden eine merkwürdige Unterhaltung ergeben!

Sie wählte ihre Worte sorgfältig. »Miß Royce – Donna –, ich bin sicher, Sie machen einen Fehler. Sebastian ist höflich zu mir, weil ich die Nichte seiner Gastgeberin bin, und ich bin ganz sicher, das ist auch alles. Sie haben keinen Grund zur Eifersucht.«

»Wer sagte, ich sei eifersüchtig?« wollte Donna wissen.

»Beides geht nicht zusammen. Wenn Sie nicht eifersüchtig sind, wovor warnen Sie mich dann?« fragte Mardee.

Donna verbarg ihr Gesicht in ihren Händen und begann zu weinen. Konsterniert schaute Mardee auf sie, dann legte sie, verwirrt und in plötzlichem Mitgefühl für diese alternde, unsichere Frau, einen Arm um Donnas Schultern.

»Was läßt Sie glauben, daß Sebastian das geringste Interesse an mir hätte?«

»Denken Sie, ich kenne ihn mittlerweile nicht? Glauben Sie, ich könnte mir nichts zusammenreimen? Als Sie und er aus dieser kleinen Hütte kamen, was habt ihr dort gemacht?« verlangte Donna unter Schluchzern zu wissen.

»Aber...« Auch jetzt konnte Mardee keine Erklärung für

den Impuls finden, der sie in Sebastians Arme getrieben hatte. Sie versuchte, die Erinnerung an Sebastians Mund auf dem ihren zu verdrängen, und antwortete fest: »Ich war hysterisch. Der Platz hat mich in Panik versetzt. Er versuchte, mich zu beruhigen, das ist alles. Gütiger Gott, Donna, Sebastian ist alt genug, um mein Großvater zu sein!«

Noch bevor sie ihre eigenen Worte hörte, merkte sie, daß sie in Wahrheit versuchte, sich selbst, genau wie Donna, zu überzeugen. Schluchzend sagte Donna: »Glauben Sie, das spielt dabei eine Rolle?«

»Vielleicht nicht«, antwortete Mardee, die es bald nicht mehr ertragen konnte. »Jedenfalls bin ich kein Darling für alte Männer, noch dazu, wenn der alte Mann ein Weißer ist! Überhaupt, ich habe schon jemanden, was läßt Sie glauben, ich bräuchte Ihren, am Ende gar als Geschenk? Wenn er wirklich Ihrer ist, soll ers doch bleiben!«

Donna schaute ihr scharf ins Gesicht. »Sind Sie verheiratet oder so was?«

»Stellen Sie sich vor, ja«, sagte Mardee und merkte, daß das die Wahrheit war. Die Scheidung würde erst in zehn Tagen ausgesprochen, auch wenn Ted noch nicht einmal wußte, wo sie war.

»Da ist ein Mann, den ich auf der Reise hierher im Flugzeug kennenlernte, und morgen werde ich ihn sehen – ich werde Sie sogar vorstellen. Er ist jung, und ein Schwarzer, und er hat mit diesem verdammten, blöden Business überhaupt nichts zu tun«, schloß sie dankbar im Gedanken an Brians gesunden Menschenverstand. »Glauben Sie, ich wüßte nichts Besseres, als mich mit einem *Schauspieler* anzulegen?«

Donna schaute sie auf eine Weise an, daß Mardee schon wieder vor Mitleid für die Frau zerfloß. »Meinen Sie das ernst?«

»Natürlich meine ich das«, sagte Mardee sanft, »und ich denke, Sie waren schön dumm, sich auch nur eine Minute lang deswegen Sorgen zu machen.«

So plötzlich, wie sie gekommen war, wandte Donna Royce sich auf ihrem Absatz und verließ das Zimmer. Mardee fühlte sich genauso erschlagen wie vorhin, als sie aus dem Regen in ihr Zimmer zurückgekommen war.

Die ganze Angelegenheit wurde ihr zu kompliziert. Mardee wußte, daß sie sehr, sehr froh war, am nächsten Morgen Brian wiederzusehen.

4. Kapitel

Am nächsten Morgen um zehn Uhr wartete sie in der großen Eingangshalle auf Brian; ihre Freude war durch den heftigen Regen, der an den Fenstern und Paneelen nur so herunterfloß, nicht zu trüben. Neugierig dachte sie daran, wie die Massenszenen, die für elf Uhr vormittags angesetzt waren, wohl abgedreht werden sollten, und als Sebastian durch die Halle kam, fragte sie ihn danach.

»Ich habe sie abgesagt«, antwortete er, und Mardee bemerkte – halb bedauernd, halb erleichtert –, daß sein Tonfall nicht mehr als eben höflich klang. Sie bedauerte die Minuten ihrer gemeinsamen Vertrautheit nicht, in denen sie ihn – in einer außergewöhnlichen Situation – als romantisch und heftig erlebt hatte. Dennoch wußte sie zu genau, daß sie sich auf keinen Fall mit einem Weißen – egal wie reich oder einflußreich – in eine Beziehung einlassen wollte. Anders als ihre versklavte Ahnin, die in diesem kleinen Cottage gelebt und auf den Mann gewartet hatte, der sie liebte und mit Geschenken überhäufte, hatte sie, Mardee, eine echte Wahlmöglichkeit.

Mit der gleichen kühlen Höflichkeit also fragte sie ihn: »Kann es denn nicht aufklaren?«

»Aber sicher. Um elf Uhr ist dieser Regen vorbei, aber der Boden ist viel zu naß und schlammig, um irgendwelche Dreharbeiten durchzuführen. Ich habe der Mannschaft freigegeben. Die meisten von uns fahren in die Zivilisation nach Port-au-Prince, und ich kam nur vorbei, um Sie zu fragen, ob Sie mitkommen wollen.« Hastig fuhr er fort: »Der Studiobus fährt ungefähr zwei Dutzend Leute von der Technik, Kamerapersonal und so, in die Stadt. Donna und ich nehmen den Rolls; es gibt also genügend Platz. Paul und Margret wollen Einkäufe erledigen, aber ich weiß, sie würden sich freuen, wenn sie mitkämen.«

Er stellte es unmißverständlich klar, daß dies keine persönliche Einladung war. Gleichzeitig schien er dezent, aber eindeutig deutlich machen zu wollen, daß Donna und er über Nacht ihren Streit begraben hatten. Das ›Wie‹ konnte Mardee leicht erraten. Es war ein ausgesprochen angenehmes Gefühl, unbeschwert erwidern zu können: »Nein, danke. Ein Freund kommt heute morgen zu Besuch; er müßte jeden Moment hier sein. Trotzdem, vielen Dank.«

Bildete sie sich ein, daß er leicht enttäuscht dreinschaute? »Nun, Sie sind jederzeit herzlich eingeladen. Wir leben hier so isoliert, daß wir uns gegenseitig jede Fahrmöglichkeit als Selbstverständlichkeit anbieten. Ich hoffe, es geht Madame gut?«

»Ich habe sie heute zwar noch nicht gesehen, aber ich habe keinerlei Veranlassung, etwas anderes anzunehmen.« Mardee erinnerte sich an Tante Emilies Worte, als sie sie gestern um die Erlaubnis bat, heute einkaufen und bummeln zu gehen. Die alte Dame hatte sie – wenn auch höflich – lang und breit über Brian ausgefragt. (Im Flugzeug hast du ihn getroffen? Einen Journalisten? Eine von diesen unmöglichen Personen, die diese Sensationsstories über *Voudoun* und Zombies schreiben? Er ist doch kein Weißer, oder, *ma Chère*?) Als Mardee jedoch von Brians Buch erzählte, schien Tante Emilie beeindruckt und angetan.

»Natürlich gehst du, *Chérie,* und amüsier dich. Du mußt unbedingt unsere schöne Insel kennenlernen, auch wenn ich dich leider nicht begleiten kann. Und bring diesen jungen Mann zum Dinner mit hierher.« Mardee argwöhnte, daß diese Einladung auf die beschützende Fürsorglichkeit der alten Dame zurückzuführen sei, die wohl einen Blick auf den Bekannten der Nichte werfen und sich seines untadeligen Charakters vergewissern wollte. Auch kam ihr der Verdacht, daß dies ebenso Tante Emilies subtile Art sein könnte, Mardee selbst zu prüfen – war dieser Bekannte jemand, den sie selbst freiwillig der Familie würde vorstellen wollen? Nun, Brian entsprach diesen Anforderungen – auch allen anderen –, und so nahm sie diese Einladung an seiner Statt dankend an.

Sebastian schaute durch die regenbeschlagenen Scheiben. »Das ist bestimmt ihr Freund«, mutmaßte er. Der uralte, verbeulte VW-Käfer, der keuchend und stotternd durch die schlammige Auffahrt daherkam, konnte nur der von Brian als ›Vehikel‹ beschriebene Wagen sein. Selbst Robert zeigte eine höflich unterdrückte Spur von Herablassung, als er Brians triefenden Regenmantel entgegennahm. Mardee hatte fast vergessen, wie jung Brian aussah oder wie heruntergekommen, aber sie war fest entschlossen, sich von dem Snobismus eines Butlers nicht aus der Ruhe bringen zu lassen.

»Brian, ich freue mich so, daß du es geschafft hast; man hat mir erzählt, die Straßen hier seien entsetzlich – besonders bei Regen!«

»Entsetzlich ist mit Sicherheit eine Untertreibung«, erwiderte er, nahm ihre Hand und lächelte. »Ich denke ernsthaft darüber nach, dem ›Vehikel‹ Schwimmunterricht zu erteilen. Mein Gott, was für ein herrschaftlicher Sitz. Bei meiner Ankunft dachte ich schon, ich wäre irrtümlich bei einer Art Nationalmuseum gelandet. Das also ist der Familiensitz deiner Großmutter?«

»Der Besitz der Schwester meiner Großmutter«, verbesserte sie.

Brian zuckte mit den Schultern. »Das ist die gleiche Generation. In Port-au-Prince hörte ich, daß Emilie Thibaud wie eine nationale Institution verehrt und geschätzt wird. Der Ort, an dem eine solche Kostbarkeit behütet wird, ist doch so eine Art Nationalmuseum, so daß ich gar nicht so falsch lag. Wie gehts denn der Berühmtheit bei einem solchen Regen?«

Mardee lachte. Brian war so erfrischend in seiner gradlinigen Schnoddrigkeit und seiner Fähigkeit, sie immer zum Lachen zu bringen. Nach der überreizt-aufgeladenen Atmosphäre der letzten Tage empfand sie Brian wie eine willkommene frische Brise, die alle Wolken wegblies. »Brian, du bist unmöglich.«

Ernst werdend meinte er: »Ich wollte deiner älteren Verwandten gegenüber nicht respektlos wirken. Ich fühle mich hier ein bißchen fehl am Platz, das ist alles. Ich bin, wie du weißt, nur ein einfacher Arbeiter, und diese Pracht ist nicht meine Welt.«

Und, so dachte Mardee, *diese Unbekümmertheit soll eigentlich überspielen, wie eingeschüchtert und überwältigt du dich eigentlich fühlst.* »Dies alles ist schon ein bißchen viel, nicht wahr? Es ging mir bei meiner Ankunft genauso – wie wenn eine einfache Landpomeranze zum ersten Mal und auch noch barfuß einen Palast betritt.«

»Werde ich deine Großtante sehen? Ich habe zwar meine besten Sachen angezogen, aber ich besitze nicht einmal Anzug und Schlips – Leute wie ich haben so was nicht.« Er sagte dies zwar so leicht dahin, aber er sah doch recht bekümmert aus; und Mardee bemühte sich schnell, ihn zu beruhigen.

»Ich bin sicher, daß ihr egal ist, was du anhast. Sie möchte, daß du mit mir zum Dinner kommst.«

»Ich habe schon einen verrückten Tag ausgesucht, um mit dir durch die Gegend zu fahren. Mein Vehikel schaffte es zwar durch den Schlamm hierher, aber es wird eine heikle Sache werden, ihn wieder zu starten. Feuchtigkeit ist für keinen Motor gut – und ganz besonders für diesen nicht.«

»Komm mit herein und trink einen Kaffee. Bis Mittag soll es wieder schön werden, zumindest sagte mir das Sebastian.« Sie erwähnte seinen Namen, und es fiel ihr ein, daß er sich immer noch in der Eingangshalle aufhielt. Warum eigentlich ist er nicht in seinen Teil des Hauses zurückgegangen? Sie machte die beiden miteinander bekannt. Brian lehnte die Einladung zum Kaffee ab. »Der Kaffee auf Haiti ist sehr stark. Wenn ich mehr als eine Tasse am Tag trinke, bin ich total überdreht. Der Kaffee in den USA ist vergleichsweise was für Kinder; man vergißt, daß Kaffee ursprünglich als Droge betrachtet wurde.« Er lachte leise. »In zwei von drei Fällen habe ich echte Probleme, den Wagen wieder flottzubekommen. Ich schlage deshalb vor, wir machen uns auf den Weg.«

Der Käfer verweigerte jedoch jegliche Zusammenarbeit. Er hustete, spuckte – und starb wieder ab. Das ging so einige Zeit lang, und Brian fluchte leise vor sich hin.

»Ich habe einen Misttag und ein Mistauto erwischt, Mardee. Vielleicht sollte ich doch einen Kaffee versuchen in der Hoffnung, daß die Kontakte trocken werden – dann läuft er nämlich einwandfrei. Andernfalls muß ich einen Abschleppwagen antelefonieren.«

»Mach dich nicht selbst nervös, Brian. Mit Sicherheit gibt es hier irgendwo ein Auto, das Tante Emilie mich benutzen läßt. Robert sollte eigentlich Näheres wissen.« Aber bevor sie das Auto hinter sich gelassen hatten, kam Sebastian herbei. »Ärger mit dem Auto?« fragte er liebenswürdig. »Warum laßt ihr das Auto nicht einfach stehen und fahrt mit Paul und Margret? Der Wagen kann in der Zwischenzeit richtig austrocknen.«

Brian zögerte. »Ich müßte Tom anrufen. Ich habe mir den Wagen von einem Freund ausgeliehen...«

Sebastian grinste. »Ich hoffe, seine Freundschaft ist zuverlässiger als sein Auto.«

Donna Royce in einem extravaganten hell-seidenen Regenmantel, trat neben Sebastian, grüßte Mardee höchst kühl mit einem leichten Nicken und verschwand mit Sebastian zu dessen silbernem Rolls.

»Möchtest du lieber mit dem Studiowagen fahren, oder sollen wir noch warten, bis die Kiste wieder anspringt?«

»Ich möchte lieber jetzt los. Wir haben so einfach mehr Zeit zur Verfügung.«

»Dein Wunsch ist mir Befehl«, sagte er galant, aber als sie in den schon wartenden Cadillac stiegen, konnte sie sehr wohl bei ihm eine leichte Enttäuschung bemerken. War er so ernsthaft daran interessiert gewesen, sie allein für sich zu haben? Zwar war dies auch ihr Wunsch gewesen, dennoch wußte sie den Luxus des Studiowagens durchaus zu schätzen. Die Vorstellung, aus dem Wagen mit der Aufschrift ›Wright Productions‹ auszusteigen, als sei sie einer der Stars, schmeichelte ihr. *Ich bin doch eine eitle, selbstsüchtige und verwöhnte Person,* dachte sie.

Doch was es auch eine Freude, Brian mit Paul und Margret bekanntzumachen. Sie nahmen ihn mit Herzlichkeit auf – wie es für hart arbeitende Schauspieler, vom Übermaß an Publicity noch nicht arrogant geworden, der ebenso hart arbeitenden Presse gegenüber üblich ist.

»Arbeiten Sie für eine Zeitung, Mr. Dawes?« fragte Paul Barry.

»Brian«, antwortete dieser. »Nein. Wie allgemein bekannt ist, ist die Sklaverei abgeschafft.« Und mit einem grimmigen Grinsen fuhr er fort: »Aber ein Full-time-Job bei einer Zeitung kommt der Sklaverei immer noch recht nahe! Nein, ich schreibe ein Buch über das moderne Haiti.«

Und Margret wollte wissen: »Kann man denn das neue Haiti überhaupt begreifen, ohne das alte richtig zu kennen?«

Brian nahm diese Frage ernst. »Nein, keine Gegend dieser Welt kann ohne ihre Geschichte verstanden werden. Nichts in Haiti erscheint verständlich, wenn man außer Betracht läßt, daß dieser Staat aus einer Sklavenkultur entstand; eine Sklavenkolonie, die erfolgreich einen Aufstand durchführte, sich wieder zu der afrikanischen Kultur bekannte, die man ihnen zuvor weggenommen hatte. Haiti ist in der Neuen Welt wahrscheinlich das, was einer ursprünglichen afrikanischen Kultur am nächsten kommt.«

»Und wie bewerten Sie den französischen Einfluß?« fragte Margret. »Wenn dies wirklich eine afrikanische Kultur ist...«

»Ich habe nicht gesagt, daß dies eine afrikanische Kultur sei«, stellte Brian freundlich richtig. »Ich sagte, daß dies eine Kultur ist, die in der westlichen Hemisphäre dem am nächsten kommt, und dies deshalb, weil in der gesamten Karibik

Haiti am schnellsten sich wieder seiner afrikanischen Herkunft besinnen und sich diese wieder aneignen konnte. Aber jede Kultur nimmt Anteile der Eroberer auf und verarbeitet sie. Der britische Einfluß in den Neu-England-Staaten zum Beispiel ist sehr stark – vom Schulwesen bis zur Hochkultur. Wie auch immer, ich habe einen bestimmten Grund, warum ich mich mehr mit dem modernen Haiti beschäftige. Es ist einfach, das moderne Haiti zu ignorieren, indem man sich auf seine Geschichte konzentriert, die nun wirklich fast nur Tyrannei und Aufstände kennt. Ähnlich wäre es, wenn man den amerikanischen Bürgerkrieg als Vorwand benutzte, um die USA aus den Vereinigten Nationen zu werfen!«

Mardee wandte sich an Paul Barry: »Kommt Kip Tybalt auch in die Stadt?«

Erst als sie die Frage schon gestellt hatte, wurde ihr bewußt, wie peinlich es ihr war, ihm wieder zu begegnen. Ob er sie wirklich verachtete?

Paul schüttelte den Kopf. »Kip bleibt zu Hause. Er wollte sich mit dem Drehbuchautor zusammensetzen, um mit ihm seine Vorstellung von dieser Kutschenszene auszuarbeiten. Sie erinnern sich an die Szene, mit der Kip diese Schwierigkeiten hatte? Er sagte, er wolle den Tag dransetzen, etwas auf die Beine zu stellen, das sich ohne Lachreiz abdrehen ließe.«

»Oh.« Erleichterung durchströmte Mardees ganzen Körper – und eben dies alarmierte sie beträchtlich. *Warum eigentlich sollte es mir so viel bedeuten, was Christopher Thibault von mir denkt,* dachte sie, und dann erst fiel ihr auf, daß sie statt seines Künstlernamens seinen richtigen gebraucht hatte. Sie schwieg, während der Wagen durch den sintflutartigen Regen schlidderte, über die unbefestigten Straßen und vorbei an den triefnassen Zuckerrohrfeldern.

»Schwer vorstellbar, daß wir gestern noch in der Sonne brieten«, meinte Paul. »Und heute nachmittag wird es wieder so heiß«, erwiderte Brian. »Sicherlich hat das Klima von Haiti zu dieser alten Redensart inspiriert.«

»Welche? Jeder beschwert sich über das Wetter, aber niemand macht etwas dagegen?«

»Nein.« Brian lachte. »Falls du das Wetter nicht magst, warte ein bißchen – es ändert sich bald.«

Im Wagen kam Gelächter und fröhliche Unbekümmertheit auf, nur Mardee war schweigsam und grübelte über ihre gerade gemachte Erkenntnis. Wollte sie wirklich, daß Kip sich in sie verliebte? War sie denn wirklich so verwöhnt und auch launisch, daß sie seine Bewunderung haben mußte, weil er so gutaussehend und ein berühmter Star war?

Nein. Ich kann nur den Gedanken nicht ertragen, daß er glaubt, ich hätte Sebastian angemacht. Donna dachte das auch. Und wieder fühlte Mardee den überschäumenden Ärger, als sie sich der unerfreulichen Szene mit Donna erinnerte.

Und ich hatte angenommen, Donna sei mehr an Kip interessiert. Er sieht so viel besser aus. Er ist ebenso berühmt. Und jünger …

»Du bist so schweigsam, Mardee«, brach Brian in ihre Gedanken ein und erinnerte sie an ihre Pflichten. Es war nun wirklich mehr als unhöflich, dem einen Mann träumend nachzuhängen, während man mit einem anderen beisammen war. Sie rief sich entschieden zu Ordnung und beteiligte sich an dem allgemeinen Gespräch. Paul und Margret hatten vor, sich einige der bekannteren Sehenswürdigkeiten anzuschauen, und fragten ihrerseits Mardee nach ihren Plänen.

»Ich weiß nicht«, erwiderte sie lächelnd. »Brian ist mein Reiseführer.«

Mittlerweile fuhren sie durch die Vororte von Port-au-Prince, und Mardee registrierte die schockierenden Gegensätze: reizvolle Häuser im Pfefferkuchenstil – holzgeschnitzte Verzierungen auf drei-, vierstöckige viktorianische Häuser aufgesetzt – und daneben die verwahrlosten Wohnbereiche aus Hütten mit Dachpappe, eingestürzten Bretterbuden mit nacktem, festgetretenen Lehmboden, vielleicht einem kümmerlichen Gemüsegarten. Dazwischen wie gerupft aussehende Hühner und manchmal eine Ziege, die unter wackligen Hühnerställen kauerte.

Ganz plötzlich, wie wenn man einen riesigen Wasserhahn zudreht, hörte der Regen auf. Nur wenige Minuten später erschien die Sonne, und unter sich auflösenden Wolken enthüllte sich ein Himmel, so tief und intensiv blau, daß die Vorstellung, nur wenige Minuten zuvor habe es geschüttet, unglaubwürdig erschien.

Gegensätze, dachte Mardee. *Überall Gegensätze. Im Wetter, zwischen arm und reich. Gegensätze auch in mir...*

Auf Brians Wunsch hielt der Wagen in einer Straße der Innenstadt, und sie stiegen aus. Als der Cadillac dann wegfuhr, sich langsam durch die Menge, durch Schub- und Eselskarren und Autos hindurchschlängelte, schaute Brian sie leicht ironisch an.

»Endlich allein«, meinte er und ergriff ihre Hände.

»Oh, Brian, das tut mir leid – hättest du wirklich lieber mit deinem Vehikel fahren wollen?«

Er lachte und wies auf die Menge um sie herum. Die so plötzlich hervorgebrochene Sonne schien die gesamte Bevölkerung von Port-au-Prince auf die Sraße gebracht zu haben.

»Sollte ich dich wirklich für mich allein haben wollen«, und er täuschte ein gemeines, niederträchtiges Grinsen vor, »allein für meine heimtückischen, ruchlosen Pläne – die Hauptstraße von Port-au-Prince würde ich mir dafür sicherlich nicht aussuchen. Komm, Mardee, wir wollen deine Einkäufe erledigen, dann haben wir den Rest des Tages für uns zum Bummeln.«

Mardee blickte in sein rundes, fröhliches Gesicht und beschloß, alles und jeden aus ihren Gedanken zu verbannen und den Tag mit Brian zu genießen. Sie nahm seinen Arm und hakte sich bei ihm unter.

»Das Zimmermädchen meiner Großtante versicherte mir, daß man in diesem Klima nichts anderes tragen könnte als einen baumwollenen *robe-de-chambre.* In einfachem Englisch, Brian, ist dies schlicht ein Bademantel, und selbst meine Erfahrungen reichen mittlerweile so weit, daß Nylon auf der

Haut zu tragen eine Zumutung ist. Wo finde ich ein Geschäft für Baumwollkleidung?«

»Ich kenne mich bei Damenunterwäsche nicht so aus, und ich würde das auch nicht zugeben, wäre es anders«, sagte Brian, »aber es gibt immer und überall ein Woolworth.«

»In Port-au-Prince?«

»In jeder größeren Stadt der Welt. Ich erinnere mich, sogar in Hongkong eins gesehen zu haben.«

»Ich bin nicht auf diese tropische Insel gekommen, um meine Einkäufe bei Woolworth zu machen«, erklärte Mardee mit Bestimmtheit.

»Aus dir wird nie eine richtige Touristin«, stellte Brian fest. »Von der Minute an, in der du den Boden der USA verläßt, wird erwartet, daß du deine Zeit damit verbringst, den nächsten McDonald oder das nächste Steak-Haus zu suchen – diese verrückten ausländischen Gerichte kann man ja nicht essen. Natürlich kaufst du auch nur die vertraute Zahnpasta. Weißt du das alles etwa nicht?«

»Was für einen Sinn hat es dann überhaupt, das Land zu verlassen, wenn...« Mardee unterbrach sich und lachte. »Brian, du machst dich über mich lustig!«

»Aber nein! Ich war einmal beruflich in Mexiko City und machte auch diese offizielle Rundreise: die Pyramiden, die Ruinen der Azteken, die Monumente der Conquistadoren, die berühmten spanischen Kathedralen – schlicht alles. Und bei jedem Halt gab uns der Führer eine kurze Einführung und fragte dann: ›Irgendwelche Fragen?‹, und jedes Mal – und ich schwöre dir, Mardee, daß diese Geschichte nicht erfunden ist – und jedes Mal machte sich so eine fette Lady bemerkbar und wollte wissen: ›Wo bekomme ich hier eine Coca-Cola?‹ «

Mardee lachte, abgestoßen und amüsiert zugleich. »Gab er ihr eine Antwort?«

»Nur die ersten drei Mal – aber sie wurde ihrer Fragerei nie überdrüssig. Also, Mardee, ich rufe jetzt meinen Freund an und frage ihn, wo seine Frau ihre Sachen kauft.« Er stoppte und zögerte sichtlich. »Aber vielleicht ist das für dich nicht gut genug? Ich meine, vielleicht möchte deine Tante, daß du Sachen kaufst, die mehr dem Stil ihres Hauses entsprechen, und vielleicht suchst du die Art von Geschäften, in denen Toms Frau ihre Sachen kauft...«

»Ich muß arbeiten«, sagte Mardee, »und für mich ist das gut genug. Sollte das meiner Großtante nicht passen, so ist das ihre Sache.«

Brian wirkte erleichtert und ging los, um anzurufen. Sie landeten in einer kleinen Boutique, wo eine lebhafte Französin Mardees Aussehen bewunderte und eine Vielzahl hübscher Baumwollkleider vorzeigte und – während Brian draußen vor dem Geschäft wartete – dem Klima angemessene Unterwäsche. Mardee kaufte drei Kleider und ausreichend Wäsche. Zusätzlich erstand sie noch ein leuchtendgelbes Baumwollkleid mit Sonnenblumenmuster – auf Vorschlag der Verkäuferin wechselte sie aus ihrem Kunststoff-Hosenanzug in diesen kühlen Baumwolldreß – und fühlte sich merklich erleichtert. Brians Augen leuchteten auf, als er sie so sah.

»Niemand wird dich jetzt noch für eine Touristin halten können. Komm, wir kaufen dir jetzt noch auf dem Markt einen Strohhut und machen uns dann auf, die Stadt zu besichtigen.«

Seine Lebensfreude wirkte ansteckend; lachend folgte ihm Mardee. Beim Verlassen des Geschäftes flötete die Verkäuferin ein freundliches ›*Bonjour, M'sieur, Madame*‹, und abrupt blieb Brian stehen, nahm ihre Hände und schaute ihr tief in die Augen.

»Weißt du«, sagte er mit auffallend zärtlicher Stimme, »sie dachte, wir wären verheiratet.«

»Ich weiß«, antwortete Mardee und fühlte sich angenehm erröten.

»Das klang ganz schön. Vielleicht könnte ich mich sogar daran gewöhnen«, sagte er und lächelte dabei in einer Weise, die sich von seinem sonst so forschen Lachen abhob. Mardee senkte ihren Blick, und Brian streichelte sanft ihre Wange. »Vielleicht solltest du dich auch daran gewöhnen«, meinte er, doch bevor dieser ernste Augenblick hätte peinlich werden können, holte er tief Luft und sagte: »Jetzt erst mal den Strohhut!«

In ihrem späteren Leben war es dieser Tag mit Brian, an den sie sich am deutlichsten erinnern konnte. Diesen Tag, an dem Brian ihr sein Haiti zeigte, das alte wie das neue, konnte sie immer und jederzeit in ihr Gedächtnis zurückrufen und so die darauffolgenden Schatten, den späteren Horror bannen. Von einem seiner zahlreichen Freunde, die ein Journalist offenkundig überall auftun kann, lieh er sich ein Auto und sie fuhren nach Cap Haitien, wo das alte, steinerne Fort hoch über den Klippen und dem Ozean hockt, wo der halbirre Imperator, Henri-Christophe, die Massen erwartete, die ihn absetzen wollten und die dieser letztlich doch um den Erfolg brachte, indem er sich selbst seine berühmt gewordene goldene Kugel in den Kopf schoß.

»Er ist einer der Gründe, warum ich Schwierigkeiten habe«, sagte Brian. »Wer an ihn denkt, kann sich ernsthaft kaum mehr ein schwarzes Königshaus vorstellen. Natürlich war er verrückt, aber der weiße Durchschnittsleser denkt: ›Was kann man schon von einem schwarzen Ex-Sklaven erwarten, der sich selbst zum Imperator ausruft?‹, und dann zieht er seine bekannten Schlußfolgerungen. Niemand nimmt einen schwarzen Präsidenten ernst.«

»Nun, sie hatten ja auch wirklich einige ziemlich schlimme hier, oder? Wenn ich nur an diesen alten Diktator denke, der kürzlich starb, Duvalier...«

»Papa Doc? Er war ein Tyrann, das stimmt. Aber aus irgendwelchen Gründen mochten ihn die Leute.«

»Ja«, erwiderte Mardee ernsthaft, »aber versucht nicht jeder Diktator sein Regime auf diese oder jene Art zu legitimieren? Ich hörte, wie einige Leute Mussolini lobten, weil er dafür Sorge trug, daß die Züge pünktlich fuhren. Gibt es denn überhaupt eine vernünftige Legitimation für eine Diktatur?«

»Ich weiß nicht, Mardee. Den Leuten hier sind die demokratischen Institutionen, Wahlen und eine repräsentative Regierungsform, ziemlich egal. Ich wüßte gerne, ob überhaupt irgendwer dafür Interesse aufbringt. Die meisten wollen ein friedfertiges Leben – und von welcher Regierung auch immer nicht belästigt werden.«

»Das ist dieses alte reaktionäre Argument«, hielt ihm Mardee entgegen. »Was du damit in Wahrheit sagst, ist, daß diese Leute unreif für eine Demokratie seien.«

»Nein«, sagte Brian und warf einen Blick hinauf auf die gespenstischen Steinmassen über ihnen – Monument des Ehrgeizes eines wirren Ex-Sklaven. »Old Henry-Christophe wollte sein Volk ehrgeizig vorantreiben, doch dieses kannte keinen Ehrgeiz – und rebellierte. Maréchal Pétion – der andere große Ex-Sklave und Führer – unternahm nicht viel für sein Volk, aber er ließ es nach seiner eigenen Fasson glücklich leben. Er zwang es zu nichts, außer daß die Menschen sich selbst am Leben erhalten mußten. Er erbaute keine Monumente zu eigenem Ruhm und Nutzen. Vielleicht ist es nicht die Demokratie, die die Leute nicht wollen. Vielleicht mögen sie nur diese Ellenbogenmentalität nicht, diesen Wettlauf der Ratten, diesen Zwang und die Sucht nach dem großen Erfolg. Vielleicht ist es für die Menschheit wichtiger, in der Sonne zu liegen, Rum zu trinken und zu den Trommeln zu tanzen. Und sollte die weiße Rasse uns faul und hedonistisch heißen, warum sollten wir nicht dagegen halten, daß die Welt seit Tausenden von Jahren so gut fährt – und dies ohne größere Sorgen und Atombomben.«

»Glaubst du das ernstlich, Brian?«

»Ich weiß nicht, was ich glaube.« Brian wandte sich von der Zitadelle ab und begann den Weg zurück zum Auto. »Ich weiß es wirklich nicht. Etwas muß an dieser Lebenseinstellung dran sein, oder warum glaubst du, kommen Millionen von Touristen hierher und wollen dies genießen – und sei es auch nur in ihrer Einbildung, gleichsam ›second-hand‹? Und dennoch, es gibt auch hier die zweite Seite: Krankheit,

Dummheit und Dauerarmut, weil es zu viele Menschen gibt, die an dem festhalten, was sie haben, statt auch hergeben zu können. Ich bin weder Kommunist, noch Anarchist. Ich kann ein Auto und eine Kamera gut gebrauchen, und ich bin bereit, hart zu arbeiten, um mir derartiges leisten zu können. Und ich mag auch keine bissigen Kommentare über die sogenannte Bourgeoisie hören.«

Er lachte und fuhr fort: »Vielleicht schreibe ich deswegen. Ich möchte mehr als ein Leben leben, um zu erfahren, was das beste ist.«

Mardee fand sich äußerst angeregt und herausgefordert von diesem neuen, ernsthaften Brian. Sie stellte fest, daß sie diesen mindestens ebenso mochte wie den, der sie zum Lachen bringen konnte. »Glaubst du, Theaterspielen ist eine frivole Angelegenheit?«

Er schüttelte den Kopf und lehnte sich gegen den Wagen. »Aber überhaupt nicht. Auch das ist eine Möglichkeit, mehr als ein Leben zu leben. Und dies den Leuten zu zeigen, so denke ich, macht sie zumindest nachdenklich.«

»Selbst Komödien wie *Folly Garden*?«

»Aber sicher. Nichts, was die Fantasie anregt, kann schlecht sein. Schulen und diese ganzen Sozialeinrichtungen scheinen mir von Kindheit an Imagination und Fantasie zu erdrücken. Sie nennen es zwar ›die notwendige Anpassung an und Integration in die bestehende Realität‹ – oder so ähnlich. Aber Theater – und ebenso Filme, Comic strips, auch Science-fiction und alles andere dieser Art – ist wie Gras, das durch Zement und Beton seinen Weg nach oben findet; die Mauer in und um den Menschen. Der Mensch lebt aus seiner Fantasie, seiner Einbildungskraft und seiner Kreativität – ohne sie gleichen wir den Labormäusen in ihren Labyrinthen oder den berühmten Pawlowschen Hunden, die – da entsprechend dressiert – schon beim Klang einer Glocke Speichel abzusondern beginnen!«

Seine nicht aggressive Leidenschaft war gewinnend. Mardee lächelte und meinte:

»Einige Behavioristen meinen, daß da auch noch etwas mehr wäre.«

»Diese Leute tun mir leid«, erwiderte Brian und öffnete die Wagentür. »Laß uns frivol sein und dekadent, in der Sonne sitzen, Rum trinken und den Trommeln zuhören. Wir essen, trinken und sind glücklich – morgen müssen wir dann wieder arbeiten!«

Während sie die Klippen hinabfuhren, die Zitadelle des verrückten Imperators hinter sich lassend, warf Mardee noch schnell einen Blick zurück und wünschte, sie hätte dies unterlassen. Ein brütender Schatten lag über den dunklen Klippen, und für einen kurzen Augenblick vermeinte Mardee, wie durch einen langen, dunklen Tunnel einen Blick in die blutige und gewalttägige Vergangenheit Haitis geworfen zu haben. Und wieder hörte sie das hohe, merkwürdige Summen in ihrem Ohr – gleichsam als stünde die Zeit still, als wären alle Geräusche um sie herum verstummt, als wäre sie nicht sie selbst... Verschreckt rutschte sie näher an Brian heran und schob ihren Arm unter seinen. Er wandte sich ihr ein bißchen zu und lächelte. Er war warm, er war heute; in seiner Nähe gab es die dunkle, schreckerfüllte Vergangenheit nicht.

»Ich würde ja gerne meinen Arm um dich legen, aber auf einer solchen Straße braucht man beide Hände fürs Steuer«, sagte er bedauernd. »Manchmal wünschte ich mir, noch so unbeschwert wie ein Teenager sein zu können. Die fahren mit einer Hand am Steuer, die andere um ihr Mädchen gelegt – und der Zustand der Straße kümmert sie nicht.«

Mardee lachte hell und fühlte, wie der drohende Schatten aus der Vergangenheit von ihr wich. »Du konzentrierst dich auf das Fahren«, ermahnte sie ihn. »Ich nehme den Willen für die Tat – und im übrigen bin ich auch kein Teenager mehr. Erzähl mir was von deinem Buch, Brian. Wie gehts voran? Hast du irgendwo einen Fotografen für deine Bilder ausgraben können?«

»Ausgraben? Meine liebe Mardee, habe ich dir nicht erzählt, daß es hier immer noch verboten ist, einen Zombie zu beschäftigen?« Er lachte und in seinem Lachen verschwanden auch die letzten Reste der Vergangenheit. »Noch nicht, aber morgen werde ich jemanden interviewen, der eine neue Zuckerrohrfabrik eröffnet, eine Kooperative kleiner lokaler Zuckerrohranbauer, und der eine neue Methode entwickelt hat, billiger Rum herzustellen – was auch mehr Arbeitsplätze bedeuten könnte.«

»Moment mal. Eine Zuckerfabrik für billigeren Rum? Macht man Rum aus Zucker?«

»Aus Zuckerrohr«, erklärte er. »Die Basis von Rum ist Melasse, dieses schwarze, süße Zeug, das du Sonntag morgens immer auf die Pfannkuchen schmierst.«

»Denk daran«, erwiderte sie fröhlich, »ich bin in Frankreich aufgewachsen. Ich habe deshalb eine Menge verpaßt – wie zum Beispiel Pfannkuchen zum Frühstück; in Frankreich heißen sie Crêpes, und man ißt sie ausschließlich als Nachtisch. Nie werde ich meine Enttäuschung vergessen, als ich meinen ersten amerikanischen Pfannkuchen aß.«

»Wenn du mit französischer Küche aufgewachsen bist«, versprach er, »wirst dich bestimmt über das Lokal freuen, in das wir essen gehen werden.«

In einem Straßencafe unter hängenden Jasminranken nahmen sie ein ausgedehntes spätes Mittagessen zu sich, nippten an Rum-Mix-Getränken und hörten den Musikern zu, die zur Unterhaltung der Touristen aufspielten. Das Essen war, wie Brian versprochen hatte, ausgezeichnet, und er selbst unterhielt sie blendend mit amüsanten Geschichten von seinen Reisen als Korrespondent seiner Zeitung.

»Ich wollte immer schon reisen«, träumte sie schließlich. Aber er, plötzlich ernst geworden, schüttelte den Kopf.

»Das klingt lustig, ich weiß. Aber nur im nachhinein. In Wirklichkeit ist das ein Leben aus dem Koffer, und während du auf den nächsten Flug wartest, ißt du, was es so gerade gibt. Ich möchte jetzt eigentlich mehr die Sachen schreiben, bei denen ich länger an einem Ort bleiben kann.

Mich irgendwo niederlassen und Leute kennenlernen, die nicht heute hier und morgen schon wieder woanders sind. Ich war meiner Meinung nach schon zu lange auf Achse, und ich glaube, es ist an der Zeit, ein bißchen Moos anzusetzen.«

»Und wo möchtest du dich niederlassen? In den Staaten?«

Er schüttelte seinen Kopf. »Ich glaube nicht. Ich habe die Nase voll von der Hektik und Unbarmherzigkeit der Weißen. Vielleicht hier. Ich mag das Klima, man braucht nicht viel Geld zum Leben, und interessant kann es hier auch werden. Ich bin mir nicht sicher. Es kommt darauf an. Auf vielerlei«, sagte er und verfiel in Schweigen.

Der Geruch des Jasmins, der zwingende Rhythmus der Trommeln, die von jenseits des Platzes herüberklangen, versetzten Mardees Gedanken wieder zurück in jene Nacht, in der sie sie zum ersten Mal gehört, in der sie den fordernden Ruf der Trommeln zum ersten Mal in Körper und Seele gespürt hatte. Zunehmend wurde sie unruhiger und war erleichtert, als Brian aus seinen Träumereien auffuhr und sagte: »In einer Stunde sind wir mit dem Studiowagen verabredet. Hättest du Lust, die verbliebene Zeit auf dem Eisernen Markt zu verbringen? Er ist zwar eine Touristenattraktion, aber man sieht auch ein bißchen von dem wirklichen Haiti.«

»Den Eisernen Markt? Verkaufen sie dort ausschließlich Eisen?«

»Du bist von einer provokanten Unwissenheit«, sagte Brian. Als sie aufstand, streifte er ihre Wange mit einem leichten Kuß. »Was mach ich bloß mit dir? Ich muß dir wohl die notwendige Bildung beibringen. Komm mit – es ist der größte öffentliche Markt in Port-au-Prince.«

Eine Stunde lang streiften sie durch den Basar; Mardee bewunderte die aus alten Kondensmilchdosen fein durchstochenen und filigran bearbeiteten Kerzenhalter, die Stände mit den Holzschnitzereien, Fischnetzen, den vielen Kerzen und den schreiendbunten Heiligenstatuen. Daneben gab es den typischen Touristenkram wie Ansichtskarten, Sonnengläser, farbige Lampen aus Glas und die Straßenmaler mit ihren schnell hingeworfenen Kreide- und Pastellskizzen. Kleine, barfüßige Kinder, einige nicht älter als fünf oder sechs Jahre, umringten Mardee und boten ihre Schmuckgegenstände an: Papierblumen, Ketten aus süß riechenden Samenkörnern und Bohnen, kleine Schnitzereien. Sie sahen zerlumpt und die meisten herzerweichend ausgehungert aus. Die verlangten Preise waren lächerlich niedrig und die Kinder wiederum so ernst bei der Sache und richtig bestürzt, als sie halbherzig versuchte, sie wegzuscheuchen, so daß sie letztlich doch für ein paar Pfennige eine Handvoll dieser Sachen kaufte. Die Schnitzereien und Kaffeebohnen-Halsketten sind amüsante Souvenirs, dachte sie bei sich, und die Papierblumen zu diesem Preis kann man leicht in die nächste Mülltonne werfen.

Schließlich vertrieb Brian die Kinder in flüssigem *Créole* und tadelte Mardee belustigt ob ihrer Weichherzigkeit.

»Ich weiß, Brian, aber sie sehen so ausgehungert aus, so richtig dünn und hungrig – und es sind doch nur Pfennige«, protestierte sie. »Alles zusammen nicht einmal ein Dollar.«

»Ich weiß«, gab er zu. »Mich rühren sie auch.«

»Ich wünschte, die Menschen in Harlem, die sich für wirklich arm halten, könnten erfahren, wie die Menschen hier leben.«

»So kann man das sehen, aber auf der anderen Seite haben diese Kinder frische Luft und Sonne, niemanden, der sie in Schulen zwingt, die wie Gefängnisse sind, niemanden, der sie anschnauzt, Sachen zu lernen, die sie ohnehin nicht brauchen. Niemand, der ihnen vorhält, sie seien unfähig, über haupt etwas zu lernen, oder der sie tadelt, weil sie keinen Ehrgeiz hätten, erwachsen zu werden und reich. Niemand treibt sie – ihrer schwarzen Hautfarbe wegen – in eine Rechtfertigungshaltung; die Weißen sind hier die verachtete Minderheit. Kein weißer Polizist, der sie schikaniert, keine Jugendbanden und kaum Jugendkriminalität. Vielleicht müssen sie hier und da hungern, aber selbst die Ärmsten können irgendwo ein paar Süßkartoffeln anbauen und sich ein paar Hühner halten. In ihrem Alter hätte ich gerne mit ihnen tauschen mögen!«

Er strich mit seiner Hand leicht über die Handvoll Halsketten aus Kaffeebohnen, die billigen Holzfiguren, die Papierblumen. »Auch dies können sie in Harlem nicht mehr. Die wenigen Cents, die sie so ihrer Mutter nach Hause bringen, reichen für ein gutes Essen. In Harlem erlauben die Jugendschutzgesetze derartiges nicht und verdammen sie damit in die Abhängigkeit von der Wohlfahrt. Ist ein junges Mädchen in Harlem hungrig, so kann sie nichts anbieten als sich selbst – und es gibt genug Zuhälter, die dann auch dafür sorgen.«

Einen Augenblick schaute Brian verbittert aus, dann lächelte er und meinte: »Schau, hier ist ein Laden mit Trommeln. Hast du jemals so viele gesehen?«

Es gab gigantische Trommeln, so groß wie Brian, die *Congas* hießen, und die kleinen, zweiseitigen *Bongos;* er zeigte ihr eine Art gezackter Kürbisse, die man *Guiray* nannte, und *Maracas,* die mit Stäben geschlagen werden und die sie eigentlich für ein mexikanisches Instrument gehalten hatte. Einige der Trommeln waren umgebaute Ölkanister, andere wieder waren aus Holz oder Kürbis. Es gab kunstvoll dekorierte und solche, die bemalt waren und mit Blumen, sogar mit Federn beschmückt. »Diese«, so erklärte er ihr, »sind Voodoo-Imitationen – für die Touristen. Die echten sind noch fantasievoller.«

Sie schlenderten weiter und besichtigten alles von feinem Steingut bis zu billigstem amerikanischen Plastikramsch. An einer Ecke des Marktes hatte eine Band zu spielen begonnen. Vier zerlumpte Männer, barfuß, in blauem Arbeitszeug und zerlöcherten Strohhüten, spielten eine Gitarre und drei Trommeln. Vor ihnen lag ein Hut, in den manchmal ein Tourist ein oder zwei Münzen hineinwarf. Mardee konnte nicht feststellen, ob sie besonders viel Geld einnahmen, aber ihre

Begeisterung war ansteckend. Kleine Kinder begannen zwischen den Ständen zu tanzen, und Mardee selbst verspürte erneut den Ruf der Trommeln in sich.

Kip hatte gesagt, *die Trommeln seien in unserem Blut.* Stimmte dies denn wirklich? Die Trommeln weckten in ihr den Wunsch zu tanzen, so wie wohl seinerzeit zu den Trommeln die Frauen getanzt haben mochten, als sie noch versklavt waren. Nur an den Sonntagen waren sie frei, hatten sie die Zeit, ihre Trommeln zu schlagen und ihre Lieder zu singen, die sie von Afrika, in ihren Herzen gehütet, mitgebracht hatten...

Mardee schüttelte unwillig ihren Kopf. Schon wieder wurde ihr bewußt, daß der dunkle Zauber sie gefangennahm. Sie versuchte, ihre Aufmerksamkeit auf ein besonders häßliches Set Plastikgeschirr, mit Donald-Duck-Figuren versehen, zu konzentrieren, welches hierher so gut paßte wie eine Toilettenbürste in ein Orchideenfeld. Aber es hielt sie fest in der modernen Zeit, im Heute...

Dennoch, der bezwingende Sound der Trommeln ließ die Gegenwart, den Markt um sie herum für einen kurzen Moment in den Hintergrund treten, und sie fand sich wieder in einer Menge zusammengedrängelter Männer und Frauen in heruntergekommener Kleidung, gedrängt um die gleichen Stände, die hier schon seit zweihundert Jahren standen. Die Trommeln waren die gleichen, und ihr Schlag war das einzige, das sie hörte; dick bedeckte der Staub ihre nackten Füße...

»Mardee?« Brian klang besorgt. »Ist alles in Ordnung? Oder macht dir die Hitze zu schaffen? Sollen wir uns in den Schatten setzen und warten, bis uns der Wagen abholt?«

Entschieden rief Mardee sich in die Wirklichkeit zurück. »Natürlich nicht. Ich weiß nicht, wann ich wieder einmal nach Port-au-Prince kommen werde, und ich möchte nichts versäumen! Was für eine Menge an silbernen Ketten und Halsschmuck dort drüben. Laß uns hinübergehen, sie anzuschauen.«

»Natürlich.« Brian führte sie zu der Auslage, die sie im Auge hatte. Dennoch schweiften Mardees Gedanken nochmals zurück in die Vergangenheit. Diese junge Frau, ihre Ahnin – war sie manchmal zu diesem Markt gekommen, einmal im Jahr vielleicht, zu Karneval, und was mag sie mit den wenigen gesparten Münzen einer *affranchie*, einer Freigelassenen, gekauft haben? Was wohl mochte ihr gefallen haben?

»Es tut mir leid, Brian«, sagte sie, und wiederum zwang sie sich von diesem Sog in die Vergangenheit frei. »Was sagtest du? Meine Gedanken waren völlig woanders.«

»Ich sagte, ich würde dir gerne ein kleines Geschenk als Erinnerung an diesen Tag kaufen. So viel Spaß wie heute hatte ich schon lange nicht mehr. Magst du eine dieser kleinen Silberketten oder Perlen? Auch die Katzenaugen würden sehr gut mit deinem gelben Rock harmonieren.«

»O nein, Brian, das muß nicht sein«, protestierte sie. Aber er bestand darauf mit einer Fröhlichkeit, die mehr als alles andere die gewinnendste Eigenschaft seiner Person war.

»Ich mag aber. Wer weiß...« Er spielte mit einer der Silberketten. »Vielleicht gibt es so eine Art männlichen Urinstinkt – Frauen mit Silber zu behängen.«

»Brian!« Mardee protestierte richtig erschrocken. Dann erst sah sie das Lachen in seinen Augen. »Nun denn, wenn du mir unbedingt etwas schenken willst – wie wär's mit einer dieser Halsketten aus Samenkörnern?«

»Ich kann mir wirklich etwas Ordentlicheres als diesen Kram leisten«, sagte er, und ganz deutlich konnte Mardee sehen, wie verletzt er war. »Käfer fressen dieses Zeug gern, und in der Nässe hier fault es von heute auf morgen – eine solche Kette hält nicht einmal bis zu deiner Heimreise. Ich dachte an etwas Hübsches, etwas, was du als Erinnerungsstück behältst. Es soll diesen Tag zurückrufen, so oft und so lange du willst.«

Seine Ernsthaftigkeit rührte sie, und sie hakte sich bei ihm ein. »Brian, um an diesen Tag zu denken, benötige ich nichts. Ich werde ihn nie vergessen. Aber über ein Souvenir würde ich mich wirklich freuen. Es war ein wunderschöner Tag.«

Ob die Freigelassene in jenem Steinhaus die Geschenke ihres schwarzen Liebhabers mit denen ihres weißen Herrn, der sie gekauft hatte, verglichen und sie verachtet hatte?

Mardee blinzelte, schüttelte ihren Kopf ein bißchen und betrachtete Brian in seiner Jeanshose und seiner Denimjacke, seiner spiegelnden Sonnenbrille. Seine unerschütterliche, moderne Art. Ihn mit alten Tragödien oder morbiden Fantasien über die Vergangenheit in Verbindung zu bringen, war unmöglich. Er war gesund, modern – wirklich.

»Ich mag hübsche Sachen, Brian. Danke.«

Er legte seinen Arm um ihre Schultern. »Such dir aus, was dir am besten gefällt, aber misch dich nicht ein, wenn ich zu handeln beginne. Ich kenne die Tricks, und Touristen werden immer übers Ohr gehauen und bezahlen zuviel.«

Mardee wühlte in dem Haufen von Hals- und anderen Ketten herum. Dann jedoch fiel ihr Blick auf einen befremdlich wirkenden Anhänger aus rotem Stein. Sie wußte nicht genug über Schmuck, um sicher entscheiden zu können, ob es Granat oder ein Karneol war. Ohne zu zögern, streckte sie ihre Hand aus und stellte fest, daß er nicht an einer Silberkette hing, sondern an einer Schnur aus kleinen Perlen – aus Porzellan oder Keramik – mit in regelmäßigen Abständen etwas größeren Perlen. Vage erinnerte sie dieses Schmuckstück an einen Rosenkranz – lediglich ohne das Kreuz oder ein sonstiges religiöses Symbol. Der Anhänger selbst war eine geschnitzte Figur, die sie auf Anhieb nicht identifizieren konnte.

»Das mag ich«, sagte sie und betrachtete fasziniert die roten Perlen.

Kritisch runzelte Brian die Stirn, »Viktorianischer Kitsch.«

»Es ist älter«, widersprach sie. »Und es ist schön.« Sie begutachtete die kleine geschnitzte Plastik – sie war sich fast sicher, daß es eine menschliche Figur sein müßte. »Es ähnelt der Venus von Willendorf, oder einer alten Madonna.«

Brian lachte ungläubig. »Das Ding da – eine Madonna? Das ist ja beinahe Gotteslästerung, Mardee!«

Sie jedoch beharrte auf ihrer Meinung. »Es könnte sehr gut eine afrikanische Version einer Madonna sein. Brian, ich mag, nein, ich liebe es. Es ist das, was ich haben möchte.«

»Das ist grotesk«, meinte Brian und zog die Nase kraus. »Schlimmer noch – das ist peinlich. So etwas kaufen die Touristen in Tanganjika oder sonstwo als Eingeborenenkunst.« Mit einem leichten Lächeln musterte er sie. »Möchtest du nicht vielleicht doch lieber dieses wunderschöne silberne Kreuz mit dem Alexandriten, das ich dich bewundern sah?«

»Ich mag das hier wirklich lieber«, versuchte Mardee ihn zu überzeugen. »Irgendwie gehört es hierher zu diesem alten Markt, zu Haiti. Und es ist mein Geburtsstein, Brian.«

»Du bist eine eigenwillige Person«, sagte er und streichelte sanft ihre Wange. »Aber wenn du es unbedingt möchtest, dann sollst du es auch bekommen.«

Mardee hörte zu, während er in einem derart fließenden *Créole* zu handeln begann, daß sie kaum etwas verstehen konnte. Einmal warf er sogar den Hänger verächtlich wieder auf den Ladentisch und wandte sich zum Gehen. Schon wollte sie empört protestieren – fast schockiert über ihre unverständlich starke Sehnsucht nach diesem verrückten kleinen Schmuckstück –, dann jedoch sah sie den Schalk in seinen Augen und wußte, daß auch dies nur Teil des Spiels war. Eine Minute oder zwei später legte er etwas Geld hin – alles in allem ein recht kleiner Betrag – und nahm die Kette endgültig an sich. Er legte sie Mardee um den Hals.

Schon wollte sie protestieren: »Es ist doch keine Halskette, es gehört an die Wand.« Aber sie hielt sich zurück. Brian hatte den Schmuck für sie als Halskette gekauft; sie würde sie also als solche tragen. Aber vor ihrem Auge stand schon als perfektes Bild, wie sie in dem kleinen Steinhaus, die Kette in der Hand, sich zu dem Haken bei der blau-weiß gefliesten

Feuerstelle bewegt, wie sie die Kette dort aufhängt, so daß die Sonnenstrahlen sich in den Steinen brechen und blutrote Strahlen durch das Zimmer werfen ... Schnell machte sie sich von dieser Vorstellung frei; Brian küßte sie auf ihre Nasenspitze, und sie lächelte zu ihm auf.

»Vielen herzlichen Dank, Brian. Sie ist wunderschön.«

Aber es wäre schon interessant zu wissen, dachte sie bei sich, *ob es wirklich einen derartigen Haken neben dem Kamin gibt und ob das Sonnenlicht sich in dieser Weise in den Steinen brechen würde ...*

»Da ist der Studiowagen«, unterbrach Brian ihre Gedanken. »Ich hoffe, deine Großmutter fühlt sich nicht verletzt, weil ich für ein Dinner nicht ordnungsgemäß gekleidet bin.«

Sie nahm seine Hand. »Sicher nicht, Brian.«

Die Fahrt zurück nach Cap Dominique verlief ruhig und gedämpft. Mardee saß da mit geschlossenen Augen, an Brian gelehnt, und verspürte als Reaktion auf die Hitze und die Anstrengung des Tages einen leichten Kopfschmerz. Brian, Paul und Margret unterhielten sich über ihre Unternehmungen des Tages. Margret hatte eine Hafenrundfahrt gemacht mit – wie sie es ausdrückte – siebentausend kreischenden Touristinnen!

Paul hatte den Tag damit verbracht, sämtliche Rumsorten und Rum-Mixgetränke zu probieren. Er war nicht richtig betrunken, doch ziemlich angeheitert.

»Was habt ihr zwei so getrieben?« fragte Margret, und Brian berichtete.

»Ist das nicht der Platz, wo dieses riesige Kastell steht? Wir sahen es vom Wasser aus. Ich verstehe nicht, warum Sebastian dort nicht eine oder zwei Filmszenen drehen will – ich habe noch nie einen so imposanten Platz gesehen.«

Paul lachte gutmütig. »Du hast in der Schule nicht gut aufgepaßt, Maggie. Das Ding wurde erst nach der Revolution gebaut.«

»Aber ich dachte, einer der freigelassenen Sklaven habe es

gebaut – derjenige, der sich dann später als Imperator oder so was bezeichnete.«

»Auch das war erst später«, sagte Paul. »Er baute es als Bollwerk Haitis gegen Frankreich. Er war davon überzeugt, daß sie wieder zurückkämen und die Insel angreifen würden. Man sagt, der Bau habe weit über hundert Menschenleben gekostet. Die Franzosen kamen jedoch nicht, und die befreiten Sklaven rebellierten – genauer, sie rebellierten zum zweiten Mal. Er erschoß sich dann.«

Brian lachte. »Dieses Gerede über rebellierende Sklaven erinnert mich an einen alten Witz. Vielleicht kennt ihr ihn: Jemand stürzt aufgeregt zum König und schreit: ›Sire, die Bauern empören sich. Sie verbreiten Angst und Schrecken!‹ Der König hebt indigniert eine Augenbraue und meint: ›Schrecklich empörend.‹«

Margret brach in Gelächter aus. »Den werde ich das nächste Mal, wenn wir wieder eine Massenszene drehen, Sebastian erzählen!«

Die Dunkelheit brach schon herein, als sie mit dem Wagen vor Maison Dominique ankamen. Direkt vor ihnen rollte der Rolls aus, und Sebastian, sein weißer Haarschopf ein leuchtender Fleck in dem Zwielicht, half gerade Donna aus dem Wagen. Mardee dachte, mit diesem weißen Haar sieht er wie ein Geist aus, wie *le gros blanc* in Person. Sebastian bemerkte den Cadillac und kam zu ihnen herüber.

»Mardee, Brian. War es ein schöner Tag?«

»Vielen Dank für die Mitfahrgelegenheit«, erwiderte Brian.

»Oh, jeder Zeit«, meinte Sebastian etwas zu herablassend, und Mardee spürte einen unbestimmten Ärger in sich aufsteigen. Es war ihr Ausflug und der von Brian; sie ärgerte sich über Sebastians Art, mit der er sie als seine Gäste behandelte. *Dieser Mann hat ein Ego, das reicht für sieben.*

»Kommt doch mit, und wir trinken noch etwas«, bot Sebastian an. »Wir haben bis zum Essen noch etwas Zeit – Madame hält sich strikt an die kontinentalen Essenszeiten.«

Mardee selbst hätte gerne abgelehnt, aber Brian hatte schon dankend angenommen. Nicht ganz sicher war sie sich jedoch, ob dies ihr zu Gefallen geschah oder weil er selbst begierig war, die berühmte – und betörende – Donna Royce kennenzulernen. Jetzt ihren Widerspruch anzumelden hätte ausgesehen, als scheute sie den Vergleich mit ihr!

5. *Kapitel*

Ihr Gepäck übergab sie Robert und bat ihn, es in ihr Zimmer bringen zu lassen. Dann ging sie mit den anderen zu dem Flügel des Hauses, den Madame Thibaud ihren Gästen zur Verfügung gestellt hatte. Sie erinnerte sich, daß sie in diesem Raum in ihrer ersten Nacht mit Kip gesprochen hatte. Im Kamin brannte ein großes Feuer, und Margret, die ihre Päckchen auf den langen Tisch gelegt hatte, wandte sich an den Diener und fragte verwundert: »Mitten im Sommer ein offenes Feuer, Jean-France?«

In seinem gebrochenen Englisch antwortete er: »Es ist sehr feucht hier, Madame. Das Feuer hält die Möbel trocken, so daß die Feuchtigkeit sie nicht zerstört. Außerdem ist so ein Feuer im Dunkeln recht angenehm, finden sie nicht, Madame?«

Alle luden inzwischen ihre Berge von Souvenirs und Päckchen ab. Auch Margret hatte den Kindern jede Menge dieser Papierblumen und Kaffeebohnen-Halsketten abgekauft, und Donna hatte eine dieser dekorierten und mit Federn geschmückten Trommeln in der Hand.

Kip kam herein, gähnte und streckte sich. »Du hättest mitkommen sollen, Kip«, sagte Margret.

»Port-au-Prince bietet mir nichts Neues, Margret, *Chérie*. Im übrigen habe ich den ganzen Tag gearbeitet.«

»Du lieber Himmel«, warf Sebastian ein. »Du hättest den Tag ausspannen sollen wie alle anderen, Kip. Ich bin kein Sklaventreiber.«

»Um ehrlich zu sein, es hat mir Spaß gemacht«, meinte Kip. »Cappy und ich haben den ganzen Vormittag gearbeitet – ich denke, wir haben diese Rede jetzt im Griff –, den Nachmittag über habe ich gelesen. Viel Zeit dafür gibt es ja sonst nicht. Hallo, Mardee«, fügte er mit einem Lächeln hinzu, und

Mardee fühlte ihre Erleichterung bis zu den Zehenspitzen. Irgendwie hatte sie erwartet – oder befürchtet –, daß er sie immer noch mit Geringschätzung strafte.

Aber ohne Zweifel hatte er heute morgen Sebastian mit Donna wegfahren sehen. Sie stellte Brian vor, und der Star war ausnehmend freundlich und erwies sich mit intelligenten Fragen als sehr an Brians Buch interessiert. Selbst Donna war bemüht, sich von einer angenehmeren Seite zu zeigen. So erkundigte sie sich bei Mardee: »Hast du auch den ganzen Tag mit Schaufensterbummeln und Einkaufen verbracht?«

»Ja. Ich habe ähnliche Souvenirs gekauft wie Margret. Die Kinder wirkten so ernst und ausgehungert, so daß ich nicht widerstehen konnte. Außerdem habe ich mir für dieses Klima angemessenere Kleidung gekauft – Nachthemden oder Kleider aus Nylon kann man hier einfach nicht tragen.«

»Das ist hier ein echtes Problem«, stimmte Donna ihr zu, und für eine kurze Zeit unterhielten sie sich über Modefragen, bis Brian und Kip zu ihnen traten, und Mardee sich an ihr Andenken erinnerte. Sie nestelte es hervor. »Brian hat dies für mich auf dem Markt erstanden.«

Margret reckte ihren Hals, um es in Augenschein nehmen zu können. »Was für ein hübscher Stein. Ein Granat?«

»Ich vermute eher: ein Karneol

Donna kniff die Augen zusammen. »Es ist – komisch«, sagte sie und runzelte die Nase. »Eine häßliche kleine Figur.«

»Das Wort dafür ist *ethnologische Kunst,* Miss Royce«, sagte Brian lachend. »Was für ein drolliges Souvenir haben sie denn auf dem Markt erstanden?«

Donna ergriff die bemalte und federngeschmückte Trommel. »Ich werde sie in meinem Apartment in Beverly Hills an die Wand hängen.«

Gutmütig schmunzelte Kip. »Das ist natürlich eine Imitation für die Touristen. Aber für all die Hollywood-Typen, deren Welt lediglich von Palm Springs bis nach Las Vegas reicht, dürfte dieses Stück Anlaß für irre Diskussionen werden.« Er ergriff die Trommel und schlug sie leise mit seinen langen, schmalen und gebräunten Fingern. Sie hatte einen angenehm warmen Ton.

»Das ist eine gute Trommel. Wieviel hast du dafür bezahlen müssen?«

»Mit dem haitianischen Geld kenne ich mich nicht so aus. Um die vierzig bis fünfzig Dollar.«

»Für touristischen Kitsch ist das zuviel. Du hättest dir von einem der Einheimischen helfen lassen sollen. Andererseits hat sie wirklich einen schönen Klang. Sie ist ausgesprochen gut gearbeitet.« Er drehte sie um, prüfte die Kordel, die das eingefärbte Leder an den bemalten hölzernen Bauch der Tommel spannte. Plötzlich fuhr er zusammen, schaute verwirrt, trug sie näher ans Licht und stand da, einige kleine Markierungen an der Seite der Trommel sorgfältig prüfend. Mardee hörte ihn vor sich hinmurmeln: *Gran' Maître!*

Kip drehte das Licht stärker auf und setzte sein Glas ab. Erneut wendete er die Trommel und begann eine gründliche Untersuchung. Er prüfte die Federn, zögernd, dann seufzte er und setzte sie behutsam auf einen Stuhl, gleichsam als sei er besorgt, sie anzurühren.

»Weißt du überhaupt, was du da hast, Donna?«

»Du nanntest es touristischen Kitsch.«

»Ich habe mich geirrt – entsetzlich geirrt. Das ist ein Original, dem die Trommeln für die Touristen natürlich nachgebaut sind. Das hier ist eine *boula* – eine rituell geweihte Voodoo-Trommel, wie sie in den echten Zeremonien benutzt werden.« Er sah schlecht aus, weiß im Gesicht. »Woher hast du sie?«

Sie schaute ihn verwirrt an. »Ich kaufte sie auf dem Markt in dem Trommelgeschäft. Sie hatten Dutzende von diesen. Die hier hatte ein paar hübsche Federn mehr, und die Farben gefielen mir. Das ist doch nur eine auffallend lustige Trommel.«

Bedauernd schüttelte Kip seinen Kopf. »Leider nein. Wahrscheinlich gehörte sie in die Sammlung eines alten *houngan*, und seine Familie hat sie ahnungslos nach seinem

Tode für vielleicht ein paar Kürbisse verkauft. Irgendwie gelangte sie dann in dieses Geschäft, und auch der Eigentümer hat ihren wahren Charakter nicht erkannt.« Er sah sichtlich erregt aus. »Sie muß zurückgebracht werden, Donna. Wir sollten uns bemühen herauszufinden, wer sie angefertigt hat oder zu welchen *óumphor* sie gehört.«

Mit offenem Mund starrte Donna ihn an. »Du bist verrückt, Kip! Hör mit dem Unsinn auf!«

Margret warf ein: »Erzählte uns der Priester nicht vor einigen Tagen, daß so etwas wie Voodoo überhaupt nicht existiert, daß das lediglich eine der Schauergeschichten der Weißen sei?«

»In diesem Punkt irrt er sich. Ich weiß von diesen Dingen mehr als er. Schau Donna...«

Trotzig ergriff sie die Trommel. »O nein, nichts da«, sagte sie – und dies in einem von ihrer sanften Theater- und Filmstimme sehr unterschiedlichen Tonfall. »Ich habe sie gekauft und werde sie behalten. Ist sie echt, um so besser! Ich sehe schon die Gesichter meiner Freunde, wenn ich ihnen erzähle, daß dies eine echte Voodoo-Trommel ist!«

Kip schaute bestürzt. »Donna, das kann nicht dein Ernst sein! Verstehst du nicht, daß dies ein geweihter, religiöser Gegenstand ist, der *loa* geweiht – den Voodoo-Göttern, zumindest jedoch seinen Heiligen?«

Sie zuckte mit den Achseln. »Glaubst du, mich kümmert dieser Humbug? Das ist doch keine ernstzunehmende christliche Religion!«

»Donna, ich bitte dich inständig – rede nicht so«, flehte Kip sie an. »Voodoo ist eine wirkliche, sehr lebendige Religion. In diesem Teil der Welt ist Voodoo die Religion des Volkes, sein gelebter Kontakt mit der jenseitigen Welt und...«

»Heidnischer Unsinn«, entgegnete sie ungerührt. »Was bedeutet mir diese Religion? Ich bin Christin!«

»Mais, mon Dieu!« An diesem Punkt war Schluß mit Kips sprachlicher Selbstkontrolle.

Sebastian schaltete sich ein, in leise, fast plauderndem

Ton, um die Spannung aufzufangen, meinte er: »Ich wußte gar nicht, Kip, daß du abergläubisch bist, aber ich bin sicher, daß Donna in keiner Weise deine religiösen Gefühle verletzen oder jemandes Religion lästern will. Was sollte mit der Trommel geschenen, Kip?«

»Die Trommel müßte rituell geläutert, neu geweiht und ihrer spezifischen *loa* zurückgegeben werden.«

»O nein, das gibts nicht«, wiederholte Donna, verägert und uneinsichtig. »Ich habe sie gekauft, sie bezahlt, und ich werde sie behalten!«

Kips Hände waren zu Fäusten geballt. Mardee, die unmittelbar am Rande der Gruppe stand und außerhalb des Gesprächs, war die einzige, die bemerken konnte, wie sehr Kip um Selbstbeherrschung ringen mußte. »Hör zu, Donna! Ich kaufe jede Trommel nach deiner Wahl – ohne jegliches Preislimit. Du kannst dir eine anfertigen lassen, wenn dir das lieber ist. Laß mich diese nehmen und ihrem Besitzer zurückbringen. Trommeln dieser Art sind keine gewöhnlichen Trommeln.«

»Aber das ist jetzt meine Trommel«, bestand Donna unbeeindruckt. »Und ich möchte keine andere. Laß es sein, Kip, ich bin nicht umzustimmen.«

Kip wandte sich an Sebastian. »Kannst du nichts erreichen? Das grenzt an Blasphemie.«

Nach einem Moment des Zögerns meinte Sebastian: »Er hat dir ein großzügiges Angebot gemacht, Donna. Du hattest die Trommel als Souvenir gekauft, und Kip wird dir genau dies besorgen. Wir sollten unseren Star bei Laune halten.«

Donna schaute arg mißmutig und verärgert. »Warum nimmst du Partei für ihn. Und wieso weiß er all das? Du bist doch nicht irgend so ein Voodoo-Priester, Kip?«

Mit einem leicht gequälten Lachen versuchte er, die Situation herunterzuspielen: »Sehe ich etwa so aus?«

Niemand, dachte Mardee, könnte weniger mit den dunklen Seiten und Geheimnissen der Vergangenheit in Verbindung gebracht werden als Kip. In makelloser, maßgeschneiderter Abendgarderobe, rasiert und manikürt, war er der vollendete Weltmann.

»Ich bin Haitianer, wie du weißt«, sagte er, »und all diese Dinge sind hier für jedermann von allgegenwärtiger Bedeutung. Ich möchte nicht zusehen, wie die Religion meiner Großmutter entwürdigt wird. Du würdest mich für alle Zeiten verpflichten, Donna, solltest du mir gestatten, diese Trommel zu ersetzen.«

Ihre schließliche Zustimmung kam widerwillig. Sebastians Augen glanzten. »Ich wußte überhaupt nicht, daß du etwas von diesen Dingen verstehst, Kip. Kennst du jemanden, der konkret etwas mit Voodoo zu tun hat? Ich vermute, dies alles ist sehr geheim – aber ich würde zu gerne einiges filmen...«

»Ernsthaften Anhängern der Voodoo-Religion erschiene ein solches Ansinnen als obszöne Blasphemie. Ich kenne niemanden – momentan zumindest –, der selbst mir die Anwesenheit gestatten könnte, ganz zu schweigen – entschuldige, Sebastian! – dir, einem *blanc.*«

Sebastians Lachen klang unecht. »Ich vermute, es ist nur mehr als fair, daß auch ich einmal Opfer rassistischer Vorurteile bin. Aber sicher haben doch schon Weiße an Voodoo-Zeremonien teilgenommen. Und du selbst, Kip, siehst doch auch wie ein Weißer aus.«

»Als Kind hat man mich dies auch empfindlich spüren lassen!«

Mardee, die die Spannung wieder ansteigen spürte, mischte sich ein. »Wenn wir vor dem Dinner noch einen Drink zu uns nehmen wollen, Sebastian...«

Sebastian erinnerte sich seiner Pflichten als Gastgeber. »Ich lasse die Getränke kommen. Möchte jemand lieber Scotch oder Sherry? Oder für alle Rum?«

Paul wollte Scotch, Brian und Kip Rum. Bedeutungsvoll schaute Sebastian Donna an, bis diese schmollend ein Glas Sherry verlangte, und Mardee schloß sich ihr an. »Noch einen Rum und ich schlafe über dem Abendessen ein.«

Die Unterhaltung entspannte sich. Brian erzählte Sebastian etwas über sein Buch und wurde eingeladen, für einen Tag die Dreharbeiten zu verfolgen. »Gibt es Vorurteile seitens der schwarzen Bevölkerung in Cap Dominique, daß Sie – ein Weißer – einige der dunklen Kapitel der Geschichte Haitis aufrühren?«

»Ich glaube nicht«, meinte Sebastian nach sorgfältigem Nachdenken. »Niemand hatte Einwände, und vielleicht überzeugte die Tatsache, daß ich schwarze Schauspieler von internationalem Rang verpflichtet habe. Außerdem mache ich einen seriösen Film. Bei einem kitschigen Horrorfilm oder einer Schlafzimmer-Komödie mit Folklore-Einlagen und derartigem hätte es möglicherweise Widerstände gegeben, auch wenn man mich des Geldes wegen hätte drehen lassen. Ich hoffe, die Menschen hier wissen, daß ich ihr Land liebe und versuche, der Welt die wirkliche Schönheit und Bedeutung Haitis zu zeigen.« Er wandte sich auch an Kip und fuhr fort: »Deshalb empfinde ich das Filmen einer Voodoo-Zeremonie auch nicht als Entweihung, vielmehr als Chance, die Zuschauer über ihre abergläubischen Vorurteile aufzuklären und zu zeigen, was ursprünglich, ehrwürdig und schön ist!«

»Ich denke, ich weiß, was du meinst«, erwiderte Kip bedächtig. »Aber ich weiß wirklich nicht, wie ich dir momentan helfen kann.«

Brian schaltete sich ein: »Ich habe mich ebenfalls umgehört, und – ohne Ihnen nahetreten zu wollen, Sir – für mich sind Erkundigungen dieser Art leichter. Zweierlei habe ich herausgefunden. Ich entdeckte eine Kirche, in der neben den sonstigen katholischen Heiligen auch Voodoo-Heilige verehrt werden. Ich habe aber dem Priester Verschwiegenheit zugesichert, da er ansonsten befürchten muß, von der Kirche exkommuniziert zu werden. Zum anderen habe ich eine Einladung zu einer Voodoo-Zeremonie erhalten, die in Abständen öffentlich auf der Bühne vorgeführt wird und ...«

»Scheiße!« unterbrach Kip ihn ungehalten. »In Paris laden sie dich auch zu einer Satansmesse ein, mitten auf der Place Pigalle sogar, fünftausend Francs knöpfen sie dir dann für etwas ab, was zu einem Viertel des Preises in jeder *bouge* zu sehen ist!«

»Du lieber Himmel«, protestierte Brian. »Halten Sie mich für derart naiv? Das ist keine billige Show, sondern eine historische Vereinigung, die sehr gewissenhaft und genau die Tänze und Zeremonien auf der Bühne präsentiert. Zwar nicht echt, aber wohl das Beste, was ein Außenseiter zu sehen bekommen kann. Ich werde es in meinem Buch erwähnen. Bis jetzt habe ich allerdings noch keinen Fotografen ausgegraben« –, mit einem Seitenblick auf Mardee verbesserte er sich schmunzelnd: »aufgegabelt. Die Vorstellung wird von der Universität finanziert, und sollten Sie das filmen wollen, Wright, so bin ich sicher, daß Sie die Genehmigung erhalten werden.«

»Dawes, ich mache Ihnen einen Vorschlag«, antwortete Sebastian. »Verschaffen Sie mir eine Einladung, und ich stelle Ihnen einen meiner Kameramänner zur Verfügung. Sie können für Ihr Buch aber auch jede von Ihnen gewünschte Aufnahme als Dia erhalten. Okay?«

Brian strahlte. »Einverstanden!«

Die Drinks kamen. Mardee nippte an ihrem Sherry, und Brian trat zu ihr. »Du bist da mit Sicherheit in eine tolle Gesellschaft geraten.«

Ausgelassen prostete sie ihm zu. »Das ist Showbusineß.«

»Ich mag Wright. Er ist ehrlich, und ich glaube, er will wirklich den Leuten ein positives Bild von Haiti vermitteln.«

»Ich mag ihn auch«, stimmte Mardee zu. »Ich glaube aber auch, daß seine Liebe zu Haiti ihn zu seiner Affäre mit Donna verführte und ebenso zu seiner Flirterei mit mir. Wir alle sind Teil des Zaubers von Haiti.«

»Hältst du ihn wirklich für so romantisch?« zweifelte Brian.

»Ich denke schon«, meinte sie und erinnerte sich des Gesprächs mit ihm, als er sie durch den Besitz führte: die Art, in der er von seinem letzten Film schwärmte, der Schönheit des Eises und des glitzernden Schnees. Ebenso erinnerte sie sich der Presseberichte über seine damalige intensive Romanze mit einer internationalen olympischen Eisläuferin. »Er lebt nur in der Gegenwart, völlig aufgegangen in seiner jeweiligen Passion.«

»Und wahrscheinlich ist alles gleich schnell vorbei«, meinte Brian mit einem Blick auf Donna Royce, die sich besitzergreifend an Sebastians Arm gehängt hatte.

Brian hat recht, und sollte sich Donna ernsthaft in ihn verliebt haben, so tut sie mir leid. Ist der Zauber verflogen, der Film beendet, dann wechselt er ohne einen Blick zurück Thema, Gegenstand und Leidenschaft. Vor ihrem Auge erschien das wütende Gesicht Donnas, als die ältere Frau sie aufforderte, die Finger von Sebastian zu lassen. *Warum eigenlich verschwende ich meine Gedanken an sie?*

Brian erriet ihre Überlegungen und meinte: »Er ähnelt dem Komponisten Puccini. Der war immer in diese oder jene Frau verliebt. Meistens Sängerinnen seiner Opern. Und als seine Frau ihm einmal seiner Liebesaffären wegen Vorhaltungen machte, erwiderte er: ›Ich verliebe mich nicht in irgendeine Frau. Ich liebe Manon, Mimi und Tosca – und für eine kurze Zeit sind diese Frauen meine eigenen Geschöpfe...!‹« Er brach ab. »Hey – wieviel hat Barry eigentlich schon getrunken?«

Er war Mardee eigentlich recht nüchtern vorgekommen, aber entweder war das letzte Glas genau das eine zuviel gewesen, oder der Wechsel von Rum zu Scotch war ihm nicht gekommen.

Er stand über Donnas in Vergessenheit geratene Trommel gebeugt und brabbelte laut und betrunken vor sich hin. »Wenn diese Trommel eine Seele hat – hey, Leute, hört mal her! –, sollten wir ihr dann nicht ein Trankopfer darbringen, wie seinerzeit den alten Göttern Griechenlands? Das mußte ich einmal in einem Film machen. Aber das geht hier natürlich nicht mit Scotch. Kip, du hast Rum, gib mir dein Glas.« Er nahm es und bespritzte die Trommel mit dem wohlriechenden Rum. »Im Na-, Namen eines un-, unbekannten Gottes«, parodierte er mit überbetont feierlichem Gesicht.

Kip, zornrot im Gesicht, packte Paul bei den Schultern und zerrte ihn weg. »Bist du des Teufels? Was soll das bedeuten?«

Brian stellte sich zwischen Paul und Kip, der vor Wut schier außer sich war. »Er ist betrunken, Tybalt, er meint es nicht so. Gib Ruhe, Paul! Du blamierst dich bodenlos.«

Er zog Barry zum Sofa, wo Paul nur noch »Entschuldigung, Kip« murmelte und einschlief.

Weiß und am Körper zitternd, schüttelte Kip seinen Kopf. »Es wird hier zuviel getrunken«, sagte er. Sein kreolischer Akzent war plötzlich unverkennbar. *»Blasphème de salaud d'ivrogne!«*

Verärgert meinte Brian: »Das ist abergläubischer Unsinn, Tybalt, und einer der Gründe, warum überall in der Welt Haiti nicht ernst genommen wird. Sind Sie wirklich so ein abergläubischer Narr oder auch nur betrunken?«

Nicht sehr erfolgreich in seinem Bemühen, seine Stimme unter Kontrolle zu bringen, erwiderte Kip: »Sie wissen nicht, wovon Sie reden, Dawes. Zu den Touristen in Port-au-Prince kann man so reden, aber nicht hier in Cap Dominique, wo...« Seine Stimme verstummte erneut, er wandte sich ab, ging zum Kamin und starrte in die Flammen.

Mardee beobachtete ihn – zu ihrer eigenen Überraschung beunruhigt und etwas verärgert über Brian wegen der Art, wie er mit Kip umgegangen war.

Kip ergriff die Trommel und nahm sie beschützend unter seinen Arm. Mardee überkam die verrückte Vorstellung, daß Kip sich der Trommel gegenüber zu entschuldigen versuchte. Sanft begann er mit den Fingerspitzen die Trommel anzuschlagen; so leise, daß Mardee nichts bemerkt hätte, hätte sie es nicht gesehen. Seine schmalen und zarten Finger bewegten sich fast geräuschlos und entwickelten einen in Bann schlagenden Rhythmus.

Sie wechselte mit Brian einen fragenden Blick: Wohin führt das?

Mardee konnte es mittlerweile wieder hören – weniger als Musik von außen, denn als Antwort aus ihr selbst heraus; in ihrem Blut. Die Musik schwoll an und begann unmerklich das Zimmer zu erfüllen. Nun wußte Mardee, daß sie wirklich etwas hörte, daß da nicht etwas in ihr war, ein zwingender Ruf... Sie bemerkte, daß Donna, die neben dem Kamin stand, rhythmisch zu dem Trommelschlag sich zu wiegen begann – nicht bemerkte sie jedoch, daß sie dasselbe tat. Aber sie sah, daß Brian, dann Sebastian und Margret, sich ebenfalls zu der Musik zu bewegen begannen.

Donna, in die Musik verloren, begann als erste sich zu bewegen, dann mit ihren Absätzen rhythmisch auf den Boden zu stampfen. Sebastian ergriff sie bei den Händen, und sie tanzten. Mardee warf ihren Kopf zurück und fühlte, wie Brian ihre Hände nahm, sie in die Mitte des Raumes zog – auch sie selbst im Tanz selbstvergessen.

Die Trommel. Der Schlag der Trommel. Nichts mehr existierte in dem Raum, nichts mehr in der Welt als die Trommel und dieser Rhythmus, der ihr Blut aufwühlte und ihren Körper ohne eigene Kontrolle sich zu dem herausfordernden Schlag bewegen ließ. Zaghaft und verwirrt tauchte weit ab irgendwo in Mardees Bewußtsein noch die Frage auf: *Warum tanzen wir eigentlich so?* Aber sie war nicht wichtig. Nichts war mehr wichtig außer der Musik, die ihr Ohr, ihren Geist, ihren Körper erfüllte. Und während sie so tanzte, verschwand der Raum um sie, und sie tanzte im Dunkeln, außerhalb der Zeit, besessen. Dunkle Bilder einer Vergangenheit, die sie in ihrem bisherigen Leben nie bewußt kennengelernt hatte, tauchten in ihrem Geist auf und begannen im endlosen, monotonen und nicht bewußt mehr wahrgenommenen Schlag der Trommel ihr eigenes Leben... Nackte Gestalten sangen unter dem großen Mond – Feuer flackerten durch die Dunkelheit – weitere Trommelrhythmen erhoben sich und fielen ein...

Wie durch einen Nebel, der sich auf ihre Sinne gelegt hatte, konnte sie zwar Kip erkennen, aber das war nicht mehr Kip! Da war nichts als eine Schwärze, eine Kraft, aus der eine fremde, in Bann schlagende Maske mit leuchtenden Augen auftauchte – verzerrt, unwirklich...

In plötzlichem Erschrecken dachte Mardee: *Das ist verrückt, wir alle hier sind verrückt, das ist Wahnsinn* ... Sie sah Sebastian, dessen weißer Haarschopf in seinem wilden Tanz nur so herumflog. Brian lachte – in diesem allgemeinen Wahnsinn eine völlig unangemessene Fröhlichkeit. Donna hielt ihre Arme ausgestreckt; ihre Stöckelschuhe hatte sie schon abgestreift und tanzte barfuß, ihre Haare flogen nur so. Margrets graue Haare hatten sich aus ihrem Knoten gelöst und hingen unordentlich über ihre Schultern, während sie sich unbeholfen, steif wie eine alternde Frau, im Kreise drehte. Selbst Kip, die Trommel unter seinem Arm, tanzte. Sein Gesicht verzerrt und bleich, seine Arme und Finger in rasender Bewegung. Mardee fühlte Angst in sich aufsteigen. *Wir sind verrückt, total verrückt, wir müssen dies zu einem Ende bringen* ...

Aber obwohl sie immer wieder versuchte, ihre Füße unter Kontrolle zu bringen, bewegte sich ihr Körper weiter in wildem Tanz. Sie geriet in Panik. Ich kann nicht aufhören, niemand kann aufhören, wir werden weitertanzen müssen, bis wir alle an Erschöpfung sterben ... Erinnerungsfetzen jagten durch ihr Hirn: die ekstatischen Tanz-Prozessionen des Mittelalters, das Märchen von den roten Schuhen, in dem Karen bis in alle Ewigkeit tanzen mußte aus Strafe für ihre Gotteslästerung, die tanzende Kuh in Mary Poppins ...

O Gott, hilf uns ... Ich muß das beenden ... Angst erfaßte sie, als sie begriff, daß sie weder Füße noch Körper auch nur für einen Augenblick ruhig halten konnte, solange die Trommel ihren unbezwingbaren Rhythmus schlug, ein Rhythmus, der Raum und Zeit auslöschte ...

»Arrêtez!« Ein hoher, schriller Kommando-Ton stand im Raum. Der Trommelschlag stockte und verstummte.

Mardee, bestürzt und schockiert, taumelte gegen ein Möbel, stützte sich dort ab, schnappte nach Luft und starrte verstört auf Tante Emilies wutgezeichnetes, altes Gesicht. Mitten in dieses schockierte, schuldbeladene Schweigen piepste Margret völlig unangemessen: »Du lieber Himmel, was ist bloß in uns gefahren?«

Kip lehnte am Kamin. Sein Kragen stand offen, sein Gesicht war schweißüberströmt. Erbarmungswürdig schaute er zu der alten Dame hinüber. Zweimal hob er zu reden an, doch seine Stimme versagte jedesmal.

Madame Thibauds Stimme zitterte vor Empörung. »Ich dulde diese – diese Art Orgie nicht unter meinem Dach! Marie-Louise!« Ihre Augen suchten Mardee. »Warum hast du dieses – dieses Spektakel zugelassen?«

Kip faßte sich, schweratmend sagte er: »Madame, Ihre Großnichte trifft keine Schuld, ich...«

Donna Royce suchte ihre Schuhe und schlüpfte eher beiläufig in sie. Ihre Stimme klang zwar noch reichlich benommen, aber sie hatte sich als einzige so weit unter Kontrolle, um klar reden zu können. »Madame, wir bedauern diese Störung sehr. Kip begann zu spielen und wir zu tanzen. Dies war sicher nicht beabsichtigt, aber die Musik riß uns mit. Wir hatten Sie um alles in der Welt nicht stören wollen. Es tut uns ausgesprochen leid.«

Schnell übernahm sie die Rolle Sebastians als Gastgeberin.

»Darf ich Ihnen ein Glas Sherry anbieten, Madame? Sicher nicht in der von ihnen gewohnten Qualität, aber wir alle wollten noch vor dem Essen...« Unbefangen nahm sie die Karaffe, füllte ein Glas und bot es der augenscheinlich immer noch verärgerten Dame des Hauses an. Mardee, die immer noch zitterte, verspürte Dankbarkeit in sich gegenüber Donna wegen deren verblüffender Ruhe.

Tante Emilie akzeptierte das angebotene Glas; es gab für sie keine andere Wahl – außer einem offenen Akt der Unhöflichkeit, zu dem eine Frau ihrer Herkunft und Klasse schon physisch fast nicht fähig ist. Kip hatte sich in einer Art zur Seite gedreht, die Mardee vermuten ließ, er wolle die Trommel mit seinem Körper vor ihren Augen verbergen. Dann ließ er sie in einem Akt geplanter Unbeholfenheit ins offene Feuer fallen.

Das alte Holz flackerte kurz auf – dann war es vorbei; und

im Handumdrehen war er wieder der charmante, weltgewandte Schauspieler. Mit einer leichten Verbeugung sagte er in seinem perfekten Französisch: »Madame, ich bedaure unendlich, daß unser spontanes Vergnügen Ihre Abendruhe gestört hat. Seien Sie versichert, daß nichts Derartiges wieder vorfallen wird.«

Mardee merkte, wie sie Brians Hände umklammert hielt. Würde Tante Emilie diese Erklärung akzeptieren? Doch was sollte sie sonst machen? Sie könnte doch wohl schlecht ihre Gäste aus dem Haus werfen.

Aber was war denn eigentlich mit ihnen passiert? Eine Art Besessenheit? Kaum versuchte sie sich auf diesen Gedanken zu konzentrieren, als ihr auch schon die ersten Zweifel an der Realität dessen kamen, was vorgefallen war. Nur flüchtig noch erinnerte sie sich, während des Tanzes an eine Art Rausch gedacht zu haben – doch auch diese Reminiszenz verflog so schnell wie ein verrückter Traum bei Tageslicht.

So nahm sie denn die Gelegenheit wahr, auch ihrerseits mit der Befolgung gesellschaftlicher Gepflogenheiten die Situation weiterhin zu entkrampfen, ergriff Brians Hand und führte ihn zu Madame Thibaud.

»Tante Emilie, das ist Brian Dawes.«

Die alte Dame zeigte sich unbewegt, unentschlossen, ob sie sich mit der angebotenen fadenscheinigen Erklärung zufrieden geben oder weitere Aufklärung verlangen sollte. Dann seufzte sie tief auf, bot ihm ihre knochige, zerbrechliche Hand und lächelte.

»Sie haben meiner Nichte einige der Sehenswürdigkeiten unserer schönen Insel gezeigt, M'sieur, und ich habe erfahren, daß Sie ein Buch über die neueren Entwicklungen unseres modernen Haiti schreiben. Während des Essens, das sicher schon angerichtet sein dürfte, werden Sie mir mehr darüber erzählen müssen.« In königlicher Gelassenheit reichte sie ihm ihren Arm. Ihre dunklen, machtvollen Augen schweiften durch den Raum – die ihr so fremd Gebliebenen von der Filmgesellschaft gleichzeitig wahrnehmend wie zurückweisend.

»Ihnen allen wünsche ich eine besonders angenehme Nachtruhe.«

Und erneut entdeckte Mardee an ihr die Züge, die Sebastian ihr als ›herzoglich‹ beschrieben hatte. Brian führte ihre Großtante aus dem Raum. Mardee folgte.

Tante Emilies Koch hatte sich selbst übertroffen – der Service, der Wein, das Essen waren ausgesprochen feudal –, doch Mardee, die immer noch nicht zu sich selbst gefunden hatte, stocherte etwas lustlos in ihrem Essen herum. Mit wachsender innerer Unruhe verfolgte sie das Gespräch, in dem Brian von seinem Buch berichtete. Gelassen und souverän plauderte er über hohe Literatur, neue Methoden der Zuckerrohrernte, gewerkschaftliche Bemühungen für angemessene Löhne für die Arbeiter auf den Kaffee- und Zuckerrohrplantagen.

Tante Emilie hörte ihm mit Interesse zu, stellte auch intelligente Fragen – doch ihren exzellenten Brandy, den sie ihm nach dem Essen anbot, schlug er aus. »Vielen Dank, Madame. Ich muß noch nach Port-au-Prince zurück, und bei den hiesigen Straßen halte ich es für besser, Alkohol und Autofahren zu trennen.«

»Eine sehr lobenswerte Einstellung.« Madame Thibauds Lippen verzogen sich zu einem Lächeln. »Ich habe Léon – einen der Gärtner und ein erfahrener *mécanicien* – gebeten, nach Ihrem Wagen zu schauen, und er versicherte mir, daß dieser nun zufriedenstellend läuft.«

»Ich bin Ihnen sehr verbunden, Madame.« Brian erhob und verbeugte sich. »Wenn Sie gestatten, möchte ich kurz mit ihm ein paar Worte wechseln, bevor ich aufbreche.« Mardee vermutete, daß er ihm ein großzügiges Trinkgeld anbieten wollte. Er entschuldigte sich – versprach, noch einmal zurückzukommen, um sich von Mardee zu verabschieden, und Tante Emilie wandte sich mit einem Lächeln an Mardee.

»Ich bin sehr von deinem jungen Mann angetan, Marie-Louise. Er wird einen guten Ehemann abgeben. Ich hoffe, du meinst es ernst.«

Überrascht und entrüstet erwiderte Mardee: »Ich kenne ihn doch kaum! Er ist sicher ein netter Mann, aber ich denke noch nicht ans Heiraten!«

Madame Thibaud widersprach: »Es ist höchste Zeit, Marie-Louise. Du bist bald dreißig, also nicht mehr ein *jeune fille*, und...«, dies fügte sie mild hinzu, »...du darfst nicht vergessen, daß ich keine weiteren Verwandten habe. Ich möchte gerne hier in Cap Dominique noch Kinder sehen. Ich selbst habe nicht geheiratet, was ich manchmal bedaure, aber...« Sie sah Mardees Gesicht versteinern und brach ab.

»Nun, wir können dieses Thema ein andermal weiterdiskutieren, *p'tite*. Verabschiede dich von deinem jungen Freund und entschuldige mich. Ich bin sehr müde. Bitte rufe Fifine, sie soll mich zu Bett bringen.«

Mardee tat so, und anschließend trat sie auf die weite Veranda hinaus, um auf Brian zu warten. Er kam die Treppe herauf, stellte sich neben sie und seufzte tief.

»Mardee, danke für den schönen Tag.«

»Ich danke dir«, sagte sie leidenschaftlich. »Durch dich beginne ich Haiti langsam kennenzulernen.«

»Hoffentlich ist dies nur der Anfang«, erwiderte er leise und nahm sie zögernd in den Arm. »Mardee...«

Einen Augenblick genoß sie entspannt die beschützende Kraft seiner Umarmung. Dann – Tante Emilies gelassener Kommentar zu Brian schoß ihr durch den Kopf – sträubte sie sich ein bißchen gegen seine Umarmung. Doch als seine Lippen die ihren fanden, dachte sie: *Warum eigentlich nicht? Es ist dumm, das, was ich für Brian empfinde, abzulehnen, nur weil Tante Emilie ihn akzeptiert!*

Sie preßte sich an ihn und gab sich seinem Kuß hin; zu ihrer Überraschung entdeckte sie, daß ihr Körper auf ihn reagierte. Seit sie aus Teds Wohnung – damals war es auch die ihre gewesen – geflüchtet war, am Tage ihres letzten Streits, hatte kein Mann sie auch nur einen Augenblick lang erregen können.

Nicht einmal Kip? meldete sich hartnäckig ihr Gewissen, aber sie wies diesen Gedanken kurzerhand zurück. Kip ist Schauspieler. Jede Frau, die sich mit einem Schauspieler einläßt, muß mit Schwierigkeiten rechnen. Sie schlang ihre Arme um Brian mit einer Heftigkeit, die den Mann überraschte und – entzückte.

Aber warum hörte sie gerade jetzt wieder diesen eindringlichen und mitreißenden Rhythmus, der ihr schon vorher bis ins Mark gedrungen war? »Brian«, sagte sie und löste sich von ihm, »war da nicht ein Geräusch?«

Einen Augenblick war er still und lauschte. »Nein, ich glaube nicht. Für einen Moment glaubte ich, wieder Trommeln zu hören – vielleicht stimmt das sogar. Überall auf Haiti hört man Trommeln. Das war verrückt heute abend. Massenhypnose nennt man das, glaube ich.«

Er gab ihr einen leichten Kuß auf die Stirn. »Paß auf dich auf. Es ist mir gar nicht recht, jetzt zu gehen und dich in diesem Irrenhaus zurückzulassen. Wer weiß, was alles passiert.«

»Ich dachte, du magst Wright?«

»Das stimmt auch, und außerdem – verzeih, wenn das zu zynisch klingt – ist er eine Top-Adresse in der gesamten Medienwelt. Das ist auch der Grund, warum ich für ihn diese Voodoo-Filmerei arrangiere. Es ist nützlich, ihn mir zu verpflichtet zu wissen. Darüber hinaus ...«, er grinste, »... habe ich dadurch eine gute Ausrede, dich wiederzusehen.«

Mardee reichte ihm beide Hände und sagte leise: »Die brauchst du nicht, Brian, wirklich nicht.«

Wieder nahm er sie in die Arme; sie gab sich seinem Kuß hin, von der heißen und duftgeschwängerten Nacht berauscht.

Tante Emilie weiß es vielleicht nicht, aber sie hat ihren Willen bekommen. Ich meines es ernst mit Brian, viel ernster, als sie eigentlich wissen soll. Und in ihrem Blut pochte unaufhörlich der

Rhythmus der Trommeln. Waren sie wirklich vorhanden, oder hörte sie nur das Klopfen ihres Herzens? Seufzend entzog sie sich ihm. »Du solltest jetzt gehen. Du hast noch eine lange Fahrt vor dir, und es ist schon sehr spät.«

»Du hast recht.« Er drückte noch einmal ihre Hand und flüsterte: »Das nächste Mal suche ich einen Platz, wo ich dich ungestört küssen kann, wo nicht Madame Thibauds gesamte Dienerschaft möglicherweise Wache steht.«

Erleichtert über seine lockere Reaktion ging Mardee ins Haus zurück und sah noch die Heckleuchten seines Vehikels in der Dunkelheit verschwinden. In die große Halle gekommen, gab sie dem offensichtlich geduldig wartenden Robert die Anweisung, das Haus abzuschließen und zu Bett zu gehen.

Mittlerweile redet er mit mir in dem gleichen Ton wie mit Madame, dachte sie, *und heute abend erklärte sie mir, ich sei ihre einzige nähere Verwandte und sie wolle Kinder in Cap Dominique sehen.* Der Gedanke, immer hier zu leben, mit Brian, in einem Haiti, das sie zu lieben begann, war angenehm. Schon lange vorher hatte sie entschieden, daß Kinder und Bühnenkarriere nicht zu vereinbaren waren. Über diesen Punkt hatten Ted und sie sich nie einigen können; eine der schweren Belastungen, an denen ihre Ehe gescheitert war.

Aber hier wäre alles ganz anders – hier in Maison Dominique Kinder großzuziehen...

Melanie döste in einem Sessel am Fenster; sie wachte auf und gähnte vorwurfsvoll. Mardee, die sich grundlos schuldig fühlte, schickte sie zu Bett. Sie schlüpfte aus ihrem braungelben Rock und fühlte etwas Schweres an ihrem Hals hängen. Zum ersten Mal seit Stunden dachte sie wieder an die Halskette – Halskette? – mit dem Madonna-Karneol. Sie nahm sie ab und betrachtete sie; sie war sich fast sicher, daß es eine Art Rosenkranz war. Sie fragte sich, woher sie wohl stamme und warum sie sich auf so unerklärliche Weise von ihr angezogen fühlte. Irgendwie schien ihr die Kette vertraut zu sein – so vertraut wie die Steinhütte ihrer Vorfahrin. Sie schlüpfte ins Bett, die Perlenschnur in der Hand. Ohne wirklich zu wissen, was sie tat, bekreuzigte sie sich und flüsterte: »*En tes mains, Gran'Maîtresse* ...« und schlief erschöpft ein.

... Mardee träumte: Vom Schlagen der Trommeln aufgewacht, überkäme sie ein seltsames Gefühl der Unruhe. Das Moskitonetz zog sie zur Seite, das Zimmer erhellt von einem seltsam fahlen Mondlicht, sah sie sich verständnislos um.

Sie war allein. Was machte sie hier? Er hatte sie wieder vergessen. Sie mußte schleunigst in ihre eigene Wohnung zurück, bevor man sie entdeckte und wieder bestrafte. Sie stand auf und suchte mit bloßen Füßen nach ihren Pantoffeln, die nicht da waren. Schnell zog sie sich etwas über und fingerte mit den ungewohnten Knöpfen. Sie wagte kaum zu atmen und stahl sich leise die Treppe hinunter, den Korridor entlang, auf den vertrauten Hinterausgang zu, der in solchen Nächten immer unverschlossen blieb. Sie schlüpfte hinaus in die heiße, tropisch duftende Nacht. Jetzt konnte sie die Trommeln deutlich vernehmen; das Geräusch brachte ihr Blut in Wallung, aber der Priester hatte sich sehr entschieden ausgedrückt. So etwas war nichts für sie – eine Gefahr für ihre unsterbliche Seele. Trotzig umklammerte sie den Rosenkranz und flüsterte, einer Beschwörung gleich: »*Gran'Maîtresse* ...«

Das war keine Sünde. Sie war die Mutter Gottes, lieblich und rein, die Mutter aller sündigen Menschen. Der andere Priester hatte es ihr genau erklärt... Sprach man von ihr als Maria, der Heiligen Jungfrau, dann war sie die Mutter der Weißen; aber wenn man sie als ›*Maîtresse Erzulie*‹ anredete, dann war sie die liebevolle Beschützerin der Weißen und der Schwarzen – und ebenso von denen, die weder zu den einen noch den anderen gehörten. Eine wie sie.

Schutzsuchend umklammerte sie den Rosenkranz und drückte ihn fest an sich. Sie bewegte sich leise, und plötzlich, wie in einem seltsamen, traumhaften Übergang, befand sie sich auf den Stufen ihres eigenen Hauses, das, wie ER erklärt hatte, für immer ihr gehören sollte, allen Weißen in Saint-Domingue zum Trotz... Sie schob den Riegel zurück und ging hinein. Sicher bewegte sie sich in der Dunkelheit, fand den Haken und hing den Rosenkranz dort auf, wo er auf sie herabsehen und sie zu jeder Tages- und Nachtzeit beschützen würde. Einen Augenblick war sie wegen der Leere und der Ruhe im Haus überrascht. Wie lange war sie fort gewesen? Wie hatte er es wagen können, sie in das Große Haus zu bringen? Würde er heute nacht kommen? Er kam nicht jede Nacht. Sie wußte, er würde – wenn möglich– kommen, und wenn nicht, dann war er mit jener geheimnisvollen und bedrohlichen Sache beschäftigt, die es, wie er ihr versicherte, ermöglichen sollte, daß sie für immer zusammenblieben. Er hatte ihr nicht viel darüber erzählt – und sie wollte auch nicht mehr darüber wissen.

Aber niemand kam; hier in diesem kleinen Haus herrschte nur Stille, seltsame Leere, Blätterrascheln vor dem Fenster und die Trommeln, die Trommeln...

Mardee erwachte, schlug überrascht die Augen auf. Was für ein merkwürdiger Traum, was für ein äußerst merkwürdiger Traum! Sie war ihre eigene Sklaven-Ahnin gewesen, die sich des Nachts aus dem Hause stiehlt, um ihren schwarzen Liebhaber zu treffen, mit dem sie den mächtigen *›blanc‹* betrog, der ihrer beider Herr war... Ein Traum? Schockiert erkannte Mardee, daß sie nicht in ihrem Bett lag. Sie trug ihr neues Baumwollhemd – schief über ihrem nackten Körper geknöpft. Sie war barfuß und befand sich überhaupt nicht mehr im Hause! Mit wilden Augen sah sich Mardee in dem kahlen Raum mit der gefliesten Feuerstelle um. Von Panik erfaßt, sprang sie auf, als sie plötzlich an Spinnen, Schlangen und giftige Insekten dachte. Sie ermahnte sich schnell und erinnerte sich, daß alle Einheimischen hier barfuß gingen – weil es ihnen so gefiel oder aus purer Not – und keine Furcht vor Schlangen und Käfern kannten.

Aber wie war sie hierher gelangt? Ihr Traum fiel ihr wieder

ein, und sie kam zu dem einzig möglichen Schluß, daß sie wohl schlafwandelnd hierher gekommen war.

Als erstes mußte sie zurück, bevor man sie suchte und Alarm schlug – was ihrem Ruf schaden konnte, ganz zu schweigen von dem Schrecken, den Tante Emilie durchleben würde.

Wer würde ihr schon die Schlafwandlerin abnehmen, die auf unbekannten Wegen durch ein fremdes Grundstück sicher zu einem kleinen Haus fand, das sie vorher nur ein einziges Mal gesehen hatte? Mardee tastete sich durchs Zimmer. Der Rosenkranz hing an eben dem Haken beim Kamin, wo sie ihn in ihrem Traum hingehängt hatte. Seltsam, im Traum hatte sie genau gewußt, welche Bedeutung er hatte. Zitternd nahm Mardee ihn ab und hängte ihn sich wieder um den Hals. Noch etwas anderes aus dem Traum war Wirklichkeit: Draußen war Trommelgeräusch. Trommeln in der Nacht, ihr mitreißender Rhythmus steigerte sich bis zum Wahnsinn.

Sie trat wieder in die Nacht hinaus; der Klang der Trommeln war nicht zu überhören. Auch wenn sie es sich immer wieder einredete, es seien nur einfache arme Leute in Cap Dominique, die Rum tranken und sich mit ihrer eigenen Musik unterhielten – sie konnte es nicht mehr länger glauben. Nicht, nachdem sie heute Kip beim Trommeln zugehört hatte.

In der Entfernung war ein schwaches Licht zu entdecken und schnellen Schritts ging sie darauf zu. Gleichzeitig versuchte sie, den Klang der Trommeln mit ihrem eindringlichen und fordernden Locken zu ignorieren.

Sie haben nichts mit mir zu tun.

Ich habe nichts mit ihnen zu tun.

Sie sah sich wieder um, um sich erneut zu orientieren, und mußte erkennen, daß Lichtschimmer und Trommelklang eins waren. Das Licht hatte sie vom Haus weggeführt. Sie befand sich nun am Ende der langen Straße in Cap Dominique – vor sich jenes kahle, große Gebäude, das sie während der Dreharbeiten gesehen hatte. Damals war es mit Brettern verschlagen und verlassen gewesen, jetzt standen die Tore weit offen, und aus jedem Fenster strömte Licht.

Von dort, aus dem Innern des Hauses, kam das Trommeln, die Straße jedoch war dunkel und menschenleer, kein Hund bellte, kein Huhn gackerte.

Das erste, was Mardee im Innern des großen Gebäudes bemerkte, war das Podium mit drei Trommlern. Die eine Trommel war übermannsgroß; ein zerlumpter junger Schwarzer stand auf einer Kiste, um sie zu bedienen. Keinen der Trommler kannte Mardee. In der Mitte des Raumes kniete ein Mann in einem weißen, mit wundersamen Mustern bestickten Mantel. Davor stand eine Säule, um die sich eine riesige Schlange wand – keine echte, aber eine sehr realistische Darstellung aus geschnitztem und bemaltem Holz.

Der kniende Mann zeichnete mit farbigem Puder, den er durch seine Finger rieseln ließ, kunstvolle Muster auf den Boden. Plötzlich stimmte die Menge, die im Saal versammelt war, einen leisen, monotonen Gesang an, der ebenso eindringlich und mitreißend war wie der Rhythmus der Trommeln. Nach und nach konnte Mardee einige Verse verstehen:

Damballa Wedo! Côté où yé!
Damballa Wedo! Côté où yé!
Papa Legba, commande!
Legba commande!
Commande-yo!

Immer wieder wurden diese Zeilen wiederholt; Mardee liefen Schauer über den Rücken. Sie klammerte sich an den Türpfosten, weil sie sonst wie magisch in das Innere des Raumes gezogen worden wäre – und dann? Mardee wußte es nicht. Der monotone, in Ekstase versetzende Gesang verstummte nicht:

Damballa! Wo bist du?
Damballa! Wo bist du?
Pap Legba, befiehl uns!
Legba, befiehl uns!
Gib uns deine Anweisungen!

Der kniende Mann war mit der Ausschmückung des Bodens fertig – blühende, vielfarbige Bäume. Er erhob sich, umklammerte einen seltsam geformten Stab und rief etwas in einem kreolischen Dialekt, der so viele afrikanische Worte enthielt, daß Mardee nichts davon verstehen konnte. Aus dem Hintergrund kamen drei weißgekleidete Frauen den Gang entlanggeschritten, beladen mit Körben voller Blumen. Aus ihrem Versteck konnte Mardee eine von ihnen erkennen – Filine. Niemand sonst hatte ihre Größe, und ihre harten Gesichtszüge waren nicht zu verwechseln. Was würde Tante Emilie sagen, wenn sie ihre Dienerin hier bei Voodoo-Zeremonien sähe? Und der Priester? Schon seit langem hatte Mardee aufgehört, praktizierende Katholikin zu sein, aber jetzt ertappte sie sich, wie sie sich bekreuzigte und automatisch Worte aus ihrer Kindheit flüsterte:

»*Ave Maria, gratia plena, dominus tecum…*«

Sie schluckte, zwang sich, mit dem Beten aufzuhören, und bemühte sich, nicht mit den Zähnen zu klappern. Die Trommeln steigerten sich zu einem wilden Rufen, der Gesang schwoll ohrenbetäubend an, dann – absolute Stille. In dieses plötzliche Schweigen hinein tanzte eine kleine, fragile, weißgekleidete Person in schwindelerregendem Eifer. Sie sprang und warf ihre Beine, so daß ihre strichdünnen Schenkel zu sehen waren. Vor Freude außer sich, schrie sie in einem Kreolisch, von dem Mardee auch nicht ein Wort verstand. Und dann – in Schock und Entsetzen – erkannte sie Madame Thibaud!

Es war Tante Emilie! Aber wie verändert! Nichts von der herzoglichen Würde war in dieser verrückt herumhüpfenden, schreienden alten Frau in ihrem weißen Voodoo-Dreß wiederzufinden. Mardees Schock ließ sie aufstöhnen, doch niemand hörte sie, denn die Trommeln hatten ihren wilden Rhythmus wieder aufgenommen. Aber auch der Bann, der sie bewegungsunfähig gehalten hatte, war gebrochen. Sie wandte sich ab und floh, von Entsetzen getrieben und ohne jede Rücksicht auf ihre nackten Füße. Zweimal verstrickte sie sich in Ranken und fiel längs hin. Schluchzend lag sie dort, bis sie wieder Kraft gefunden hatte, aufzutaumeln und weiterzulaufen. Irgendwann sah sie Maison Dominique, irgendwie schlüpfte sie durch die unverschlossene Tür – von der sie nun wußte, warum sie diese in ihrem Schlafwandel offen vorgefunden hatte. Ob die gesamte Dienerschaft nachts aus dem Haus schlich, um Voodoo-Riten zu feiern? Zitternd schleppte sie sich die Treppe hinauf, fand das Badezimmer, wo sie ihre völlig verschmutzten Füße säuberte, und fiel ins Bett.

War das alles nur der Traum einer Schlafwandlerin? Schon begann ihre Erinnerung zu verblassen, und voller Erschöpfung fiel sie in einen tiefen Schlaf. Was eigentlich war in Wirklichkeit geschehen?

6. *Kapitel*

Mardee erwachte spät, und während sie sich einen Moment lang verwirrt in ihrem stillen Schlafzimmer umsah, erinnerte sie sich an nichts als schlechte Träume. Die Erinnerung drang auf sie ein und überwältigte sie wie die durch das Fenster hereinstrahlende Sonne.

Wenigstens einiges davon war wahr. Der Morgenmantel aus Kattun, gestern neu gekauft in Port-au-Prince, lang zerknittert, ramponiert und schmutzig auf dem Boden. Aber war sonst etwas wahr?

Sie könnte schlafgewandelt sein. Sicherlich aber hatte sie sich nicht wie ein Sklave aus diesem Haus weggestohlen, um ihren heimlichen Liebhaber zu treffen. Dieser Teil, zum mindesten, war ein verwirrter Traum gewesen. Aber war der Rest ebenfalls ein Traum gewesen? Sie konnte einfach nicht an die groteske Vorstellung von Tante Emilie glauben, die sich nächtens wegschleicht, um bei Zeremonien zu tanzen, deren bloße Vorstellung sie bei Tage empörte. Außer wenn die alte Frau eine begabte Schauspielerin wäre – oder eine gespaltene Persönlichkeit, die es verdiente, als eines Psychiaters absonderlichster Fall ausführlich beschrieben zu werden!

Wahrscheinlich hatte sie beim Schlafwandeln alles nur geträumt, ausgelöst durch die verworrenen Erinnerungen des Vortages. Der verrückte Kaiser, der eine mächtige Zitadelle gebaut hatte und von seinen eigenen Untertanen zum Selbstmord getrieben wurde: Kip, der die Voodoo-Trommel schlägt und sie alle zu einer tanzenden Ekstase aufpeitscht, eine Massen-Halluzination – oder war dies auch einer ihrer verworrenen Träume gewesen? Mardee schlug die Hände vors Gesicht, plötzlich voller Angst. Sie wußte nicht mehr, war wahr war und was nicht!

Sie war dankbar für den starken Geruch des Kaffees, den

die unbeholfene Mélanie mit Obst und Semmeln brachte. Der Kaffee war übergeschwappt, und die Sahne hatte sich über die Semmeln ergossen, so daß eine davon bereits aufgeweicht war, aber das machte nichts. Mardee trank den Kaffee schwarz und hoffte dadurch einen klaren Kopf zu bekommen. Sie war dankbar für Mélanies Schlamperei, als das junge Mädchen herumliegende Kleidungsstücke aufhob und nur kurz den schmutzigen Morgenmantel anschaute, bevor sie ihn auf einen Haufen Wäsche warf. Mélanies Augen sahen müde aus, und Mardee fragte sich, ob sie das junge Mädchen unter den tanzenden Frauen in dem alten, verschlossenen Gebäude in Cap Dominique gewesen war. So viele jener Gesichter waren im Schatten gewesen. Oder war überhaupt nichts davon jemals passiert? Wie könnte sie es je herausfinden? Wollte sie es überhaupt herausfinden?

Um die Gespenster und Erinnerungen zu bannen, zog sie sich an und ging hinunter, aber als sie Robert in der Diele erblickte, wallte die Erinnerung wieder auf. War er der kniende Mann gewesen, der farbigen Puder durch seine Fingerspitzen rieseln ließ und fantastische, obskure Zeichnungen auf den Boden des sonderbaren Tempels machte, wo sich die Schlange um eine Säule wand? Sie fühlte, sie würde es nicht ertragen können, es nie zu erfahren. Wie könnte sie Gesicht um Gesicht Tag für Tag anschauen, sich immer fragend: *Ist dies eines der Gesichter, das ich sah, in jener Nacht, tanzend oder trommelnd?*

Robert schien unruhig unter ihrem forschenden Blick.

»Mamselle wünschen ...?«

»Ja«, sagte sie; dies war mindestens klar ihre Aufgabe. Ob sich Robert oder ein anderer der Dienstboten aus dem Haus schlich, um in der Nacht Voodoo-Riten abzuhalten oder nicht, Mardee hatte schon zweimal eine Tür unverriegelt gefunden, nachdem Robert angeblich das Haus verschlossen hatte. Sie sagte: »Robert, sind Sie sicher, daß Sie gestern abend das Haus sorgfältig abgesperrt haben, bevor Sie zu Bett gingen?«

»*Mais certainement,* Mamselle.«

»Dann«, sagte sie, »hat jemand die Gewohnheit, die Türe danach aufzusperren. Gestern nacht war die seitliche Eingangstüre« – sie deutete darauf – »unverriegelt und stand ein wenig offen.« Etwas flackerte in seinem Gesicht, aber so kurz, daß sich Mardee nachher fragte, ob sie es überhaupt gesehen hatte. Oder war es nur der Schock, daß sie ihn beschuldigte, seine Pflicht vernachlässigt zu haben?

»Aber, Mamselle«, sagte er, *»c'est impossible, quoi.«*

Eine glatte Leugnung also. Aber Mardee blieb fest. »Ich sah es selbst, Robert. Und M'sieu Tybalt ebenso.«

»Und haben Mamselle sie wieder verschlossen?« Eine höfliche, unverbindliche Frage, auf die er offenbar die Antwort kannte. Mardee sagte: »Nein, ich glaubte, jemand könnte draußen zu tun gehabt haben, und ich wollte ihn nicht in der kalten Nacht aussperren.« Robert begegnete sanft ihrem Blick. »Als ich heute morgen herunterkam, Mamselle, war die Tür verschlossen und verriegelt wie gewöhnlich.«

»Dann haben Sie keine Erklärung, Robert, warum ich die Türe unversperrt gefunden habe?«

Sein Gesicht war ausdruckslos, sein Ton so höflich, daß sie keinen Anstoß nehmen konnte. »Ist es möglich, daß Mamselle geträumt haben?«

Diese Unverschämtheit verschlug ihr den Atem. Sie öffnete ihren Mund zu einer schroffen Erwiderung, war dann aber erneut betroffen von ihrer eigenen Unsicherheit. Sie hatte sicherlich einen Teil davon geträumt. *Ja,* dachte sie kläglich, *es ist sehr gut möglich, daß Mamselle das ganze verdammte Zeug geträumt hat.* Hatte sie letzte Nacht ihr Bett überhaupt verlassen? Sie gab auf und sagte: »Passen Sie auf, daß dies nicht wieder geschieht, Robert. Ist Madame schon wach?«

»Fifine sagte mir, daß Madame sehr müde ist und heute im Bett bleiben wird«, sagte er. Mardee überlegte: *Müde vom zu vielen Tanzen?* Aber Mardee konnte auch dies nicht fragen.

Würde sie jemals die Wahrheit kennen? Und was könnte

sie dann tun? Angenommen, Tante Emilie hatte tatsächlich die Angewohnheit, sich mitten in der Nacht aus dem Haus zu schleichen, um Voodoo-Trommeln zu lauschen, merkwürdige, obszöne kreolische Gesänge zu obskuren afrikanischen Gottheiten zu singen und groteske Tänze zu tanzen? Was ging es Mardee an? Dies war ein freies Land, und die alte Dame war – grimmig umschrieb Mardee ein altes Sprichwort – frei, schwarz und einundachtzig. Es verstieß gegen kein Gesetz, soviel sie wußte. Auf alle Fälle war Mardee keine Polizistin und war nicht aufgefordert worden, sich in die religiösen Praktiken ihrer Großtante einzumischen. Tante Emilie könnte tatsächlich eine alte Heuchlerin sein, die in rechtschaffener Empörung aufschreit, wenn Kip die Voodoo-Trommel schlägt und ihre Gäste tanzen, nur um selbst in derselben Nacht davonzuschlüpfen und nach ihnen zu tanzen. Aber selbst dann war das Sache der alten Lady und ihres Beichtvaters.

Und vielleicht habe ich sowieso alles nur geträumt…

Es erschien noch unwahrscheinlicher, als sie abends am Tisch saß mit ihrer Tante, zerbrechlich und zierlich wie eine vorrevolutionäre Aristokratin. Juwelen funkelten an ihren Fingern und glitzerten in den Falten der Spitzen an ihrem Hals; jede Geste verriet die große Dame. Während Mardee sie beobachtete, entschied sie, daß alles nur ein übler, abscheulicher Traum gewesen war. Das einzige, was sie tun konnte, war, die ganze Sache zu vergessen.

Und in den folgenden Tagen schien es tatsächlich so, als sei es nur ein Traum gewesen. Es gab immer noch Momente, in denen Mardee neugierig einige der Gesichter im Haushalt ihrer Tante ansah, sich fragend, ob dies eines der Gesichter gewesen war, die sie da gesehen hatte, in dem seltsamen Tempel unter der gemalten Schlange… Aber letzten Endes könnte jedes Gesicht in einem Traum auftauchen, sogar das nur einmal gesehene Gesicht eines Fremden. Und es gab andere Dinge, die sie beschäftigten, denn Tag für Tag schien Tante Emilie mehr zu verblassen und zerbrechlicher zu werden. Mardee äußerte ihre Sorge und bat sie, einen Arzt holen zu lassen, aber die alte Frau lächelte und streichelte ihre Wange.

»Kein Doktor kann das Alter heilen, *chérie.*«

Eines Tages jedoch schickte Tante Emilie nach einem Anwalt und schloß sich lange Zeit mit ihm ein; danach ließ der Anwalt Mardee kommen und verlangte, daß sie bestimmte Dokumente unterschrieb. Mardee entdeckte, daß sie von ihrer Tante Vollmacht bekommen hatte, daß es nun ihre Verantwortung war, die Vorräte für den Haushalt zu bestellen, Aufträge zur Reparatur und Erhaltung von Maison Dominique selbst zu erteilen und das kleine Heer der Dienstboten auszubezahlen – Zimmermädchen, Putzfrauen, Wäscherinnen, Köche, Küchenjungen und Gärtner –, die das Anwesen in Schuß hielten. Sie hatte keine Vorstellung davon gehabt, wie kompliziert es war, einen Haushalt zu führen; ihre einzige Erfahrung war die kleine Wohnung, die sie während ihrer kurzen Ehe mit Ted bewohnt hatte. Sie hatte niemals das geringste Talent zu häuslichen Dingen empfunden, aber sie akzeptierte es als eine Herausforderung und begann sogar das Gefühl der Macht zu genießen, das es ihr gab. Sie begann etwas über das Geschäft der Zuckerrohrfelder zu lernen, die Zuckerplantage, die Tante Emilie noch gehörte und die sie leitete – nicht, sagte der Anwalt, weil sie großes Interesse habe, mehr Geld zu verdienen, sondern damit Maison Dominique, wie in allen diesen Jahren, weiterhin den Männern und Frauen der Nachbardörfer eine Anstellung verschaffen könne. Die Haltung des Anwalts war eine Mischung von Ehrerbietung und nachdrücklichem Rat; es war offensichtlich, daß er sie als die rechtmäßige und logische Erbin ihrer Tante betrachtete.

Brian rief sie jeden Tag an und fuhr zwei-, dreimal in der Woche heraus, um mit Mardee und ihrer Tante zu essen. Er arbeitete jetzt hart an seinem Buch und schien eine ungeheure Menge von Zeit, mit seiner Schreibmaschine eingesperrt, in seinem Hotelzimmer zu verbringen, und er unterbrach seine angestrengte Arbeit lediglich wegen seiner Recherchen vor Ort. Er nahm Mardee zu einigen davon mit: eine Parade in Pétionville, wo Dutzende von Gruppen uniformierter Schulkinder die allgemeine Bildung feierten; ein Kollektiv zur Verbesserung der Landwirtschaft, das die konkurrenzfähige Vermarktung von Kaffee entwickelt hatte; das neue Kunstmuseum, das viele Gemälde des berühmten Primitiven Hector Hyppolite ausstellte, der, wie Brian sie informierte, von Beruf ein Voodoo-Priester gewesen war. Er sagte ihr dies ebenso ruhig, als hätte er ihr erzählt, der Mann sei ein Klempner oder Zahnarzt gewesen, so daß Mardee fast weich wurde und ihm von ihrem schlafwandlerischen Traum erzählt hätte – oder war es doch wirklich gewesen? Aber Brian sah so ruhig und vernünftig aus, daß Mardee sich nicht vorstellen konnte, wie sie das Thema anschneiden sollte, ohne daß es verrückt klang.

Das Ende dieser ruhigen Periode kam eines frühen Nachmittags, als Mardee in die Eingangshalle gerufen wurde, um Brian zu begrüßen, der früh und dieses Mal uneingeladen gekommen war. Er nahm ihre Einladung an, im großen unteren Frühstückszimmer mit ihr Kaffee zu trinken.

»Was führt dich her, Brian? Ich dachte, du arbeitest hart, um das Kapitel über landwirtschaftliche Kollektive zu beenden?«

»Das habe ich«, gab er zu, »aber heute schwänze ich.« Er winkte ab, als sie ihm die Sahne anbot, und schlürfte seinen Kaffee schwarz. Er biß mit Appetit in eine Semmel. »Der Koch deiner Großtante schlägt mit Sicherheit den in meinem Hotel! Er backt seine Croissants mit den Überresten vom Ledermarkt. Diese hier sind himmlisch! Eigentlich, Liebling, kam ich, um Sebastian zu sehen. Er hat mich eingeladen, für einen Tag bei seinen Dreharbeiten dabeizusein. Ich habe mit ihm dieses Geschäft arrangiert, über das ich mit ihm gesprochen hatte. Weißt du, was er heute macht?«

»Ich bin nicht sicher«, gab Mardee zu. »Gestern haben sie die Wiederholung der Massenszenen beendet, Stunt-Arbeiten und den Aufstand, der in die Szenen eingeschnitten wird, in denen Port-au-Prince niederbrennt. Damals hieß es natürlich Saint-Domingue. Der eigentliche Brand wird mit maßstabgerechten Modellen gemacht, und ich nehme an, daß daran im Moment ein Mann für Spezialeffekte in Hollywood arbeitet. Aber die Aufstände werden hier gefilmt, live.«

»Nun, es liegt mir fern, den Brand von Saint-Domingue zu stören«, sagte Brian, »aber ich würde ihn gerne sehen.«

»Ich werde ihn fragen, ob er kommen kann...« Sie unterbrach sich, als Robert mit einem Stoß Briefen in seiner Hand hereintrat. Er legte sie ihr vor, und sie sagte: »Würden Sie M'sieur Wright fragen, ob er für einen Moment zu uns kommen kann, wenn er Zeit hat, Robert?«

»Sicher, Mamselle«, sagte er und ging.

Mardee warf einen Blick auf den Stapel von Post und legte ihn beiseite.

Brian sagte:

»Kümmere dich nicht um mich und öffne ruhig deine Post!«

»Es ist wahrscheinlich nichts Wichtiges«, sagte Mardee und riß einen Umschlag auf, der Marie-Claire Haskells vertraute Handschrift trug. »Meine Mutter hat mir einen Zeitungsausschnitt über die Wiederaufführung von *Folly Garden* geschickt. Ein Kritiker vergleicht meine Jessica mit der jetzigen von Pauline James und meint, daß eine weiße Frau einfach nicht richtig sei für diese Rolle, nach – Hör dir das an, Brian! – ›nach der glänzenden und beherrschenden Darstellung von Mardee Haskell, die letzten Winter am Broadway die Rolle so hervorragend spielte.‹«

»Laß mich sehen«, sagte Brian lachend. »Ich wünschte, ich hätte das gesehen. Glänzend, ja. Beherrschend? Klingt komisch in bezug auf dich.«

Mardee kicherte. »Diese Kritiker«, sagte sie und schlitzte den zweiten Umschlag auf, einen offiziellen mit der Rückadresse eines Anwaltes. Sie starrte den Inhalt so lange an, daß

Brian aufsah und sie mit lebhafter Anteilnahme fragte: »Schlechte Nachrichten, Mardee?«

»Nein«, sagte sie betäubt, »gute Nachrichten, nehme ich an. Meine Scheidung ist rechtsgültig. Dies ist nur eine Kopie des Urteils.«

»Ich wußte nicht, daß du verheiratet warst«, sagte er, streckte eine Hand aus und umschloß mit seinen starken Fingern die ihren.

»Ich bin es nicht, nicht mehr.« Sie starrte erneut auf das amtliche Formular, das besagte, daß das Scheidungsurteil zwischen Theodore Matlock und Marie-Louise Haskell aufgrund von Unvereinbarkeit ergangen ist. »Es ist nur – es scheint so endgültig, irgendwie. Ich kann mir nicht helfen zu denken, daß es nichts mit mir zu tun hat, daß Ted und ich zwei fremde Menschen waren...« Sie unterbrach sich, schüttelte ihren Kopf und steckte das Formular wieder zurück in den Umschlag. »Tante Emilie weiß nicht, daß ich verheiratet war. Wir heirateten nicht in der Kirche, und für sie wäre es nicht gültig.«

»Ich werde es ihr nicht erzählen.« Brian hielt immer noch ihre Hände; nach einem Augenblick hob er eine nach der anderen zu seinen Lippen und küßte sie zärtlich. »Hast du ihn sehr geliebt, Mardee?«

Langsam schüttelte sie ihren Kopf. »Ich glaube nicht, daß ich ihn je geliebt habe. Wir liebten, was wir für den anderen hielten. Aber keiner von uns beiden kannte den anderen jemals wirklich. Nein, ich liebte ihn nicht, nicht wirklich.«

»Das freut mich«, sagte Brian, blickte plötzlich auf und sah ihr gerade in die Augen. »Wenn du ihn geliebt hättest, hätte ich das Gefühl gehabt, warten zu müssen, um dir einige Dinge zu sagen, die ich dir sehr gerne sagen möchte. Aber nicht gerade jetzt, nachdem Sebastian jeden Moment hereinkommen kann. Ich wollte dir davon erzählen«, fuhr er in jäh geändertem Ton fort, »ich habe das Geschäft vorbereitet, an dem er interessiert war – am ersten Abend, als ich auf einen Drink hier herauskam, erinnerst du dich, sagte er, daß er an einer gestellten Voodoo-Zeremonie interessiert sei. Ich habe für ihn die Erlaubnis bekommen, jeden seines Filmteams mitzubringen, der kommen will. Es ist eine historische Inszenierung, und ich nehme an, daß sie alles daransetzen, daß es authentisch ist. Ich habe dem Professor gesagt, daß Sebastians Film ein seriöser Versuch sei, eine Periode der Haitischen Geschichte in Szene zu setzen, und sie waren ziemlich begeistert. Ich möchte, daß du auch kommst.«

»Ich bin nicht sicher, daß ich es sehen möchte. Erinnerst du dich an Kip und Donna und diese verfluchte Voodoo-Trommel?«

Er lachte. »Sei nicht abergläubisch, Liebling! Tybalt ist ein Schauspieler, er liebt es, sich in Szene zu setzen, er hat auch uns alle aufgeregt.« Als sie in Brians lachendes, sachliches Gesicht sah, schämte sich Mardee plötzlich aller ihrer dunklen Fantasien und Ängste.

»Im modernen Haiti«, sagte Brian belehrend, »ist Voodoo nicht realer als Dracula im Nachtprogramm! Es wird gemacht von irgendeiner afrikanischen Folklore-Gesellschaft, subventioniert von einer der großen Universitäten des mittleren Westens, und vom Lesen ihrer Handzettel schließe ich, daß alles sehr seriös und nüchtern ist. Ich glaube, nicht einmal Kip Tybalt würde daran Anstoß nehmen. Es ist wahrscheinlich fast so langweilig wie ein Weihnachtsspiel der Hirten und Engel in deiner Pfarrschule – es gab doch eines bei dir oder nicht? Am Ende mußte ich immer einer der Engel sein, mit den niedlichen Kreppapier-Flügeln!« Er grinste sie an, ein drolliges, absurdes Grinsen. »Das war der Anfang und das Ende meine Bühnenambitionen. Erinnere mich daran, dir zu erzählen, wie einmal mein Heiligenschein steckenblieb. Jedenfalls garantiere ich dir, daß du kein einziges Mal erschaudern wirst. Die einzige Gefahr, der du begegnen könntest, wäre, bis zur Ohnmacht gelangweilt und nachher mit dem Popcorn aus dem Saal gekehrt zu werden.«

Mardee lachte. Sie dachte: *Ich muß immer lachen, wenn ich bei*

Brian bin! »Wenn es so langweilig wäre, warum würde sich dann jemand den Kopf zerbrechen?«

Sie konnte fast das Achselzucken in seiner Stimme hören. »Frag mich nicht! Aber der alte Wright wollte unbedingt Voodoo sehen, und ich versprach ihm, etwas aufzutreiben, das der Wirklichkeit an nächsten kommt.« Er lachte. »Wenigstens hat er mich nicht gebeten, Zombies herbeizuschaffen!«

Sie lachten noch immer, als Sebastian ins Zimmer trat. Er akzeptierte den Kaffee, den ihm Mardee anbot, bemerkte, daß er in zu großer Eile gewesen sei, um mit der Filmcrew zu frühstücken, und schüttelte Brians Hand.

Brian erklärte ihm, was er arrangiert hatte, und Sebastian wirkte begeistert. »Ist das nicht fantastisch! Morgen abend? Dann müßt ihr beide unsere Gäste beim Abendessen vor der Zeremonie sein.« Er nannte eines der besten Restaurants in Port-au-Prince. Brian warf Mardee einen Blick zu; sie nickte, und er nahm für sie beide an. Nach einem Augenblick sagte Sebastian zögernd: »Es würde mich freuen, Madame in die Einladung einzuschließen, Mardee, aber ich habe ernstlich Zweifel, ob sie zustimmen würde. Erinnerst du dich, wie ärgerlich und entrüstet sie war über Kips Trommeln und wie bestimmt der Priester war in diesem Punkt. Ich möchte nicht ihre religiösen Vorurteile verletzen.«

Mardee erinnerte sich an den Traum, in dem sie ihre Großtante gesehen hatte, die grotesk zum Klang der Voodoo-Trommeln hüpfte und in unflätigem Kreolisch schrie – nein! Nein. Das war nie passiert, sicherlich war das nur ein Traum... »Sie wird langsam sehr alt und schwach, Sebastian. Sie nimmt jetzt keine Einladungen mehr an. Sie erzählte mir kürzlich, daß sie San Dominique seit zehn Jahren nicht mehr verlassen habe.«

Sebastian sah erleichtert aus, obwohl er höflich sein Bedauern über Madames nachlassende Gesundheit ausdrückte. »Aber du mußt kommen, Mardee, als unsere Gastgeberin.«

»Das werde ich, sofern mich Tante Emilie nicht braucht«, versprach sie. »Nach dem Frühstück gehe ich immer hinauf zu ihr, um zu sehen, was es Besonderes zu tun gibt oder ob sie irgendwelche Pläne hat.« Sie erhob sich, ließ Brian und Sebastian am Tisch zurück und sagte: »Ich werde jetzt mit ihr sprechen, Sebastian, und dann kann ich dir Genaueres sagen.«

Diese Unterredung mit Tante Emilie war ein tägliches Ritual. In der Theorie berieten sie sich über den Speisezettel oder über einen der Angestellten, der spezielle Instruktionen benötigte, aber von Tag zu Tag regelmäßiger schloß Madame Thibaud, indem sie mit einen müden Lächeln sagte: »Arrangiere alles, wie du glaubst, daß es am besten ist, *ma petite.*«

Obwohl es schon spät war, fand sie Madame noch im Bett, ihr silbernes Kaffee-Service auf einem Tischchen daneben. Sie knabberte lustlos an einem Stück Obst. Höflich hörte sie sich Mardees Bericht über einige Haushaltsangelegenheiten an. Dann sagte Mardee: »Tante Emilie, Brian und ich wurden eingeladen, morgen abend in Port-au-Prince mit Sebastian und den Mitgliedern seines Teams zu essen, bevor wir zu einer – zu einer Aufführung dort gehen. Würde es dir sehr viel ausmachen, an dem Abend allein zu essen?«

»Morgen?« fragte Tante Emilie, und für einen Moment hoffte Mardee beinahe, daß Madame ihre Anwesenheit hier fordern würde. Trotz Brians Versicherungen war sie immer noch höchst unwillig, sich in die dunklen Fantasien aus Haitis Vergangenheit hineinziehen zu lassen. Aber Madame Thibaud lächelte das Totenkopf-Grinsen, das von Tag zu Tag den Schädel der alten Frau deutlicher hervortreten ließ.

»Aber sicher, *chérie,* geh und amüsier dich. Und bitte vergiß nicht, deinen Freund Brian von mir zu grüßen.« Sie gebrauchte das Wort *ami,* und Mardee erinnerte sich, daß das auch Geliebter heißen konnte. Sie errötete, und Tante Emilie tätschelte ihre Hand.

»Er ist ein sehr feiner junger Mann, Marie-Louise, du darfst ihn nicht zu lange warten lassen.« Plötzlich sah sie erschöpft aus und legte sich auf ihr Kissen zurück. Mardee beugte sich hinunter, um die Wange der alten Frau zu küssen, und schlüpfte aus dem Zimmer.

Während sie oben gewesen war, war Brian eingeladen worden, an diesem Tag beim Drehen zuzusehen, und nun diskutierte er es interessiert mit Sebastian. Brian hatte selbstverständlich angenommen, daß sie sie begleiten würde, und so stimmte Mardee zu, obgleich zögernd. Es gab letzten Endes für sie hier nichts zu tun. Das Haus mit der kleinen Armee von Dienstboten funktionierte im Grunde von selbst. Nach einer Weile fand sie zu ihrer Belustigung heraus, was der Anlaß ihrer Beunruhigung war.

Ich möchte nicht, daß Donna Royce denkt, ich würde wieder eine Show für Sebastian abziehen! Aber was gab es schließlich Besseres, um diesen Eindruck zu zerstreuen, als bei der Gesellschaft mit einem eigenen Mann im Schlepptau zu erscheinen? Sie nahm Brians Hand fast trotzig, als sie hinaus zum Studioauto gingen.

Margret begrüßte sie herzlich, und Kips Lächeln war atemberaubend. Ärgerlich auf sich selbst dachte sie: *Ein Schauspieler, der Charme versprüht! Brian ist ein Dutzend von seiner Sorte wert!*

Er sagte leise, während Sebastian Brian zeigte, was sie mit den Statisten für die Massenszenen machten: »Du bist uns ausgewichen, *ma belle*. Warum?«

Sie lächelte ihn an und sagte leichthin: »Sei nicht dumm! Schließlich muß ich arbeiten, und Tante Emilie hat mich gebraucht.«

Er senkte seine Stimme. »War Donna gehässig zu dir?«

»Nein, wirklich, alle waren sehr nett, aber die Gesundheit meiner Großtante läßt nach, und ich wollte in ihrer Nähe bleiben.« Sie wechselte schnell das Thema. »Was macht ihr hier, mit all diesen Statisten?«

Er deutete auf einige Holzbarrikaden, die quer über die Straße aufgebaut waren. »Einfach Massenszenen, die in die Trickaufnahmen eingebaut werden, die sie gerade in Hollywood drehen. Ein Double, das ich noch nie gesehen habe, wird die riskanten Sprünge und gefährlichen Szenen machen; für Hollywood haben sie die gleiche Szene wie hier nachgebaut. Aber ich muß hier die Szenen mit der Masse und die Nahaufnahmen machen. Die blenden sie dann ein in die Trickszenen, die mit ihm gemacht werden.«

Er lächelte verzerrt. »Ich nehme an, das ist Ruhm und Glück. Früher habe ich immer meine eigenen Stunt-Szenen gemacht, aber Sebastian sagte mir, daß die Leute von der Versicherung das nicht mehr erlauben. Wenn ich mir nämlich mein berühmtes Gesicht zerkratze oder meine wichtigen Fußgelenke verstauche, dann kommt die ganze Filmerei zum Stillstand.« Er zog eine Grimasse. »Aber es kommt mir immer noch nicht ganz ehrlich vor. Ich nehme an, ich bin im Grunde noch immer ein Dorfjunge aus Haiti.«

Alles, was Mardee antworten konnte, war ein schnippisches, lässiges: »Das ist Showbusineß.« Er zog wieder seine Augenbrauen nach oben.

»Wie gut ich das weiß. Ich vermute, das ist der Preis, den ich zahlen muß, aber das ist ein seltsames Geschäft, das unsere, Marie-Louise...« Er unterbrach sich mit einem bedauernden Lachen: »Ich kann mich nicht an den anderen Namen erinnern. Ich dachte einmal, ich hätte gelernt, gutes Englisch zu sprechen, aber hier, wo man dauernd Kreolisch hört, werde ich wieder zu Christophe und nicht Kip.«

»Macht mir nichts aus«, sagte sie; aus seinem Mund klang Marie-Louise ganz natürlich. Ein Maskenbildner rief ihn, und er lachte wieder. »Nun muß ich mir mein Gesicht blutig schminken lassen. Sie fürchteten, daß es echt wäre, wenn ich meine eigenen Stunt-Szenen machen würde. Werde ich dich später bei dieser Geschichte sehen, die Sebastian arrangiert? Es ist eine schlechte Imitation, aber Sebastian will unbedingt, daß ich komme.«

»Ich werde da sein«, versprach sie, und er ging mit dem Maskenbildner.

Das Drehen war ermüdend und monoton, eine Aufnahme nach der anderen von Menschenmassen, die durch Holztüren strömen und über Barrikaden klettern, Aufnahmen von Türen, die von der Menge eingerannt werden, eine Nahaufnahme nach der anderen von Kips Gesicht, wütend, aufgeregt, blutüberströmt, seine Anhänger antreibend. Nach einiger Zeit verlor Mardee das Interesse daran und ging davon, eine der Straßen von Cap Dominique hinunter. Klein Henry sah zu dem Geländer eines niedrigen Holzzaunes, aus einiger Entfernung zum Drehort, und sie erinnerte sich, daß er der Sohn von Kips Schwester war. Es war nicht überraschend, daß er kam, um seinem berühmten Verwandten zuzuschauen. Sie schlenderte auf ihn zu, und er grüßte sie mit einer kurzen Verbeugung.

»Mamselle trägt noch immer die Sonnenbrille, die ich ihr gebracht habe«, sagt er erfreut. »Wußten Sie, daß ich im *cinéma* war, Mamselle?«

»Ja, ich habe dich gesehen.«

»Ich wäre heute auch da, aber man braucht keine Kinder für diese Kriegsszenen«, sagte er. »Sehen Sie, ich habe neue Schuhe aus Port-au-Prince.« Er streckte seinen Fuß in einem leuchtendroten amerikanischen Turnschuh aus. »Ich habe sie selbst gekauft, von meinem eigenen Geld, das ich beim Film verdient habe, und ich habe eine Milchziege gekauft, so daß *Maman* immer Milch für ihren Kaffee hat.«

»Ich bin sicher, daß deine Mutter sehr stolz ist auf dich«, sagte sie freundlich.

Henri zeigte auf Sebastian, der gerade mit Kip sprach. Aus dieser Entfernung waren ihre Worte unhörbar. Kip war schrecklich anzusehen mit seinem blutüberströmten Gesicht, aber Henri sagte wichtigtuerisch: »Mamselle brauchen keine Angst zu haben, es ist kein Blut, nur Schminke. Weiß Mamselle, was sie über *le gros blanc* sagen?«

Der Ausdruck bedeutete nur, das wußte sie: der weiße Boß, der große weiße Mann. Sie sagte nachsichtig: »Was sagen sie, Henri?«

»Sie sagen, er ist der zurückgekehrte *gros blanc*, der zurückgekommen ist, um den Fluch von Cap Dominique zu nehmen. Im Krieg, Mamselle, vor tausend Jahren oder so...« Mardee erinnerte sich, daß Kinder kein Verhältnis zur Zeit haben und daß für sie zweihundert Jahre tausend sein können oder eine Million. »*Le gros blanc,* der alte Herr aus Frankreich, der von Sklaven ermordet wurde, sie sagen, daß er das Land hier verflucht hat, bis ein anderer *blanc* im Maison Dominique herrscht. Und nun sagen sie, daß M'sieur Sébastien« – er sprach es Französisch aus – »wiedergekommen ist, um den Fluch wegzunehmen. Wird Mamsell *le gros blanc* heiraten?«

Mardee brach in Gelächter aus. »Nein, wirklich nicht, Henri.«

Er neigte seinen Kopf zur Seite und sah fragend zu ihr auf. »Warum nicht, Mamselle? Er ist reich, und dann würde er auch in Maison Dominique bleiben und den Fluch für immer fortnehmen.«

Sie lachte unbehaglich. »Das ist nicht der Grund, warum Leute heiraten, *petit gosse*. Und *Maman* war sehr böse mit dir, weil du Gespenstergeschichten herumerzählst, nicht wahr? Ich denke nicht, daß ich zuhören sollte, glaubst du nicht?«

Er ließ den Kopf hängen und kratzte mit seinem neuen Turnschuh am Zaun herum. Sie dachte an Fleur, die sie so plötzlich verlassen hatte. Sie vermutete, daß Robert Henris Mutter weggeschickt hatte, weil er gehört hatte, wie sie Mardee warnte, es sei hier gefährlich und sie solle nicht bleiben. Aber sie vermißte Fleurs Kompetenz, ihre Fröhlichkeit, und Mélanie war bei weitem kein Ersatz. Tante Emilie hatte Mardee praktisch die Verantwortung für Maison Dominique übertragen; sicherlich reichte ihre Vollmacht weit genug, um auch die Wiedereinstellung des Hausmädchens ihrer Wahl einzubeziehen! Wenn Robert das nicht guthieß, so war das seine Sache. Sie warf der Kamera-Crew einen Blick zu. Brian stand da mit den Händen in den Taschen, offensichtlich versunken in den Anblick, wie die zerlumpte Menge mindestens zum zehnten Mal durch die berstende Tür brach.

Mardee sagte, plötzlich entschlossen: »Zeigst du mir, wo du wohnst, Henri? Ich würde gerne mit deiner Mutter sprechen. Mach dir keine Sorgen«, fügte sie mit einem Lächeln hinzu, »ich werde ihr nicht sagen, daß du ungezogen gewesen bist und mir gegen das Verbot von Père Etienne Gespenstergeschichten erzählt hast!«

Er grinste scheu. *»Là-bas«*, sagte er. »Wenn Mamselle dort hinuntergeht, auf der anderen Seite der Cinéma-Leute, und dort neben der Kirche rechts abbiegt, wird sie ein Haus finden mit purpurroten Blumen am Spalier und einer kleinen weißen Milchziege, so angebunden, daß sie nicht *Mamans* Blumen anknabbern kann. Möchte Mamselle, daß ich ihr den Weg zeige?« bot er an, blickte aber sehnsüchtig hinüber zum Drehort.

Mardee schüttelte den Kopf. »Ich finde schon hin. Bleib hier und schau zu, wenn du willsst«, sagte sie, und Henri kletterte glücklich auf seinen Beobachtungsposten auf dem Zaun.

Mardee wanderte in die Richtung, in die er gezeigt hatte. Die Straße von Cap Dominique war menschenleer; sogar der kleine Laden hatte seine Türen versperrt. Sie vermutete, daß die ganze Einwohnerschaft Cap Dominiques Ferien hatte, entweder weil sie als Statisten im Film mitwirkten oder um das unerwartete Spektakel zu beobachten. Ganz am Ende der langen Straße kam sie zu dem festverschlossenen und vernagelten Gebäude, wo sie die Lichter und merkwürdigen Riten gesehen hatte – oder träumte, sie gesehen zu haben –, in der Nacht, als sie schlafwandelte, und ihr Traum... wenn es ein Traum gewesen war. Sie starrte die mit Brettern vernagelten Fenster an und fragte sich, ob sie, wenn die Tür geöffnet würde, den Pfosten in der Mitte, die erstaunlich lebensecht geschnitzte Schlange, die prächtigen Malereien an den Wänden, die Reste der farbigen Muster auf dem schmutzigen Boden sehen würde... Versuchsweise drückte sie die Klinke herunter, aber die Tür war fest verschlossen und verriegelt. Natürlich. Was hatte sie denn erwartet? Wenn dies ein Voodoo-Tempel war, dann war er natürlich gegen Eindringlinge oder zufällige Entweihung verschlossen. Und wenn es ein unschuldiges Lagerhaus oder ein Speicher war, so war es wegen der Diebe versperrt... Aber andererseits hatte Kip ihr gesagt, daß es in den Dörfern keine Diebe gebe. Vielleicht hatte der, dem das Haus gehörte, weniger Vertrauen in seine Mitmenschen als Christophe Thibault!

Mardee ging um das Haus herum zum Hintereingang, durch den sie die Frauen hatte eintreten sehen. Sie fühlte sich töricht, als sie die Hand nach der Türe ausstreckte, und sah sich unsicher um, um zu schauen, ob sie beobachtet wurde. Außer ein paar streunenden Ziegen und einigen scharrenden Hühnern war niemand auf der Straße. Sie drückte die Klinke herunter.

Das Schloß gab nach, und die Türe öffnete sich.

Das Haus war leer. Kahl, sauber und dunkel, das Licht durch die verbarrikadierten Fenster ausgesperrt, war es vollständig leer. Ja, es gab einen Pfosten in der Mitte, der das Dach stützte. Aber es war ein einfacher Holzbalken, ohne eine Spur von Schnitzerei oder einer gemalten Schlange. Die Wände waren einfach gekalkt, ohne eine Spur farbenprächtiger Malereien. Der Fußboden bestand aus gestampftem Lehm, vollkommen sauber gekehrt und eben.

Dann war es also ein Traum gewesen, nichts als ein Traum. Und sie war eingedrungen, wo sie nichts zu suchen hatte. Sie seufzte erleichtert, als sie auf die Straße trat, unter dem ruhig forschenden Blick der Ziegen und Hühner.

Ein Traum... oder war sie zurückversetzt worden in Zeiten, in denen – vielleicht – einmal vor zweihundert Jahren hier ein Voodoo-Tempel gestanden hatte? Aber im Traum hatte sie ihn bevölkert mit jenen, die zur Zeit im Maison Dominique lebten. Ein Traum, ein dummer, abergläubischer Traum, nichts weiter.

Sie strich die Geschichte aus ihrem Gedächtnis, nahm die Abzweigung bei der Kirche und fand bald das Haus mit dem Spalier voller purpurner Blumen. Eine kleine, schwarzweiße Ziege war in der Tat in einer Ecke des Hofes angebunden; es gab einen kleinen Garten mit sauber gepflegten Reihen von Tomaten, Paprika und anderem Gemüse, das sie nicht kannte. Sie wußte, das sie das richtige Haus gefunden hatte, als sie Fleur sah, die sich über die Reihen mit Tomaten bückte und das Unkraut aus den gepflegten Beeten zog. Sie war barfuß und trug ein rosa-weißes Baumwollkleid und um ihren Kopf gewunden ein bedrucktes Tuch. Mardee, die sich ihrer Zudringlichkeit bewußt war, betrachtete sie einen Augenblick, ohne zu sprechen. Fleur könnte sie schließlich aus eigenem Willen verlassen haben und Krankheit in der Familie nur als höfliche Entschuldigung zur Wahrung des Scheines angegeben haben.

Die Frau blickte auf und rief nach einem kurzen, erschrokkenen Atemzug: »Mamselle!«

Mardee trat an das Gatter, und Fleur, mit einigen grünen Blättern in der Hand, richtete sich langsam auf. Sie kam auf die Pforte zu und fütterte die Ziege mit den Blättern.

»Ich war im Dorf, und ich sprach mit Henri. Er erzählte mir, daß er eine Milchziege von seinem eigenen Geld vom Film gekauft hat.«

Fleur lächelte schwach, voller Stolz. »Er ist ein guter Junge.« Abwesend zupfte sie mehr Blätter ab und verfütterte sie an die Ziege.

»Ich kam, um zu fragen, ob du nicht zurückkommen könntest, um im Maison Dominique zu arbeiten, Fleur. Das Mädchen, das ich bekommen habe, ist nicht tüchtig. Robert sagte, daß du uns verlassen hast, um jemanden in deiner Familie zu pflegen, der krank ist. Also bin ich gekommen, um zu sehen, ob etwas zu machen ist. Ich möchte dich gerne als Mädchen haben.« Sie fühlte sich unbeholfen.

Fleurs Lächeln verschwand. »*Gran' Dieu*, Mamselle, Sie sollten sofort weggehen!«

Mardee war schockiert ud beunruhigt. »Fort von hier? Weg von deinem Haus, Fleur?«

»Mamselle«, sagte Fleur umständlich mit ihrem eigensinnigen dunklen Gesicht: »Ich stehe zu Ihren Diensten, mein Haus gehört Ihnen, *mais je vous en prie*, Sie müssen von hier fortgehen. Weg von Cap Dominique, fort von der Insel, zurück in die Staaten, Mamselle. Ich bitte Sie, Mamselle, Ihre Mutter war meine Freundin, als wir Kinder waren, ich flehe Sie um Ihrer Mutter willen an, gehen Sie sofort!«

Mardee war schockiert und bestürzt über die Leidenschaft in Fleurs Stimme. »Aber Fleur, wie kann ich das tun? Meine Großtante ist alt, sie wird von Tag zu Tag weniger, sie braucht mich...«

»Die, die braucht nichts und niemanden, Mamselle. Madame muß alles mit ihrem Gott ausmachen. Aber für Sie – Mamselle, warum hören Sie nicht auf mich? Es ist für Sie gefährlich hier!«

»Was bedeutet das alles, Fleur?« sagte Mardee ungeduldig. »Du hast schon einmal mit so etwas angefangen und dann bist du weggegangen...«

»Ja, Mamselle, ich versuchte, Sie zu warnen, und Robert hörte es und schickte mich fort von dort, so wie früher meine Mutter – unser ganzes Leben lang...«

»Aber ich möchte, daß du zurückkommst, Fleur«, bat Mardee. »Kümmere dich nicht um Robert, ich werde mit ihm sprechen. Aber willst du mir nicht sagen, was du meinst? Wie kann es für mich gefährlich sein?«

»Sie haben das Blut, Mamselle. Ich kann nicht mehr sagen.« Sie blickte sich ängstlich um, und Mardee fühlte, daß sogar hier, auf offener Straße, in der brennenden Sonne, während sie die kleine Milchziege mit einem Horn neugierig stubste, Fleur von Angst erfüllt war. Sie zitterte richtig.

»Lieber Himmel, Fleur, sagt dir dein Priester nicht, daß man nicht abergläubisch sein soll? Du hast Henri geschimpft, weil er Geistergeschichten erzählt; hast du sie selber gehört? Erzähl mir nicht, daß du an Flüche und *morts* und all das glaubst!«

Fleur zitterte sichtlich. Sie sagte mit leiser, flehender Stimme: »Mamselle, sprechen Sie nicht von solchen Dingen, nicht einmal im Spaß!«

Mardee seufzte resignierend. Um dem Gespräch wieder den gesunden Menschenverstand zurückzugeben, sagte sie:

»Willst du nicht zurückkommen, um für uns zu arbeiten, Fleur? Du hast selber gesagt, daß du unserer Familie seit langer Zeit gedient hast.«

»Ich kann nicht, Mamselle, ich kann wirklich nicht, ich kann niemals wieder dieses Haus betreten.«

Mardee runzelte die Stirn und schüttelte den Kopf. »Fleur, du warst die Freundin meiner Mutter. Willst du mir das alles dann nicht um ihretwillen erklären?«

»*Mais*... Hat Marie-Claire Ihnen denn nichts gesagt?« Fleur zögerte, sichtlich unsicher. »Ich habe kein Recht, mir eine solche Freiheit zu erlauben. Das allerbeste, was Sie tun könnten, Mamselle, wäre, in die Staaten zurückzukehren und sie selbst zu fragen. Vielleicht, nun da Sie es selbst gesehen haben, ist sie bereit, mehr zu sagen, aber ich darf nicht...« Sie entfernte sich langsam.

»Fleur...« Die Frau wandte sich nicht nach ihr um. Sie ging in das kleine Holzhaus und schloß die Türe. Mardee stand auf der Straße und fühlte sich abgewiesen und deprimiert. Die Kluft zwischen Fleur und ihr war albern. Sie beruhte auf einem Klassenunterschied, der schon vor Jahrzehnten aufgehört hatte zu existieren. Dennoch war die Kluft vorhanden, und sie konnte nichts tun, um sie zu überspringen. Sie fühlte es deutlicher, als sie je die trennende Hautfarbe empfunden hatte. Sie und Fleur waren beide schwarze Frauen; es sollte keinen derartigen Unterschied geben. In den Staaten hätte ein solcher Unterschied nicht existiert.

Aber dies waren nicht die Staaten. Dies war Haiti, und es gab nichts, was sie tun konnte, um es zu ändern. Mardee ging langsam die verlassene Straße hinunter, einzig beobachtet von der kleinen Ziege.

7. *Kapitel*

»Ich wünschte, wir würden statt dessen tanzen gehen«, murmelte Brian.

Mardee selbst empfand einen merkwürdigen Zwiespalt. Sie war neugierig und gespannt darauf, selbst zu sehen, was eigentlich hinter diesen aufregenden Geschichten steckte, die sie über Voodoo gehört hatte. Sebastian hatte die Sache mit Stil arrangiert und das feinste Essen bestellt, das im besten Restaurant von Port-au-Prince zu bekommen war, aber für Mardee war es unangenehm gewesen. Sebastian hatte versucht, es so zu drehen, daß Mardee neben ihm saß, und Donna hatte sich – mit ähnlicher Hinterlist, aber nicht so erfolgreich – dazwischengedrängt. Donna trank zu viel – wie eine Dame, aber trotzdem zu viel. Sie hatte einen Aperitif zugunsten eines doppelten Martini abgelehnt und ließ sich während des Essens zweimal nachschenken. Mardee befürchtete nervös, daß es zu Unannehmlichkeiten kommen würde, bevor der Abend zu Ende war.

Warum, fragte sie sich, tat Sebastian das? Wenn er Donna sein Mißfallen zeigen wollte, warum mußte er Mardee mit hineinziehen? Und trotzdem – sie konnte sich nicht helfen – es war schmeichelhaft. Sie gab zu: Sie genoß es, daß Sebastian Wright, der berühmte Produzent, ihr nachstellte. Sie hätte sich niemals angestrengt, um seine Aufmerksamkeit zu erregen, aber nichtsdestoweniger fand sie Gefallen daran!

Donna hatte Brians Bemerkung gehört und nahm sie sofort auf.

»Na, das ist eine Idee«, sagte sie mit leuchtenden Augen. »Warum gehen wir nicht tanzen und lassen den ganzen Voodoo-Unsinn bleiben? Voodoo!« Ihre Stimme klang scharf vor Spott.

»Wer braucht das denn!«

»Ich.« Sebastians Stimme klang verbindlich, aber dabei eiskalt. »Es steht dir natürlich frei, hierzubleiben und zu tanzen, wenn du möchtest. Ich werde die Limousine schicken, die dich, wann immer du willst, nach Maison Dominique zurückbringen kann.«

»Das würde mich fast reizen.« Donna schmollte. »Laßt uns darüber abstimmen! Wer von euch möchte lieber hierbleiben und – und mit mir tanzen und Sebastian allein zu seiner alten Voodoo-Zeremonie gehen lassen!«

Mardee fragte sich: *Weiß sie, was sie macht? Ist sie Sebastians so sicher? Oder probiert sie ihre Macht über ihn aus?*

Es trat eine unbehagliche Stille ein. Kip sagte: »Komm Donna, Sebastian ist unser Gastgeber und hat ein Recht auf seine Pläne...«

Donna warf ihren hübschen Kopf zurück. »Ich habe nicht dich gebeten, zu bleiben und zu tanzen!« Sie blickte über den Tisch und schnurrte: »Brian, würden Sie nicht lieber hierbleiben und mit mir tanzen?«

Ohne Zweifel, Donna Royce war eine der schönsten Frauen der Welt. Mardee fragte sich, ob es einen Mann gab, der einer so direkten Lockung widerstehen konnte. Brian sah Donna mit einem sehnsüchtigen, hungrigen Blick an. »Ich kann mir keinen Mann vorstellen, der nicht lieber mit Ihnen tanzen würde, Miss Royce...«

»Donna«, schnurrte sie, mit ihrem gewinnenden Lächeln.

Er konnte seine Augen nicht von ihr wenden. »Donna – du weißt, ich würde. Aber ich habe das organisiert, und ich muß dabeisein. Geschäft ist Geschäft.«

»Geschäft!« Sie schmollte, und Mardee dachte: *Nicht mehr als eine Frau von hundert sieht hübscher aus, wenn sie schmollt!*

Donna streckte die Hand nach Brian aus, als sie den Tisch verließen. »Du verstehst mich«, murmelte sie, »und wir beide würden lieber tanzen. Laß uns zusammenbleiben, willst du?«

Brian nahm ihren Arm, als sie auf die zwei Limousinen zugingen, die ihre Gesellschaft zum Saal des Folklore-Vereins bringen sollten. Er schien wie betäubt. *Typisch Mann*, dachte Mardee verärgert, *kaum kommt jemand mit einem hübschen Gesicht herein, ist er hilflos!* Mardee war froh zu sehen, daß Kip auf sie zukam. Er sagte mit seinem charmanten Lächeln: »Unsere gütige Hauptdarstellerin hat, wie gewöhnlich, die Dinge nach ihrem Geschmack arrangiert, ohne sich um bestehende Ansprüche zu kümnmern. Kein Wunder, daß unsere Donna es nicht für nötig hält, etwas über Hexerei zu lernen – sie braucht sie nicht, um jeden Mann in ihrer Umgebung anzuziehen!«

»Und du bist dagegen immun?« neckte sie ihn.

»›Allzu große Vertraulichkeit erzeugt...‹« Er ließ das Sprichwort unvollendet. »Ich habe vielleicht schon zuviel von weiblicher Schönheit in Hollywood gesehen. Schönheit, die durch nichts ergänzt wird, wird am Ende langweilig.« Er bot ihr den Arm.

Sebastian, der zurückgeblieben war, um den Kellnern ein reichliches Trinkgeld zu geben, kam auf sie zu und sagte in seiner anmaßenden Art: »Mardee, nun kann ich dich heute abend für mich allein haben!«

Sie sah auf, lächelte, plötzlich sehr selbstsicher. Er war ihr Gastgeber, und sie wollte ihn nicht kränken. Aber sie würde nicht zulassen, daß alles nach seinem Kopf ging. Lustig bot sie ihm einen Arm an und Kip den anderen. Sie sagte: »Wer könnte sich heute abend zwischen euch beiden entscheiden! Ich habe das Glück, euch beide zu haben.«

»Quelle tact, mon Dieu!« murmelte Kip lachend, aber Sebastian hörte es nicht. Mardee fühlte sich froh erregt, sich der neidischen Blicke der Gäste in der Hotellobby bewußt, als sie hinausgingen zu den wartenden Limousinen. Sie wußte, daß sie sehr gut aussah, in ihrem orange- und goldgeblümten Seidenkaftan, zwischen dem berühmten Produzenten und dem bestaussehenden Filmstar des Jahrhunderts. *Donna mag eine Schönheit sein,* dachte sie in heimlichem Tri-

umph, *aber ich habe die schönsten Männer – alle beide!* Sogar die anderen Männer der Party, die sich in Junggesellen-Solidarität zusammengefunden hatten – die Kameramänner, der Drehbuchautor, zwei oder drei Männer der technischen Mannschaft, Paul Barry – schienen ein Spalier zu bilden, durch das sie unter bewundernden Blicken hindurchschritt. Später, als sie unter aller Augen aus Sebastians Rolls stieg, wußte sie plötzlich: *So ist es, wenn man ein Star ist und zur Premiere geleitet wird...* Für einen Abend hatte sie Donna Royce in den Hintergrund gedrängt!

Dies, dachte sie, *wird Donna lehren, mir meine Männer auszuspannen....*

Entlang der Wände des großen, viereckigen Saales waren Stühle aufgestellt worden. Brian fand einen Platz neben Donna. Donna trug wieder das goldene Kleid, das auf einer Seite beinahe unanständig bis zum Schenkel geschlitzt war; es zeigte fast alles, was an Donna zu sehen war. Sogar Mardee, mit den verkehrten Hormonen ausgestattet, um die Ansicht gänzlich würdigen zu können – wie es Brian offensichtlich tat –, fand, daß sie die Schönheit der Frau widerstrebend bewundern mußte, so wie sie ein perfektes Gemälde oder eine Skulptur bewundert hätte. Sebastians Gesicht war wie eine Gewitterwolke, und Mardee war dankbar, daß Kip in ihrer Nähe war.

Die Wände waren kahl und weiß gestrichen, aber rund herum waren von einem Fries auf halber Höhe Wandteppiche heruntergelassen worden, mit Malereien jener Art, die gerne als ›primitiv‹ bezeichnet werden. In leuchtenden grellen Farben waren anscheinend sich zusammendrängende Geister dargestellt. Es waren Muster darunter, die an die Malereien auf Donnas Trommel erinnerten.

In der Mitte des Raumes war eine geschnitzte Säule, von der ein Banner herunterhing, auf dem sich eine Schlange in prächtigen Farben wand. Rund um den Saal gab es eine Vielzahl von Seidenfahnen mit kunstvollen Mustern. Sie vermutete, daß jedes davon irgendeine religiöse Bedeutung hatte.

In der Halle war es still bis auf das Scharren der Füße der Zuschauer. Kip rutschte unruhig hin und her. Mardee erinnerte sich an den Tag, als er bei Donna gegen die Entweihung der Trommel protestierte. Zweifellos bedeutete dies sehr viel für ihn. Beunruhigte ihn der Gedanke, daß dies hier ebenfalls eine Art der Entweihung sein könnte? Er hatte sie die Religion seiner Großmutter genannt.

Kip murmelte halblaut: »Sie haben sich ziemlich angestrengt, um die Atmosphäre des *'oumphor*, des Tempels des *Voudoun* einzufangen. Jede der Fahnen soll ein *mystère* symbolisieren – diese grün-weiße z. B. repräsentiert den Hl. Jakob auf seinem weißen Pferd. Später werden sie rund um den *'oumphor* getragen, um den Gläubigen ihre psychische Kraft zu verleihen.«

»Sie sind sehr schön«, murmelte Mardee.

Er nickte. »Früher gab es Gläubige, die sich arm gemacht hätten, um den schönsten und prächtigsten *drapeaux*, die köstlichsten Parfums und Ornamente für ihren Tempel zu stiften.«

»Guten Abend, meine Damen und Herren«, sagte eine ruhige Stimme, und Mardee hob ihre Augen. Sie sah einen stämmigen, Brille tragenden Mann in einem dunklen Anzug. »Ich bin Professor Anton Rigby vom Institute of African-Haitian Studies. Wir freuen uns, Sie heute abend hier begrüßen zu dürfen, zu dieser Wiederaufführung einer *Voudoun*-Zeremonie des Rada-Ritus. Die feuerpolizeilichen Bestimmungen zwingen uns, Sie zu bitten, im Saal nicht zu rauchen, und wir ersuchen Sie, während der Zeremonie keine Blitzlicht-Aufnahmen zu machen. Bevor wir beginnen, möchte ich Sie mit den rituellen Requisiten vertraut machen. Der Saal wurde im Stil eines *houmfort* oder *péristyle* dekoriert. Beachten Sie die zentrale Säule, die Damballa geweiht ist, der Schlangengöttin, die den Weg für alle anderen Götter bereitet. Die Malereien rund um das *péristyle*...«

Mit einem langen Zeigestab ging er in der Halle herum und erklärte ein Bild nach dem anderen. Mardee folgte dem Vortrag mit etwa ebensoviel Interesse, wie sie einem Lichtbildervortrag geschenkt hätte.

»Das kleine aus Holz und Leder geschnitzte Schiff, das von der Decke hängt, ist das Heilige Boot, und ist der Erzulie Fréda geweiht, die im Pantheon des *Voudoun* die Jungfrau Maria repräsentiert, aber auch die Mondgöttin...«

Mardee runzelte die Stirn und griff an ihre Halskette aus roten Perlen, die sie unter dem Kragen ihres Kleides trug. Erzulie. Wo hatte sie diesen Namen schon einmal gehört? Irgendwo, sicherlich...

Leise begannen die Trommeln zu tönen. Eine unsichtbare Hand zog den Vorhang zur Seite und gab hinter dem Professor den Blick auf ein Podium frei, auf dem drei Männer in weißen Anzügen, eine rote Schärpe um die Taille, auf drei Trommeln unterschiedlicher Größe spielten. Professor Rigbys Stimme leierte weiter. Er erklärte ihnen, daß jede der Trommeln rituell geweiht und getauft war. Die größte der Trommeln hieß *mamam* und stand in Beziehung zu der Chromosphäre (*Was immer das auch sein mag*, dachte Mardee); die zweite war zweckmäßigerweise als die *seconde* bekannt und stand in Verbindung zu der Photosphäre; und die kleinste hieß *boula* und war verknüpft mit dem Solarkern. Kip hörte mit höflich-interessierter Miene zu. Sebastian, nach vorne gelehnt, war bemüht, jedes Wort aufzufangen. Brian und Donna, am anderen Ende des Saales, hielten sich bei den Händen und hörten überhaupt nicht zu.

»Das *mystère* der Trommeln wird *Papa Houn'-thor* genannt. Alle Musikinstrumente schließen sich zu den Bittgesängen zusammen...«

Professor Rigby fuhr fort, und Mardee wünschte, er wäre still und ließe sie den Trommeln zuhören. Sie versuchte, sich auf deren Klang zu konzentrieren und seine lästige Stimme auszuschalten, die ihnen gerade erzählte, daß der Part des *houngan* oder Oberpriesters heute abend von Professor Pierre Raphael vom Institut dargestellt werden würde, daß der rituelle Stab, den er trug, *asson* genannt wurde und daß andere

Teilnehmer an der Zeremonie Mitglieder des Institute of African-Haitian Folklore Studies waren. Er sprach ein wenig über den Zuschuß, den die Universität erhielt und der ihre Studien förderte. Dann war er erfreulicherweise still, und ein anderer Mann – ein anderer Professor, nahm sie an – in langem weißen Ornat trat nach vorne. Der Ton der Trommeln wurde lauter und erfüllte den Saal mit seinen unwiderstehlichen Rhythmen.

In der Mitte des Saales, bei dem Pfosten mit dem Schlangenbanner, kniete er nieder und begann, farbiges Pulver durch seine Finger rieseln zu lassen und damit kunstvolle Muster auf den Boden zu zeichnen. Während er kniete, fast regungslos bis auf seine sich schnell bewegenden Finger, die farbenprächtige Zeichnungen auf den Boden zauberten und ihnen immer mehr Farben aus seinen kleinen Pulversäckchen hinzufügten, spürte Mardee, wie ihr langsam ein eiskaltes Prickeln die Wirbelsäule hinaufstieg und ihre Arme eine Gänsehaut bekamen.

Sie hatte dies, genau dies, in ihrem bizarren Traum gesehen...

Sie hätte sich denken können, daß es Trommeln geben würde. Sie hätte sich natürlicherweise vorstellen oder erraten können, daß die Wände mit Fahnen und Bildern religiöser Natur bedeckt sein würden. Aber – wenn es ein Traum gewesen wäre – wie konnte sie erraten haben, daß der Priester knien und Muster auf den Boden zeichnen würde, auf den Boden des Tempels, den Kip *'oumphor* genannt und der Professor zu einem *houmfort* gemacht hatte? Sie fühlte, wie die kalten Schauder über ihren Rücken jagten, während die monotone Stimme des Professors erklärte, daß die rituellen Zeichnungen auf dem Fußboden *vévés* genannt wurden und daß jedes dieser einzelnen Symbole in besonderer Beziehung zu einem der *loa* oder Voodoo-Heiligen, die manchmal auch als Götter bekannt waren, stand... Ihre Zähne begannen aufeinanderzuschlagen.

Sie war froh über Kips wärmenden Arm. Es war weit und breit die einzige Wärme. Die Trommeln, wie Klangwellen, schienen mit den eisigen Schaudern, die sie schüttelten, einherzugehen.

Eine rückwärtige Türe öffnete sich, und eine Gruppe von Frauen, alle sauber in weiße Kleider gehüllt, jede von ihnen eine Kerze oder Fackel in der Hand, tanzte in langsamer Prozession herein, umkreiste den Raum. Sie entzündeten Fackeln in rund um den Saal angebrachten Halterungen, bis dieser einem Lichtermeer glich. Der weißgekleidete *houngan* fuhr fort mit seinen wirbelnden Farbmustern. Die Frauen, die alle Lichter angezündet hatten, reichten die Fackeln zurück. Mardee konzentrierte sich nun auf das Geschehen auf der Bühne und versuchte, sich an ihr schwindendes Realitätsbewußtsein zu klammern.

War jene Nacht also Realität gewesen? Ein Teil davon? Oder alles?

Die Trommelmusik steigerte sich zur Ekstase. Die Frauen trugen nun die rituellen Fahnen um den Saal herum. Sie senkten sie feierlich, während sie am Pfosten in der Mitte mit seinem Schlangenbanner vorbeigingen. Der Pseudo-*houngan* auf dem Boden hatte seine *vévés* beendet; sie bedeckten nun gut die Hälfte des Fußbodens bis hin zu den Stühlen, wo die Zuschauer saßen. Kip hielt Mardees Arm fest an seinen Körper gepreßt. Sebastian hatte sich nach vorne gebeugt; sein Mund stand leicht offen, seine Augen stierten gierig vor Interesse.

Der weißgekleidete *houngan* erhob sich, nahm den *asson* auf und machte geheimnisvolle Zeichen damit.

Die Frauen brachen in einen Gesang aus, einen eigentümlichen, monotonen Singsang:

O bon Legba, ouvre le barrière –
O bon Legba, ouvre le barrière –

Der Gesang ging immer weiter, und Mardee fühlte wieder, wie sie eisiges Prickeln überzog. *Legba, öffne die Pforte! Legba, öffne die Pforte!* Es war nicht der gleiche Gesang. Überhaupt nicht. Aber der Name war derselbe. *Legba.*

Etwas davon muß wirklich …

Professor Rigbys Stimme erklang unbarmherzig über dem Singsang: »Dies ist eine Anrufung von *Legba*, einer der Hauptgeister, die Pforten der Geisterwelt zu öffnen...«

Mardee war dankbar für den nüchternen Bericht. Es half ihr, sich zu vergewissern, daß sie nicht unbemerkt außerhalb des kleinen Gebäudes in Cap Dominique kauerte und das Unglaubliche beobachtete.

Aber gestern habe ich es angeschaut. Es war leer, sauber...

Die Trommeln begannen aufs neue. Irgendwo zuckte ein Blitzlicht auf und erfüllte den Raum mit strahlendem Licht. Mardee fühlte, wie Kip zusammenfuhr. An ihrer anderen Seite nahm Sebastian ihre Hand mit festem, aufgeregten Griff. Mardee verschwamm alles vor den Augen. Aus irgendeinem Grund erinnerte sie sich an ihren Traum, den Traum, in welchem sie ihre eigene schwarze Ahne gewesen war, die freigelassene Sklavin, die gekauft worden war, freigelassen, bestochen mit schönen Dingen, und sich doch in der Nacht hinausgestohlen hatte, um ihren schwarzen Liebhaber zu treffen... Mardee schloß ihre Augen. Ihr schwindelte. Sie hatten ein anderes Lied in einem so verunstalteten kreolischen Dialekt begonnen, daß Mardee kein einziges Wort unterscheiden konnte. Der Professor erklärte es, aber sie fühlte sich zu schlecht und erschüttert, um zuzuhören.

Es kamen mehr Gesänge. Es gab lange Gebete in *créole* zu verschiedenen Heiligen, sowohl katholischen als auch *voudoun*. Und immer, immer waren da die Trommeln, im Kontrapunkt zueinander, die miteinander arbeiteten oder jede für sich, in wechselndem, subtilen Rhythmus. Noch nie hatte Mardee so ein Trommeln gehört. Ihr Arm war ganz steif gegen Kips Körper gepreßt. Es schien, als ginge der Schlag der Trommeln durch ihre beiden Körper und verbinde sie...

War auch dies nur Einbildung? Die Trommeln flehten, riefen, befahlen... Sie sprachen zu ihr, forderten eine Antwort...

Es folgte ein langes Gespräch in *créole*. Mardee fühlte, wie sich Kips Arm in dem ihren anspannte, starr wie im Tode. Ein weißgekleideter Meßdiener brachte ein Huhn herein: einen normalen, rotgefiederten Hahn, der sich ein wenig gegen den Griff des Mannes sträubte. Der *houngan* nahm das Huhn zwischen seine Hände und machte rituelle Zeichen darüber. Er setzte es im Mittelpunkt eines der *vévés* nieder, einem reichverzierten Muster von roten und blauen Blättern. Es blieb reglos sitzen, und Mardee fiel ein Karnevalstrick ein, der ihr einmal gezeigt wurde und bei dem ein Huhn so hypnotisiert wurde, daß es völlig still saß und sich nicht mehr bewegte. Es war natürlich vollkommen harmlos, hatte überhaupt nichts mit Zauberei zu tun... aber doch ließ sie die Totenstille der Kreatur erzittern.

Die Trommeln verkündeten Tod. Die Trommeln verkündeten Opfer. Der *houngan* nahm ein Messer in die Finger. Mardee schloß zitternd ihre Augen. Es gab ein großes Geflatter und Gekreische – und jemand schoß ein Blitzlicht-Foto.

Mardee fühlte Kip wie vor unterdrücktem Lachen zucken. Seine Augen trafen die ihren für einen Moment, den Schimmer eines Lächelns widerspiegelnd. Zwei der Meßdiener hantierten mit einer Schüssel und dem Hühnerblut, und von neuem brach ein großer Gesang los, aber der Bann war gebrochen.

Professor Rigby leitete die letzten Gesänge, das Trommeln und die Fackelprozessionen rund um den Saal mit Wohlgerüchen und Fahnenschwenken. Er dankte allen für ihr Kommen und erinnerte sie, daß Spenden an das African-Haitian Institute jederzeit willkommen waren. Sebastian stieß einen erleichterten Seufzer aus und ging hinüber, um mit dem Professor zu sprechen, während sich der Saal von Zuschauern leerte. Mardee stand neben Kip, immer noch seine Hand umklammernd. Sie hatte aufgehört zu zittern. Es war ihr übel.

Brian und Donna kamen auf sie zu. Brians Augen suchten die Mardees mit einem fragenden, reumütigen Blick. Donna rümpfte angewidert ihre Nase und sagte: »Yak! Wie grob!«

Sebastian schlenderte auf sie zu. »Ich habe um Erlaubnis gebeten, das nächste Mal filmen zu dürfen. Er sagte, es würde ihn freuen.«

»Ist deine Neugierde befriedigt, Sebastian?« Kips französischer Akzent war sehr deutlich.

»Ich war enttäuscht«, sagte Sebastian langsam. »Es schien irgendwie – unwirklich. Es gab einen Moment ungebändigter Kraft kurz vor dem Blutopfer. Aber dann, dieses Blitzlicht...« Er zuckte mit den Schultern. Er wendete sich an die Frauen und fragte: »Wie habt ihr es gefunden?«

Donna zog eine vielsagende Grimasse. »Ich wußte, ich hätte bleiben und tanzen sollen. Wenn es mit Voodoo seit langem vorbei ist, dann kann ich nur sagen, welch ein Glück!«

Sebastians Gesicht verzog sich wie im Schmerz. »Und doch hatte ich das Gefühl, es hätte etwas... etwas sehr Aufwühlendes sein können. Wenn es richtig gemacht worden wäre. Kip, du weißt, was ich meine, nicht wahr? Mardee?«

Mardee schluckte. »Das Trommeln, das war echt, das war das Beste daran. Und auch wenn – wenn der Professor seinen Mund gehalten hätte...« Sie runzelte die Stirn, versuchte zu erklären, was es plötzlich wirkungslos gemacht hatte. »Kips Trommeln neulich in der Nacht war besser. Für Kip war es wirklich gewesen. Dies hier war nur – Theater.«

Brian sagte ruhig: »Ich hatte euch natürlich gewarnt, daß dies nur nachgespielt war.«

Sebastian sagte ungeduldig: »Jetzt bin ich frustrierter denn je.«

»Es tut mir leid...«

»Lieber Gott, Dawes, ich gebe dir keine Schuld, ich bin nicht undankbar! Aber es zeigte mir, wieviel mehr es hätte sein können!« Er schüttelte seinen Kopf, so daß ihm sein weißes Haar um den Kopf flog. »Ich werde mich niemals zufriedengeben, bevor ich nicht das Echte gesehen habe!«

»Gott behüte«, sagte Donna, »das kam dem Echten weit näher, als mir lieb ist! Wie das Kind über die Pinguine sagte, das hat mir mehr über Voodoo beigebracht, als ich in meinem Leben je wissen wollte!«

Sebastian ignorierte sie. Seine Züge waren vor Frustation angespannt. Mardee dachte, *das ist seine eigentliche Leidenschaft, der wahre Kern seiner Liebe zu Haiti.* Er sagte: »Kip, du weißt über diese Dinge Bescheid. Könntest du das authentischer in Szene setzen?«

»Vielleicht, aber ich würde das nicht tun«, sagte Kip. »Damit soll man nicht spielen. Die Darbietung des Professors, *eh bien, bon,* sie hatte keine Kraft, keine – keine Weihe, und das ist gut so. Seltsame Dinge können passieren...«

»Du sprichst von psychischer Kraft, Kip?«

»Nein, es ist eine subtilere Kraft... die Macht, die unsichtbare Dinge in den Herzen und Köpfen der Menschen, die dabei sind, aufrührt. Das ist der Zauber des *voudoun*«, sagte Kip, nach Worten suchend. »Die Leidenschaften und die Raserei, die es in den Seelen derer weckt, die hören und sehen und sich darauf einlassen. Du kannst nicht daran rühren aus Neugierde, Sebastian!«

»Es ist nicht aus Neugierde«, sagte Sebastian, und sein Gesicht zog sich wie im Schmerz zusammen. »Ich muß es einfach wissen! Sag mir, was daran schlecht ist, Kip! Du weißt es, nicht wahr?«

Kip sah unglücklich aus. Er war in die Falle gegangen. Er fluchte leise. »Nicht hier«, sagte er und sah sich in dem sich leerenden Saal um.

»Also, dann im Auto.« Sebastian stürmte hinaus in die kalte Nacht, um das Auto und den Fahrer zu suchen.

Kip schloß die Augen. Er wirkte unglücklich. Er sagte zu Mardee mit zitternder Stimme: »Was soll ich tun? Es ist nicht bloße Neugierde, ich weiß, es ist ihm Ernst. Und doch...«

Sie sagte, bedrückt von seinem Elend: »Wenn du es ihm nicht sagen möchtest, Kip, so kann dich kein Mensch dazu zwingen! Sag ihm, es ist eine religiöse Angelegenheit.«

»Wenn ich das Gefühl hätte, daß es nur eitle Neugierde

wäre, oder wenn ich glauben würde, daß er es nur ausbeuten will, dann würde ich genau das tun«, sagte Kip mit bebender Stimme, »doch ich weiß, was an ihm echt ist. Ich kann es nicht beschreiben, diese Notwendigkeit, die Wahrheit zu kennen, die Suche – ich fühle, daß es nicht richtig ist, ihm das zu verweigern. Und was er sagte, ist wahr – daß er mithelfen kann, die alten, bösen Überzeugungen und den Aberglauben zu beseitigen...«

Mardee sagte sehr sanft: »Kip, wie kommt es, daß du so viel darüber weißt?«

Sie waren allein auf der Straße. Brian und Donna waren in ein anderes Auto verschwunden; Sebastian war auf der Suche nach dem Rolls. »Ich habe dir erzählt – daß ich ein Bastard bin. Meine Mutter – sie wurde eine gläubige Katholikin. Ich erinnerte sie immer an ihren – an ihren einzigen Fehler, das eine Mal, wie man in *créole* sagte, als ihr Fuß ausrutschte. Meine *grand' mère*, sie war ein *bocor*, ein Kräuter-Doktor. Sie war auch eine *mambo* – eine Priesterin des *voudoun*. Als ich ein Junge war, schien sie die einzige zu sein, die mich mochte. Sie lehrte mich alles, was sie wußte. Es war ihr größter Wunsch, daß ich ein *houngan* werde – und dann starb sie, und ich kehrte zurück, um bei meiner Mutter zu leben, und sie ließ mich alles, was ich von meiner *grand' mère* bekommen hatte, verbrennen. Ich war fünfzehn und bereits ein *hounsi-canzo* – ein Eingeweihter, halb verwandelt, wie sie sagen. Aber meine Mutter und Fleur und der Pfarrer, alle zusammen, sie überzeugten mich, daß es böse war. Sie gaben mir das Gefühl, von den Träumen der alten Frau verführt worden zu sein. Ich fühlte – ich weiß nicht, wie ich es dir sagen soll, Mardee – einen ganz schrecklichen Umschwung, was diese Dinge betraf!«

Im schlechten Licht der Staßenlaterne sah er blaß und abgezehrt aus. »Ich verließ die Insel. Ich arbeitete auf einem Schiff, um meine Überfahrt nach Martinique zu bezahlen. Ich wurde Schlagzeuger, dann Tänzer, zum Schluß Schauspieler. Ich dachte, ich hätte es vergessen.«

Er streckte seine Hände wie zu einer Bitte nach Mardee aus. Voller Mitgefühl umschloß sie sie mit beiden Händen.

»Ich habe nicht vergessen«, sagte er leise. »Ich habe das Blut. Dies ist meine Welt, Mardee, wie weit ich auch immer herumgekommen sein mag. Ich kann es nicht vergessen! *Gran' Maître* – sie ist noch sehr wirklich für mich, die unsichtbare Welt!«

Er umschloß sie mit seinen Armen, nicht fest, sondern so, daß sie nah beieinander standen, seine Stirn die ihre berührte, seine Lippen so leicht auf den ihren, daß es nicht einmal ein Kuß war.

»Es ist immer noch da, noch wirklich für mich ... nicht das heute abend, das ist Blödsinn, zum Lachen ... Aber was es in mir geweckt hat, in meinem Herzen, in meinem Blut. Ich glaube, als Donna neulich diese verfluchte Trommel kaufte, war sie zu mir geschickt worden, um mich an das zu erinnern, was ich war, was ich bin, daß ich niemals frei sein werde ...«

»Kip – Christophe – nein«, flehte Mardee, die fühlte, wie ein Zittern ihn von Kopf bis zu den Füßen ergriff. »Das ist nur die Vergangenheit. Die Zukunft kannst du bestimmen ...«

»Ich bin nicht sicher«, sagte er verzweifelnd. »*Gran'Dieu*, warum bin ich je zurückgekommen?«

Sebastian ging mit langen Schritten auf sie zu. »Das Auto wird in einer Minute hier sein.« Sein Gesicht verdunkelte sich, als er sie nahe beeinander stehen sah, aber er sagte nur, während sie langsam auseinander gingen: »Kip, ich muß es wissen, ich muß es in den Film bekommen. Die Leute müssen erfahren, daß es wirklich existiert. Wirklich, nicht wie diese Sache, die wir heute abend gesehen haben – du weißt, was für eine Blasphemie das war.«

»Du hast recht, *Sébastien*. Es ist eine Beleidigung für die Anhänger der Religion meiner Großmutter, daß einige Menschen glauben könnten, daß dies, dies alles ist, was an *voudoun* dran ist.«

»Dann wirst du mir helfen, das Echte zu finden?« forderte Sebastian, dessen Augen vor Aufregung blitzten.

Kip preßte Mardees Hand so fest, daß er ihr weh tat, und sagte: »Gut, *Sébastien*. Ich werde es versuchen. Ich kann nichts versprechen – es ist Jahre her – aber ich werde es versuchen.«

8. Kapitel

Am nächsten Morgen brachte Mélanie zusammen mit dem Kaffee und den Semmeln eine Botschaft von Sebastian an Mardee. Er wolle sie einladen, bei der Wiederholung der Massenszenen zuzuschauen, die am ersten Tag wegen Regen und Gewitter abgebrochen worden waren.

Mardee war in einer seltsamen Stimmung. Sie zog ihr schönstes Kleid an, steckte sich winzige Rubin-Ohrringe an und ging hinunter, um die anderen zu treffen. Wenn sie überhaupt an Brian dachte, dann nur flüchtig, mit einem Funken Verachtung. *Ich hätte nie gedacht, daß er so dumm sein würde, Donna ernst zu nehmen!* Hinter ihren Gefühlen steckte natürlich auch ein bißchen verletzte Eitelkeit. Wenn Brian Dawes so ein Typ war, der hinter einer berühmten Schauspielerin herlief, deren Begabung in ihrem Busen lag, dann konnten auch noch andere dieses Spiel spielen!

Noch einmal waren die Straßen von Cap Dominique zum Schauplatz eines Sklavenaufstandes umgewandelt worden. Männer, Frauen und Kinder in verblichenen Sklavenkleidern füllten die Straßen. Sebastian stand am Ende der Straße, sein weißer Haarschopf ragte deutlich aus der Menge heraus.

Gerade half man Paul und Margaret in die Kutsche, aber Kip wartete noch auf seine Aufnahmen. Sie sah Henri an seiner Seite und wie sie miteinander in *créole* redeten. Irgendwie fand sie es schön, daß er seinen kleinen Neffen nicht abwies, obwohl er nur das Kind eines der Dienstmädchen von Madame war. Er kam ihr schnell entgegen und nahm herzlich ihre Hände. Sein Blick sagte ihr, daß er sie lieber küssen würde, aber daß dies wegen der Zuschauer weder die Zeit noch der Ort dazu war. Die Freude in seiner Stimme, als er sagte, »Ich bin glücklich, daß du gekommen bist«, war ein Versprechen.

Ich habe mir immer geschworen, mich nie mit einem Schauspieler einzulassen. Was ist mit mir geschehen?

Henri machte eine kleine Verbeugung und fragte: »Spielt Mamselle auch in dem großen *cinéma*?«

Sie schüttelte den Kopf und lachte. »Nicht in diesem.«

»Schade«, sagte Kip und hob seine Augenbrauen. »Irgendwie glaube ich, daß du deiner Arbeit mehr Aufmerksamkeit schenken würdest als Mamselle Donna. Wieder hat sie ihr Privileg als Star in Anspruch genommen und alle warten lassen.«

Mardee war an diesem Morgen zu glücklich und beschwingt, um gegen Donna gehässig zu sein. »Beim letzten Mal war Sebastian beinahe wütend genug, um etwas Drastisches zu tun. Ich hoffe, Donna weiß, wie weit sie gehen kann.«

Henri sagte in seinem gebrochenen Englisch: »Er kommt, *le gros blanc*...«

Kip lachte in sich hinein. »Ich frage mich, wie Sebastian reagieren würde, wenn er wüßte, daß ihn all diese Leute als die Erfüllung einer alten Prophezeihung betrachten.«

Mardee erinnerte sich an das, was Henri gesagt hatte an dem Tag, als sie mit Fleur gesprochen hatte. »Oh, sicherlich sind es nur die Kinder...«

»Nicht ganz. Vergiß nicht, das ist eine alte Geschichte, ich hörte sie hier selbst als Kind. *Le gros blanc*... sie erzählen sich, er habe sie verflucht, als er starb, er habe ein Gelöbnis getan, einen magischen Pakt mit einem der *mystères*, daß er das Land heimsuchen und verfluchen würde, bis er wiederkomme, um zu herrschen. Und nun gibt es hier wieder einen *blanc*, einen großen weißen Boß, der hier die ganze Verantwortung hat. Was wäre also simpler? Er ist *le gos blanc*, der in eigener Person gekommen ist, zurückgekehrt, um den Fluch wegzunehmen, und alles ist gut von nun an bis in alle Ewigkeit. *Eh bien*, siehst du!«

Mardee lachte. »Es scheint auf der Hand zu liegen, nicht wahr? Ich glaube, Sebastian wäre sogar erfreut darüber.«

»Das würde mich nicht überraschen«, sagte Kip, als Sebastian mit langen Schritten auf sie zukam. Er sah ärgerlich und ungeduldig aus.

»Wo zum Teufel bleibt Donna?«

»Ich habe sie nicht gesehen, Sebastian. Sie war weder im Auto bei der Mannschaft noch in den Umkleideräumen. Vielleicht hat sie verschlafen.«

»Bis halb zwölf?« Sebastian runzelte die Stirn, während er auf seine Uhr sah. »Okay. Kip, wir werden deine Ansprache drehen und ihre Aufnahmen später machen.« Er rief einen der Helfer herüber und sagte: »Schick den Rolls zu Miss Royce und bitte sie, uns mit ihrer Anwesenheit möglichst noch vor Mittag zu beehren.« Sein Mund hatte einen harten Zug angenommen, der jedoch schmolz, als er sich herumdrehte, um Mardee zu begrüßen.

»Was für ein Vergnügen, dich zu sehen! Kip – wo ist dein Maskenbildner? Auf der Seite deines Kinns ist ein Fleck.« Der Mann kam herüber mit seinen Schwämmen und Tüchern und bemühte sich, Kips Aussehen in Ordnung zu bringen. Sebastian sah mit einem Auge zu und sagte: »Ich wünschte, ich wüßte eine Möglichkeit, um eine Voodoo-Sequenz in diesem Film unterzubringen. Ich habe Cappy gebeten, morgen zu mir zu kommen, um es zu besprechen. Wenn Voodoo so sehr Teil des Lebens der Sklaven war, dann ist es nicht besonders ehrlich, es aus dem Film auszusparen. Und denk daran, was wir aus einer Trommelsequenz machen könnten...« Er verstummte und dachte nach. »Vielleicht könnten wir eine Szene einbauen, in der Kip auf den Trommeln spielt.«

»Ich bin sicher, die African-Haitian-Folklore-Leute würden sich glücklich schätzen, dich mit Beratern zu versehen«, murmelte Mardee.

Sebastian rümpfte verächtlich seine Nase. »Ich nehme an, die tun ihr Bestes, aber ich werde nichts akzeptieren, was nicht total echt ist, nicht für diesen Film... Kip, können wir einige Meter drehen, wie du auf den Trommeln spielst?«

»Das mußt du bestimmen, Sebastian. Schaut, Donna weilt unter uns.«

Donna kam langsam auf sie zu. Sie sah blaß und müde aus; Mardee fragte sich, ob sie einen Kater hatte, nachdem sie gestern abend so viel getrunken hatte. Sie trug Straßenkleidung: hautenge weiße Hosen, eine dünne Bluse und einen breitkrempigen Sonnenhut. Sebastian drehte sich um, um sie anzusehen, und Mardee zuckte zusammen. Sie hatte schon den Ausdruck gelesen: ›Sein Gesicht wurde schwarz vor Ärger.‹ Aber dies war das erste Mal, daß sie es gesehen hatte. Sebastians Gesicht verzerrte sich und wurde blau vor Wut.

»Verdammt, warum bist du nicht im Kostüm und Make-up?«

»Weil ich heute nicht arbeite, deshalb! Ich bin krank.«

»Kater?« fragte er scharf. Sein Gesicht verdunkelte sich.

»Krank«, sagte Donna stur. »Und ich werde heute nicht arbeiten, und du weißt ebensogut, was mit mir los ist, wie ich selbst!«

»Hol dich der Teufel, Donna«, sagte er ungeachtet der Zuschauer. »Das hättest du mir auch sagen können, bevor ich die gesamte Crew zusammenholen ließ!«

»Das ist dein Problem«, sagte sie gleichgültig und begann sich abzuwenden. Er ergriff sie bei den Schultern und flüsterte ihr etwas zu; sie riß sich mit einem spöttischen Lachen los.

»Es sieht so aus, als hättest du ein Problem, mein Junge!«

Sein Gesicht war todernst. Er sagte mit leiser Stimme zu Donna: »Du wirst uns nicht noch einmal so einfach einen Drehtag kosten. Verschwinde und hol dein Kostüm, und wenn du in zehn Minuten hier bist, dann werde ich kein Wort mehr darüber verlieren. Ich meine es im Ernst, Donna. Treib mich nicht weiter!«

»Geh zum Teufel«, sagte Donna, warf ihren schönen Kopf zurück und lachte. »So kannst du mit mir nicht reden. Du weißt, warum ich heute nicht arbeite, und dagegen kannst du gar nichts machen. Nichts, mein Junge – nichts!«

Sebastian ging einen Schritt auf Donna zu, und noch einen. Mardee dachte, wenn Sebastian sie mit diesem Blick angeschaut hätte, wäre sie davongelaufen. Aber Donna blieb stehen und lachte.

»Du bluffst, Sebastian. Warum scherst du dich nicht zum Teufel?«

Weiß sie, was sie tut? fragte sich Mardee, doch sah es für einen Augenblick so aus, als hätte sie Sebastian gestoppt. Er ließ die Hände sinken, die erhoben gewesen waren, wie um Donna erneut zu packen oder sie zu schlagen. Für einen langen Moment stand er völlig unbeweglich.

Dann sagte er langsam: »Okay, Donna, du hast es herausgefordert, diesmal hast du zuviel riskiert. Verschwinde! Du bist gefeuert.«

»Gefeuert?« Sie blinzelte noch immer lachend, und Mardee erkannte, daß die Frau sich der Tiefe und des Ernstes von Sebastians Zorn nicht bewußt war. »Verdammt, das kannst du nicht machen, hör auf zu bluffen!«

Das angestaute Blut war langsam aus Sebastians Gesicht gewichen. Er sagte mit ruhiger, schneidender Stimme: »An dem Tag, an dem es etwas, irgend etwas gibt, das ich bei Wright Films nicht tun kann, werde ich den Laden zumachen und aufhören. Seit zwei Minuten, Miss Royce, sind Sie eine gewesene Angestellte der Wright Productions, und Sie befinden sich unbefugt auf diesem Gelände. Und jetzt verschwinden Sie von hier!« Donna bewegte sich nicht, und er sagte leise, aber mit tödlicher Drohung: »Bring mich nicht dazu, dich wegtragen zu lassen, Donna. Bitte!«

Ihr Gesicht verfiel allmählich, als sie erkannte, daß er jedes Wort ernst gemeint hatte. Sie drehte sich um, immer noch herausfordernd, und sagte: »Das werden wir schon sehen. Das kannst du nicht tun. Ich habe vertragliche Rechte...«

»Fein, sage deinen Rechtsanwälten, sie sollen sich mit meinen in Verbindung setzen«, sagte er und wendete ihr den Rücken zu. Donna blickte zögernd auf seine abgewandten Schultern, und Mardee konnte sehen, wie sie innerlich um einen Appell, um eine Kapitulation, um Entschuldigung rang, aber sie alle wußten, daß es zu spät war. Sebastian hatte sich in seine Wut verrannt. Donna sah Mardee an und sagte gehässig: »Du hast das gemacht, nicht wahr?« Aber sie ging davon, bevor Mardee antworten konnte.

Sebastian wendete sich befriedigt Kip und Mardee zu. »Hol sie der Teufel, das hatte ich schon seit Tagen tun wollen! Sie ging einfach einen Schritt zu weit! Bist du ebenso erleichtert wie ich, Kip?«

Kip sah erschrocken aus. »Um Gottes willen, Sebastian, ich weiß, Donna kann einen verrücktmachen, aber warum machst du das mitten im Film? Was machen wir nun mit Angélique? Warum denkst du nicht noch ein wenig darüber nach und gibst allen die Chance, sich ein wenig zu beruhigen? Du hast ihr einen Schrecken eingejagt, sie wird sich nun sicher benehmen!«

Sebastian schüttelte den Kopf. »Dazu ist es viel zu spät. Sie hat sowieso nie gepaßt. Sie verstand niemals die Mystik von Haiti, die besondere Atmosphäre dieses Ortes. Sie gehört in einen Nachtclub in Las Vegas! Glücklicherweise wird es keine Schwierigkeit machen, einen perfekten Ersatz zu finden. Mardee« – er drehte sich mit einem Schwung zu ihr, und er lächelte – »du weißt, was ich will. Wirst du die Hauptrolle in dem größten Wright Film aller Zeiten spielen?«

Mardee riß die Augen auf. Ihr stockte der Atem.

Als sie wieder sprechen konnte, sagte sie: »Das ist nicht dein Ernst, Sebastian!«

Er kam und nahm sie bei den Schultern. Am Drehort war alles zum Stillstand gekommen; alle beobachteten Sebastian.

Er sagte, während er sich über sie beugte: »Ich war nie in meinem Leben ernster. Du – du bist ein Teil von Haiti, du bist Haiti – zusammen, du und ich, werden wir den größten Film machen, der je gemacht worden ist, den einen, der all die Schönheit und Wirklichkeit dieser so anderen Welt zeigt – Mardee, du wirst es tun! Du mußt!« Sein Gesicht war dem ihren so nahe, daß sie seinen warmen Atem spüren konnte.

»Seit gestern nacht – ich konnte nicht schlafen, ich blieb wach, um mir alles zu überlegen, um ein neues Konzept für diesen Film zu finden. Ich brauche die unsichtbare Wahrheit, eine lebendige Wirklichkeit – Mardee, ich kann das nicht ohne dich machen!« Seine Stimme zitterte vor Intensität. »Du bist Haiti, du bist die wahre Seele dessen, was ich tun möchte... Sag, daß du mir helfen wirst, Mardee! Ich brauche dich so sehr...«

Sein Gesicht war verzerrt. Mardee wußte plötzlich in ihrem Inneren: *Das ist nicht persönlich gemeint. Es geht ihm nicht um mich, es ist nur ein Teil seiner Besessenheit, seiner Liebesaffäre mit Haiti...*

Und doch war es eine fast unwiderstehliche Versuchung. Eine Hauptrolle in einem Sebastian-Wright-Film...

Und um Donna zu beweisen, daß sie die ganze Zeit über recht hatte. Mardee konnte auch Marie-Claire Haskells spöttische Stimme hören: *Was bedeutet dir Emilie Thibaud? Es ist der berühmte Produzent, dieser Sebastian Wright, der dich wie das Licht die Motte anzieht...*

Sanft entzog sie sich seinen Händen. »Sebastian, ich verstehe, was du zu sagen versuchst. Aber ich kann unmoglich eine so große Entscheidung so ohne weiteres treffen. Ich muß darüber nachdenken. Ich muß mit meiner Großtante darüber sprechen. Kann ich« – ihre Stimme bebte plötzlich – »kann ich heute abend mit dir darüber sprechen? Nachdem ich Gelegenheit hatte, mir klarzumachen, daß es wahr ist?«

Widerstrebend ließ er sie gehen. »So lang wie du brauchst. Aber nicht zu lang, hoffe ich. Ich möchte lieber auf dich warten, als jemanden zu holen, der auch wieder nicht paßt.« Er holte tief Atem und richtete sich auf. »Kip, glaubst du nicht, daß Mardee für Angélique besser paßt, als Donna je gepaßt hätte?«

Kip schaute Mardee bittend an. »Ich weiß nichts über Mardee als – als Schauspielerin. Es ist kein Geheimnis, daß Donna und ich nie gut miteinander auskamen. Es wäre sicher leichter, mit Mardee zu arbeiten. Aber als Schauspielerin...«

»Ich weiß, was für eine Schauspielerin sie ist«, sagte Sebastian, und Mardee erinnerte sich erstaunt, daß er sie tatsächlich einmal gesehen hatte. Und was hatte er gesagt? Daß er niemals eine schauspielerische Leistung, ein Gesicht, eine Beleidigung vergaß ... Donna hatte das zu spät herausgefunden.

»Kip, wir werden heute deine Rede aufnehmen und die Menge um die Kutsche und die Szenen mit Angelique für einen oder zwei Tage sein lassen, bis uns Mardee eine Antwort gibt, und wir alle geschäftlichen Einzelheiten arrangieren können. Sei in fünf Minuten bereit, ja?« Er eilte hinüber zum Kamerateam, plötzlich wieder ganz geschäftsmäßig.

Mardee stand zitternd da und fragte sich, ob sie träumte. Kip griff nach ihren Händen und sagte mit stockendem Atem: »Ich kann mit Sebastian nicht konkurrieren, Mardee.«

Erschüttert und voll Angst ließ es Mardee geschehen, daß er sie an sich zog. Was war in ihrem Leben passiert, was war plötzlich so anders geworden? Sie flüsterte: »Das wirst du niemals müssen, Christophe.«

Er flüsterte, sein Gesicht nah bei dem ihren: *»Je t'aime.«*

Sie sagte mit zugeschnürter Kehle: »Ich weiß, Christophe.« Und dann – sicherlich war das ein bizarrer Traum, in dem alles erlaubt war und nichts konsequent oder logisch sein mußte: »Ich liebe dich auch.«

Sebastian hatte sich umgedreht und beobachtete sie aus einiger Entfernung, und plötzlich, ohne zu wissen warum, hatte Mardee Angst. *Warum? Was kann er uns tun?* Aber Sebastian sprach nur mit einem Regieassistenten, der durch seine Lautsprecheranlage sagte: »Mr. Tybalt, fertig zur Aufnahme, bitte.«

Er schrak zusammen und löste sanft seine Hände aus den ihren. »Später, *chérie*«, und Mardee schaute ihm nach, wie er davoneilte, leichtfüßig, dunkel, feingliedrig, sich bewegend mit der Anmut eines Tänzers.

Das kann nicht wahr sein. Ich liebe Brian, Brian ... Was geschieht mit mir? Und doch sah sie Kip nach, als er sich entfernte, und ihr Herz war in Aufruhr, in einer Erregung, die sie noch nie gekannt und nicht für möglich gehalten hatte. Sie wußte, sie konnte hier nicht stehenbleiben und ihm nachsehen, oder jedem würde klar sein, wie es in ihrem Herzen aussah. Sie drehte sich weg und ging schnell den Weg entlang, der zum Maison Dominique führte.

Es ist wie Zauberei. Hexerei.

Voodoo?

Sie kam an dem kleinen Haus vorbei, in dem ihre Ahne gelebt hatte, wohin sie, halb sich erinnernd, eines Nachts im Schlaf gegangen war. Das schien sehr lange her zu sein. Einer Eingebung folgend, berührte sie den mattsilbernen Türgriff und trat ein. Sie stand da mit ihren Händen gegen die blauweißen Kacheln des Kamins gelehnt und ließ absichtlich ihre Gedanken treiben, sich dem seltsamen, traumähnlichen Bewußtseinszustand öffnend, den sie schon einmal empfunden hatte... hier, auf dem Marktplatz, ein-, zweimal mit Sebastian.

Auch sie war hin- und hergerissen, zwischen dem weißen Mann, der ihren Körper besaß, der sie gekauft hatte, und dem Mann ihrer eigenen Rasse. Wie war ihr Name? Wie war sie wirklich, diese Frau?

Aber das traumgleiche Bewußtsein blieb ihr fern; heute, mit der strahlenden Sonne, die durch das staubige Glas flutete, war dies nur ein altes, steinernes Haus, voller Erinnerungen, aber leer, frei von Gespenstern. Mardee ging hinaus, schloß hinter sich die Tür und ging zurück zum Maison Dominique.

Später, an diesem Nachmittag, klopfte Robert leicht an ihre Tür. Er stand im Türrahmen und sagte: »Mamselle, Madame ist krank. Sie bittet Sie, heute abend allein zu essen und sie zu entschuldigen.«

Plötzlich war Mardee beunruhigt. »Haben Sie einen Doktor kommen lassen, Robert?«

»Madame will nichts davon hören, Mamselle.«

»Was fehlt ihr, Robert? Wissen Sie es?«

Der alte Mann sah müde aus, betrübt. Mardee hatte das

Gefühl gehabt, daß etwas Finsteres um den glatten, kleinen Butler war. Nun erschien er alt und bemitleidenswert. Sie dachte: *Er liebt Madame wie alle; Sie ist hier der Mittelpunkt in jedermanns Leben.*

»Mamselle, sie ist *fatiguée... épuisée pour la vie.* Es gibt keinen Arzt, der das heilen kann, Mamselle.«

Sie ist müde, erschöpft vom Leben... Mardee sagte betrübt: »Ich werde gehen und nach ihr sehen, Robert«, und er lächelte und sagte still: »Ihr Anblick wird ihr guttun, Mamselle. Sie sind alles, was sie auf der Welt hat.«

Sie hatte Gewissensbisse. Sie war hierher auf Ferien gekommen und wegen einer Chance, Sebastian Wright zu treffen. Nun, da sie den Gegenstand ihres heimlichen Ehrgeizes erreicht hatte und mit dem Wissen konfrontiert wurde, daß sich Madame wahrscheinlich zum Sterben bereitmachte, war sie bedrückt und bekümmert. Sie hatte begonnen, die alte Frau zu lieben. Als sie zu Tante Emilies Räumen ging, fühlte sie, wie ihr die Tränen in die Augen stiegen.

Was geschieht mit mir in letzter Zeit? Warum bin ich so gefühlsduselig?

In Madames Zimmer waren die Vorhänge zugezogen, und das Lächeln der alten Frau, die im Schatten lag, war mehr denn je das eines Totenkopfes.

»*Bonjour, petite.* Wie hübsch du heute bist, fast als wenn du verliebt wärst...«

Tante Emilie hatte wirklich etwas von einer Hexe an sich! Oder zeigte sich bei Mardee tatsächlich ein Unterschied, war es so offensichtlich? Sie beugte sich hinunter, um die verwelkte Wange zu küssen.

»Tante Emilie, laß mich einen Doktor holen. Wenn es keinen Doktor im Dorf gibt, muß sicher einer in Port-au-Prince sein...«

Die alte Frau winkte mit einer schwachen Geste ab. »Ich möchte keinen der Ärzte von dem großen Krankenhaus haben, um mich zu beschämen...« Auf Mardees erstaunten Blick hin brach sie ab und sagte verdrießlich: »Meine Gedanken schweifen heute ab – gegen das Alter ist kein Kraut gewachsen, Marie-Louise. Komm, setz dich her, erzähl mir, was geschehen ist. Hast du dich gut amüsiert auf der Veranstaltung in Port-au-Prince?« Aber ihr scharfer Blick ruhte auf Mardees Gesicht, und Mardee hatte das unheimliche Gefühl, daß die alte Frau genau wußte, was für eine Veranstaltung es gewesen war. Aber wie konnte sie?

»Es war ein langweiliger Abend, Tante Emilie, ein Besuch bei einer Folklore-Gesellschaft. Alles in allem glaube ich, daß die meisten von uns es vorgezogen hätten, zum Tanzen gegangen zu sein.«

»*Eh bien,* so ist es mit jungen Leuten. Und womit hast du dich heute unterhalten, *p'tite*?«

Nun wußte sie, daß sie es Madame sofort sagen mußte. Aber warum hatte sie das wunderliche Gefühl, daß Madame bereits Bescheid wußte, daß die dunklen, scharfen Augen in dem knöchernen Gesicht auf ihre Neuigkeiten warteten...? »Sebastian Wright wurde unzufrieden mit Donna Royces Arbeit. Er hat sie entlassen und mich gebeten, ihre Rolle im Film zu übernehmen.«

Tante Emilie gab kein Zeichen der Überraschung. Sie nickte langsam, Mardees gespenstisches Gefühl bestätigend, daß sie es irgendwie gewußt hatte.

»Donna Royce... das ist diese vulgäre Frau in dem unanständigen Kleid? Ich fragte mich schon die ganze Zeit, wie M'sieur Wright, der ein Mann mit Geschmack und Feingefühl zu sein scheint, eine solche als seinen Star gewählt haben konnte. Es ist natürlich möglich, daß sie seine Geliebte war«, grübelte die alte Frau.

Sie ist wirklich eine Hexe... Dann befahl sich Mardee, nicht so dumm zu sein. Donna war nicht gerade feinfühlig, und es mußte unter dem Personal zum allgemeinen Klatsch gekommen sein.

»Tante Emilie, ich hatte dir nicht erzählt, daß ich Schauspielerin war. Ich wußte, du betrachtest Schauspieler und Schauspielerinnen als *déclassé*...«

»Glaubst du, ich wußte es nicht, Marie-Louise? Als es Marie-Claire unterließ, mich von deiner Geburt zu informieren, *ma chère*, habe ich meine Zuflucht zu anderen Arten der Information genommen – meine Welt ist größer, als du glaubst«, sagte Madame, und Mardee überlegte verwirrt, ob die alte Frau von Hellseherei oder Privatdetektiven sprach. »Aber sicher, *chérie*, mußt du bei diesem Film mitwirken. Das ist, was ich für dich wünschte, und nun, siehst du, hat sich alles von selbst ergeben... *c'est un mystère*...«

»Ich muß mit Brian sprechen und fragen, was er davon hält...«

»Brian.« Die Frau tat ihn mit einem Schulterzucken ab. »Er ist nicht für dich bestimmt, *p'tite*.«

»Tante Emilie, ich dachte, du magst ihn. Du sagtest, er würde mir ein guter Ehemann sein.«

»*Oui*, das habe ich gesagt... aber da ist mehr als das, es ist wichtiger, als du denkst, es ist der Grund, warum ich dich kommen ließ.« Ihre Augen waren glasig und schweiften umher, ohne sich auf Mardee zu richten.

»Du weißt nicht... Du hast das Blut, aber ich habe dir noch nichts gesagt. Ich werde es tun, wenn die Zeit gekommen ist... noch nicht jetzt...«

»Tante Emilie, was meinst du?«

Die alte Frau winkte sie neben sich. »Komm her, setz dich zu mir, *chérie*«, und Mardee wußte mit einem Frösteln der Angst, daß die alte Frau sie nicht sehen konnte. Ängstlich sagte sie: »Tante Emilie, du mußt mich einen Doktor holen lassen!« Aber Madame Thibaud – mit ausdruckslosen und tränenden Augen – konnte sie auch nicht hören.

»Unsere Familie steht unter einem Fluch, *p'tite*... Seit zweihundert Jahren standen wir unter dem Schatten von *le gros blanc*... Er schwor, er würde zurückkehren... Auch jeder von uns hat ein Versprechen getan, wir schützen uns selbst, aber wann wird es je enden? Es könnte schon alles vorbei sein, aber Marie-Claire... Vielleicht war es klug von ihr zu gehen, aber nun ist es an dir zu handeln, ich bin alt,

alt... Du wirst nicht weggehen, wirst uns jetzt nicht allein lassen, Marie-Louise?«

Die alte Frau saß kerzengerade in ihrem Bett, ihr leeres Gesicht verzerrt, und Mardee bemitleidete die Verrückte, in die sich ihre Tante verwandelt hatte – war das der Grund, warum Tante Emilie stets in ihrem Zimmer blieb? –, und sagte zärtlich: »Ich werde dich nicht verlassen, Tante Emilie.«

»Und du darfst nicht diesen *nègre*, Brian, heiraten. Er ist ein guter Kerl, aber damit würde alles von vorne beginnen... Ich hatte mir ausgedacht, daß du M'sieur Sébastien heiratest, aber er ist zu alt für dich, *p'tite*. Und dann, als der andere mir seinen Namen nannte... Christophe Thibault... und er ist ein *blanc*... Er ist ebenfalls ein Nachkomme von *le gros blanc*, so wie wir auch, Marie-Louise, und wenn du ihn heiratest, so wird Maison Dominique wieder in der Hand eines *blancs* sein, und dann ist mit dem Fluch des Blutes für immer Schluß...«

Mardee begann zu sprechen: »Aber Kip ist kein *blanc*...« Doch sie erkannte, daß das Tante Emilies umnebelten Verstand egal war. Und eines stimmte: Thibaud, Thibault, das war alles derselbe Name. Christophe Thibault war, wie sie auch, Nachkomme eines Franzosen, der vor Hunderten von Jahren Kinder mit seiner weißen Frau und mit seiner *affranchie*, seiner schwarzen Geliebten, gezeugt hatte. Er war also ihr entfernter Verwandter.

»Du mußt ihn heiraten, Marie-Louise... Du wirst ihn lieben, *tout s'arrangera*, ich werde darauf achten, aber du sollst ihn heiraten...«

Behutsam, bemüht, die alte Frau durch die Berührung zu beruhigen, beugte sie sich vor und küßte sie. »Mach dir keine Sorgen, Tante Emilie. Wer weiß, vielleicht werde ich Christophe eines Tages tatsächlich heiraten.« Die alte Frau hörte sie und lag still lächelnd da.

Aber was wird aus Brian? fragte sie sich, und der Gedanke machte sie niedergeschlagen.

9. Kapitel

An diesem Abend brachte Robert ihr eine Botschaft: »M'sieur Sebastian wünscht heute abend mit Ihnen, wann immer es Ihnen angenehm ist, zu sprechen, Mamselle.«

»Bitte ihn her, um mit mir zu Abend zu essen.« Sebastian wollte ihre Antwort, wollte die geschäftlichen Details mit ihr besprechen. Ihre Intuition veranlaßte sie, ihn hier zu treffen, auf sicherem Grund, als Herrin von Maison Dominique, als seinesgleichen, seine Gastgeberin. Robert sah beunruhigt aus, und sie sagte scharf in Französisch: »Worauf warten Sie noch? Übermitteln Sie ihm unverzüglich meine Antwort!«

»*Certainement*, Mamselle«, sagte er und ging. Sie hörte ihn etwas brummeln über *le gros blanc* und fragte sich gereizt, ob sie diese Art von abergläubischem Unsinn denn niemals los sein würde. Hatte Tante Emilies Verrücktheit alle in diesem Hause angesteckt?

Sicherlich konnte niemand Sebastian – der sich höflich und weltgewandt über ihre Hand beugte, so wie er das auch bei Tante Emilie am ersten Abend getan hatte – mit Aberglauben, mit irgendeinem unheilbringenden *mort* der hiesigen Legende in Verbindung bringen!

»Wir waren enttäuscht, daß du nicht geblieben bist, um bei den Aufnahmen zuzuschauen, Mardee. Kip gab die Vorstellung seines Lebens!«

»Es tut mir leid«, sagte sie mit echtem Bedauern.

»Ihm auch. Und auch mir«, sagte er, seine Augen fest auf sie gerichtet, und sie bedauerte plötzlich, das tief ausgeschnittene rote Kleid mit den Pailletten angezogen zu haben. Sie hatte es noch nie getragen und es heute abend angezogen, um alleine zu Abend zu essen, da ihre Tante nicht dabeiwar, um daran Anstoß nehmen zu können. Als sie die Einladung an Sebastian schickte, hatte sie es vergessen. – Hatte sie wirklich? Oder hatte sie ihm unbewußt zeigen wollen, daß sie nicht weniger schön und sexy als Donna war? Sie hatte letzten Endes viel Zeit gehabt, um es gegen etwas weniger Aufreizendes auszutauschen!

»Ich bin wirklich dankbar für diese Einladung, Mardee. Wie du dir vorstellen kannst, ist die Situation ziemlich unangenehm. Donna – du weißt, wie gehässig sie sein kann, sie ist nicht davon abzubringen, daß du alles angezettelt hast...«

»Ich kann sie verstehen, Sebastian. Bei alledem ist es natürlich, daß sie gegen mich Erbitterung empfindet.«

»Ich glaube, das ist es, was ich am meisten an dir bewundere, Mardee, deine Fähigkeit, dich in andere Personen hineinzuversetzen. Kannst du dich auch in meine Position versetzen und kannst du dir vorstellen, wie überdrüssig ich Donnas Launen und ihrer Aufgeblasenheit, ihres vornehmen Getues und ihres Temperaments bin? Der Art und Weise, wie sie alles ausnützt? Weißt du, sie hat damit nicht erst begonnen, nachdem du hierher kamst. Frag Kip, wenn du willst, wie oft sie uns einen Drehtag gekostet hat.« Er war blaß und wütend. »Dieser Film ist wichtiger für mich als alles andere, was ich je gemacht habe, und als sie anfing, das zu gefährden, war es höchste Zeit für sie zu gehen.«

Mardee konnte das ebenfalls verstehen, und doch tat ihr irgendwie das Herz wegen Donnas Abgang weh. Donna, unsicher und stolz, hatte sich gezwungen gefühlt, Sebastians Liebe immer wieder auf die Probe zu stellen, und am Ende hatte sie die zerbrechliche Illusion zerstört, die alles war, was Sebastian an sie band. Sie war froh, das Thema zu wechseln.

»Ich glaube, Robert versucht uns zu sagen, daß unser Abendessen auf dem Tisch steht. Laß uns sehen, was Madames Koch zubereitet hat! Bei einem solchen *artiste* erdreistet man sich nicht, Mahlzeiten zu bestellen. Man nimmt seine Schöpfungen entgegen.«

Robert hatte, zu Mardees Erleichterung, ihre Plätze nah beieinander an einer Ecke der riesigen Tafel gedeckt. Sie hatte absurde Visionen von ihr an der einen und Sebastian am anderen Ende der Tafel gehabt, und wie sie sich über die gesamte Länge des Tisches hinweg gegenseitig anschreien oder Handzeichen geben mußten... *Wenn es Brian wäre, würde ich ihm das erzählen, und wir könnten gemeinsam darüber lachen.* Würde sie Brian je wiedersehen? Nach gestern nacht, als er sie wegen Donna sitzenließ, und nach der Art, wie sie sich, allen nur zu sichtbar, mit Kips Aufmerksamkeit getröstet hatte, würde er vielleicht nicht einmal mehr anrufen. Sie war überrascht, daß dieser Gedanke bei ihr das Gefühl einer schmerzhaften Lücke hinterließ.

Robert servierte ihnen, stets in der Nähe bleibend, eine köstliche Kombination von Reis und Krabben. *Natürlich,* dachte sie, *das ist, was sie kopieren, wenn sie irgendein Gebräu ›Krabben auf kreolische Art‹ nennen. Das ist das Original.*

Als sie mit den ›Krabben auf kreolische Art‹, mit dem Salat und dem köstlichen Schokoladenpudding fertig waren, sagte Sebastian: »Und nun spann mich nicht länger auf die Folter, Mardee. Du wirst mir helfen, nicht wahr? Mit dir wird das der größte Film meiner Karriere sein!«

»Sebastian, bist du sicher, daß du das möchtest? Ich bin unbekannt, weißt du. Brauchst du nicht jemanden, der – der besser für die Kinokassen ist?«

Er schüttelte hochmütig seinen Kopf. »Du wärst nicht die erste Unbekannte, die ich zum Star mache. Und was große Namen betrifft – gut, Kips Name kann an erster Stelle im Titel erscheinen, das ist genug an Attraktion. Hast du mit Madame gesprochen?«

»Ich habe es versucht. Aber ich fürchte, sie wird senil; sie schien kaum zu verstehen, was ich sagte.«

»Wenigstens hat sie dann keine unüberwindlichen Einwände!«

So sehr es sie auch reizte, gleich zuzusagen, war Mardee doch Profi genug, um zu sagen: »Du weißt, ich kann mit dir das Geschäftliche nicht besprechen, Sebastian. Du mußt dich mit meinem New Yorker Manager in Verbindung setzen...«

Der lachte. »Wer ist dein Manager? Lonnie Cameron, nicht

wahr?« sagte er, sie damit überraschend. »Er versorgte mich mit Talenten für meine ersten Off-Broadway-Produktionen nach dem Krieg – nach Hitlers Krieg. Ich vergesse immer, daß für deine Generation ›der Krieg‹ Korea oder sogar Vietnam bedeutet. Lonnie ist ein guter Kerl. Er wird für dich einen fairen Vertrag aushandeln, und ich werde mit ihm nicht allzu lange streiten müssen. Ich habe noch niemals etwas so sehr gewollt, wie diesen Film mit dir als Angélique zu machen.«

Sie sagte leichthin: »Du solltest mich das eigentlich nicht wissen lassen, nicht wahr?«

»Ich vertraue dir«, sagte er und ergriff ihre Hände. »Dieser Film wird der Höhepunkt meiner Karriere sein, er wird uns alle berühmt machen...«

»Du solltest solche Sachen nach dem Brandy sagen, Sebastian.« Sie bedeutete Robert, ihn einzuschenken.

Sebastian berührte ihr Glas mit dem seinen und sagte: »Auf die Zukunft.«

Sie wiederholte seine Worte, bevor sie ihre Lippen an den Rand des Glases setzte. Geräuschlos räumten Robert und seine schattenhaften Helfer ab. Sie erhob sich mit dem Glas in der Hand und ging zum Fenster. Sie hatte an ihrem ersten Abend in diesem Haus hier gestanden und den Trommeln zugehört. Kip war hinter sie getreten und hatte sie *ma belle* genannt... Wieder waren da draußen in der Nacht Trommeln, ein leiser, unwiderstehlicher Ruf.

Sebastian sagte leise: »Ich hatte heute ein langes Gespräch mit Cappy. Ich fange an, von dem Film ein völlig neues Konzept zu haben. Was ich letzte Nacht sah – das war lächerlich, eine Karikatur der echten Sache, aber, Gott, wie hat es mir Appetit auf die echte gemacht! Ich fühle, ich habe mein ganzes Leben lang auf das gewartet, als ob alle meine früheren Filme nur dazu dagewesen wären, mir die Erfahrung zu vermitteln, um diesen gerecht werden zu können!« Seine Augen funkelten im Kerzenlicht. »Magie – Zauberei – die Macht des Unbewußten.« Er kippte den Brandy hinunter wie Wasser und goß sich den nächsten ein.

»Hör, Mardee, hör auf die Trommeln da draußen, die versuchen, mir alles über die Welt des Unsichtbaren zu sagen, zu der sie sprechen ...«

Sie sagte langsam, beeindruckt von seiner Intensität: »Dieses Gefühl hatte ich in der allerersten Nacht, als ich hierherkam.«

Er lehnte nahe bei ihr. »Aber sie sprachen niemals zu mir, nicht vor der Nacht, als du kamst. Ich war verliebt in Haiti, ja, mit all seinen Geheimnissen und seiner Romantik, aber als du kamst, war es, als ob – als ob ein Licht angedreht worden wäre, eine elektrische Strömung. Ich bin kein abergläubischer Mensch, Mardee, aber wenn ich einer wäre, so würde ich sagen, daß mich das Schicksal herschickte, um hier auf dich zu warten, um bereit gemacht zu werden für das Drama meines Lebens. Bei deiner Ankunft würde der Vorhang hochgehen ...«

Der Brandy begann auf ihn zu wirken; Mardee wußte und war sich deshalb böse, daß sie ihn in gewisser Weise dazu eingeladen hatte; durch das extrem aufreizende Kleid und ihre Einladung, mit ihm allein zu dinieren. Es wäre kein Problem gewesen, auch Kip einzuladen oder sogar Margaret. Sie konnte mit Sebastian fertig werden, aber sie hoffte, nicht seinen Stolz verletzen zu müssen. Sie ging ein wenig außer Reichweite.

»Wie fühlt sich Kip mit seinem neuen Co-Star?«

»So aufgeregt wie ich. Und er hat zugesagt, mir zu helfen, etwas über die wirklichen Voodoo-Riten herauszufinden – er ist heute abend in das Dorf gegangen, um einen Anfang zu machen.«

Armer Kip. Wie er es haßt. Sie erinnerte sich an die Verzweiflung in seinem Gesicht, sein hilfloses Widerstreben.

»Horch auf die Trommeln«, sagte Sebastian. »Laß uns hinausgehen, um sie besser zu hören.«

Robert wartete in der Eingangsdiele. »M'sieur gehen?«

Mardee sagte: »Nein, M'sieur und ich werden ein wenig draußen spazierengehen.«

»Es ist sehr schlecht, draußen in der Nachtluft herumzugehen. Mamselle dürfen nicht...«

Mardee lachte. »Mamselle dürfen nicht in der Nachtluft herumgehen, und Mamselle dürfen nicht in der Sonnenhitze herumgehen. Soll Mamselle ihr ganzes Leben drinnen verbringen?«

Er verbeugte sich, aber er sah besorgt aus, und Mardee dachte: *Er möchte nicht, daß ich da hinausgehe, er hat Angst vor dem, was ich sehen oder hören könnte. Vielleicht sollte ich einfach hingehen, nun, da ich vollkommen wach bin, und sehen, was da wirklich los ist. Wenn es eine Familie ist, die ein – was ist ihr kreolisches Wort? – ein ›bamboche‹ macht, dann werden sie mich dazu einladen und sich geehrt fühlen, Madames Nichte zu unterhalten. Und wenn es keines ist...* Aber sie fand, daß sie darüber nicht nachdenken sollte.

Der Mond stand hoch und voll am Himmel, ein plumper, neugeprägter Silberdollar am dunklen Himmel. Die Trommeln waren rund um sie herum in der Nacht zu hören. Das Gras war feucht. Mardee stolperte in ihren hochhackigen Sandalen, und Sebastian nahm ihren Arm.

»Horch auf die Trommeln«, sagte Sebastian leise. »Stell dir vor, wie der Klang der Trommeln auf dich zukommt in einem verdunkelten Theater; nicht ein einziger Schimmer auf der Leinwand, nur der Schlag der Trommeln. Dann, durch kleine Blitze, wie Fackellicht, fängst du an, die Umrisse der Trommeln zu sehen, und dunkle Figuren, rot eingefaßt vom Licht des Feuers. Aber noch immer kein Licht, nur Formen und Schatten, und die Trommeln, und die Andeutung einer Bewegung... und dann, plötzlich, in der Dunkelheit mit dem Hintergrund der Trommeln, glühende Buchstaben. *Sebastian Wright präsentiert – Kip Tybalt und Mardee Haskell, in...*« Er brach ab und packte sie hart am Arm. »Kannst du es dir nicht vorstellen?«

»Es klingt wundervoll«, sagte sie leise, aber der Klang ihres Namens zusammen mit dem Kips hatte sie in einen seltsamen, dunklen Tagtraum versetzt, und obwohl Sebastian fortfuhr, den Film zu beschreiben, hörte sie kaum hin. Sie lauschte freundlich, murmelte beifällig bei ihr angebracht erscheinenden Gelegenheiten, aber ihre Gedanken folgten ihm nicht. Mardee hob den Blick und sah, daß sie, anstatt auf Cap Dominique und die Trommeln zuzugehen, irgendwie wieder zu dem Steinhäuschen gekommen waren, wo ihre Vorfahrin, die schwarze *affranchie*, gelebt hatte.

Sie mußte dies getan haben ... freundlich einem Mann zuhörend, der sie liebte, sie begehrte, zu ihr von weit enfernten Dingen sprach, die nichts bedeuteten, während ihr Sinn und ihr Herz einem anderen entgegenpochten ... Sie standen im flutenden Mondlicht vor dem kleinen Haus, und es schien ihr, als ob Sebastians Augen im Dunkeln wie Katzenaugen schimmerten. Er legte seinen Arm um sie. Sie stand einen Moment an ihn gelehnt, passiv, in einem Traum aus der Vergangenheit; dann, als sein Griff drängender wurde, zudringlicher, erstarrte ihr das Blut. Sie ergriff ärgerlich seine Hände und riß sich von ihm los. Sie hörte, wie ihre Stimme bebte, als sie sagte: »Das ist nicht Teil des Geschäfts, Sebastian!«

Der Mond bestrahlte sein Gesicht, und in diesem Licht sah Mardee mit plötzlicher Angst ein Gesicht, das sie noch nie zuvor gesehen hatte. Sie wußte mit erschütternder, absoluter Gewißheit, daß dies nicht der Sebastian war, den sie kannte, sondern ein Mann, der von den Träumen der Vergangenheit gefesselt war, in ihnen verloren ... Aus diesem alptraumgleichen Bewußtsein heraus hörte sie ihn mit einer Stimme sagen, die sie nie zuvor gehört hatte: »Was unterstehst du dich? Du gehörst mir! Ich kann mit dir machen, was ich will ...«

Sainte Vierge, was soll ich tun, was soll ich nur tun, wie kann ich ihn da herausholen! Mardee bemerkte kaum, daß sie wieder in der Sprache ihrer Kindheit dachte, wußte kaum, ob sie sie selbst war oder ihre Ahne ... Sie klammerte sich an sich selbst, an das zwanzigste Jahrhundert, und versuchte, die Erinnerung an die seit Jahrhunderten toten Vorfahren zu unterdrücken. Sie dachte fieberhaft nach, als sich seine Arme hart um sie schlossen und sich sein Mund drängend dem ihren näherte. Sie entschlüpfte seinen Armen, warf ihren Kopf zurück und sagte in dem härtesten und nüchternsten Ton, der ihr zur Verfügung stand: »Wenn das der Preis ist, um in Ihrem Film zu spielen, Mr. Wright, dann fürchte ich, bin ich nicht daran interessiert. Es sind nicht alle Schauspielerinnen käuflich, nicht einmal schwarze.«

Es war wie eine kalte Dusche; sie sah, wie es ihm eine Ohrfeige versetzte, fühlte, wie sein Gesicht kämpfte zwischen wüstem Ärger und einem plötzlichen, erschreckenden Zweifel. Dann, nach einem kurzen Augenblick, war er wieder der Sebastian, den sie kannte.

Er schüttelte seinen Kopf in bestürzter Zerknirschung.

»O Gott, Mardee, ich weiß nicht, was mich überkam...«

Die Trommeln hatten aufgehört. In der Stille klang sein Atem laut, und seine Worte überstürzten sich mit Entschuldigungen.

»Ich schwöre, ich habe nicht – es hat mich – mich nur fortgerissen – Mardee, bitte vergib mir – o Gott, Mardee, schau mich nicht so an...«

Zu ihrer großen Verlegenheit fiel er sogar vor ihr im Mondlicht auf die Knie. »Ich muß eine Minute lang verrückt gewesen sein. Ich weiß nicht, was ich mir gedacht habe – bitte verzeih mir...«

War das, fragte sich Mardee, einer der Gründe, warum sich Frauen manchmal Männern hingaben, die sie nicht liebten? Das Gefühl der Macht, das Wissen, daß die Männer in ihren Händen hilflos waren? War es also das gewesen, was ihre schwarze Vorfahrin für den Mann empfunden hatte, der sie besaß und doch in gewissem Sinn ihr Gefangener gewesen war?

»Steh auf, Sebastian, sei nicht dumm. Du hast ein wenig zuviel von Tante Emilies Brandy getrunken, das ist alles. Oder vielleicht hat dieser Ort einfach eine Art unheimlichen Einfluß auf uns. Das letzte Mal, als wir hierher kamen – erinnerst du dich? – begann ich, dir die Ohren vollzuheulen. Natürlich verzeihe ich dir!«

Er stand mühsam auf. »Dieser Ort hat jedenfalls einen seltsamen Einfluß auf mich, soviel ist sicher! Um Gottes willen, Mardee, denk bloß nicht, daß ich versucht habe, aus einer geschäftlichen Verbindung Vorteile zu ziehen. Guter Gott, du bist schön, du bist begehrenswert, aber du bist auch die Frau, die ich als Star in meinem Film haben möchte, und ich würde das niemals durch einen unerwünschten Annäherungsversuch gefährden! Es gibt keine Frau auf der Welt, die das wert wäre!«

»Ich glaube, wir sollten besser zum Maison Dominique zurückkehren!« Während sie zurückgingen, dachte Mardee an die seltsame Veränderung, die sie in Sebastians Gesicht wahrgenommen hatte. Einen Augenblick lang war er überhaupt nicht mehr Sebastian gewesen. Aber wer war er gewesen? *Le gros blanc?* Ihr schauderte bei diesem Gedanken – und bei den Konsequenzen.

Aber seine Entschuldigung war ernst gemeint gewesen, und als sie die Lichter des großen Hauses zu sehen begannen, fuhr er noch damit fort.

»Du bist sehr schön, Mardee. Aber ich bin keiner jener Regisseure, die ihren Stars nachstellen. Guter Gott, das war schon vor dreißig Jahren abgedroschen! Die Rolle gehört dir, wenn du sie haben willst; sie würde dir auch gehören, wenn du mich für mein Benehmen geohrfeigt hättest! Ich hätte es dir nicht verübelt!« Sein Lächeln war geringschätzig. »Ja, es hat Gerede gegeben, und natürlich blasen die Zeitungen das vollkommen unangemessen auf – ich verliebe mich manchmal in meine Hauptdarstellerinnen. Und ...« Er befeuchtete seine Lippen und sagte zögernd: »Mardee, wirst du mir glauben, wenn ich dir sage, daß dies das erste Mal ist, daß ich jemals – jemals – einen Annäherungsversuch gemacht habe, der – sichtlich unwillkommen war? Normalerweise warte ich, bis ich unmißverständliche Zeichen von der betreffenden Frau erhalte. Das ist die Wahrheit.«

Oder du denkst, es ist die Wahrheit, sagte sie zu sich selbst. Es gab wahrscheinlich nicht viele Frauen, die einen Annäherungsversuch von Sebastian Wright abweisen würden. Nicht nur hatte er den größten Namen im Filmgeschäft, sondern er war – Ehre, wem Ehre gebührt – ein gutaussehender, sinnlicher, attraktiver Mann. Sie konnte sich selbst kaum verstehen, da ihr von neuem bewußt wurde, wie attraktiv er war. War es Stolz gewesen? Wollte sie die Auszeichnung für sich, die einzige Frau zu sein, die Sebastian Wright abgewiesen hat? Sie streckte ihm ihre Hände entgegen und sagte: »Vergiß es, Sebastian. Schließlich« – sie lächelte – »ist es ein Kompliment und keine Beleidigung. Sind wir Freunde?«

Er führte ihre Hände behutsam an seine Lippen.

»Freunde, Mardee.«

Als Sebastian gegangen war, hielt sich Mardee noch ein wenig in der Diele auf, zu rastlos, um zu schlafen. Sie wußte, daß sie stundenlang wach liegen würde, sich herumwälzend, ein Opfer unruhiger Träume. Robert kam, und sie sagte zu ihm, er solle absperren und zu Bett gehen. Aber selbst nachdem er gegangen war, blieb sie zurück. Nach einiger Zeit fiel ihr auf, daß sie wartete – aber worauf?

Sie fühlte sich merkwürdig allein. Sie dachte daran, zum Telefon zu gehen, um Marie-Claire Haskell in New York anzurufen und ihrer Mutter von Sebastians Angebot zu erzählen, in dem Film die Hauptrolle zu spielen. Aber Marie-Claire hatte ihr vorgeworfen, gerade dies zu wollen. Und wen gab es sonst noch, den sie anrufen konnte? Brian? Er würde schlafen oder an seiner Schreibmaschine arbeiten.

Sie hob den Kopf in dem Glauben, daß die Trommelschläge wieder begonnen hätten... Nein. Es war jemand, der an die riesige Eingangstür klopfte. Um diese Stunde? Mardee ging hin und fragte durch die Tür: »Wer ist da?«

»Mardee? *C'est Christophe.*«

Sie fühlte den Adrenalinstoß und das Rasen ihres Herzens und befahl sich selbst, vernünftig zu sein. »Ich kann diese Tür nicht öffnen, sie ist zu schwer. Komm zum Seiteneingang!«

Wie sie vermutet hatte, war der Riegel zurückgeschoben, die Tür unverschlossen. Nun, des alten Robert nächtliche Amouren waren nicht ihre Sache, und Diebe oder Einbrecher gab es keine in Cap Dominique. Sie öffnete die Tür, und Kip, blaß und eingefallen, kam herein. Beim Anblick seines kummervollen Gesichts stellte sie keine Fragen; sie breitete ihre Arme aus, und er kam zu ihr und hielt sie fest wie in einem verwirrten, blinden Appell. Sie stand da, eins mit ihm, ihr Mund dem seinen ergeben. Doch da war noch immer diese Verschwommenheit in ihrem Kopf...

Sie war es schließlich, die sich bewegte und seufzte.

»Darling, komm herein! Laß mich die Tür schließen. Kip, Liebling, was ist los? Laß mich dir einen Brandy geben.«

Er nahm hastig einen, zwei Schlucke, wie um sich zu stärken, und trank dann langsamer, das Glas in seinen zitternden Fingern haltend. Sie drückte ihn in einen Sessel und setzte sich auf die Armlehne. Er trank seinen Brandy aus, stellte das Glas ab und lehnte sein Gesicht gegen ihre Schulter. Sie wartete, und endlich, mit langem, erschauerndem Seufzer, hob er den Kopf.

»*Gran' Maître* – wie einen diese Dinge gefangen halten! Als ob ich erst gestern weggegangen wäre und nicht vor fünfzehn Jahren... Ich wußte, daß es einen *'oumphor* im Dorf geben mußte. In jener ersten Nacht erkannte ich das Trommeln wieder, wenn nicht sogar den Trommler. Es war nicht schwer, sie zu finden; ich kannte schließlich alle Worte, alle Erkennungszeichen. Ich mußte nur aufpassen, daß mich der Pfarrer nicht sah, oder meine Schwester... Ich mußte ihrem Haus ausweichen.«

Er schwieg so lange, daß Mardee soufflierte: »Du hast gefunden, was du gesucht hast...«

»O ja.« Er seufzte schwer. »Es gab alte Leute, die sich an meine *grandmère* erinnerten, mich erkannten – ich war ihr *confiance* gewesen, ihr Meßdiener, würdest du sagen, obwohl ich noch nicht den *asson* genommen hatte. Ich kann Sebastian verschaffen, was er verlangt.«

Sie legte ihre Arme um ihn. »Du möchtest es nicht tun, Christophe, nicht wahr?«

Er schüttelte seinen Kopf. »Nein. Es gibt einen weisen Ausspruch eines eurer amerikanischen Schriftsteller – daß man nicht wieder zurück nach Hause gehen kann.«

»Warum sagst du ihm dann nicht, daß er sich zum Teufel scheren soll, Kip?«

Er schloß seine Augen und sagte mit einem müden Lächeln: »Ich vermute, ich bin einfach nicht diese Art von Mann, die irgend jemandem sagen kann, er soll sich zum Teufel scheren. Sebastian ist ein guter Freund. Ich glaube, er wäre ein schlechter Feind ... Und dann ist da noch mehr. Es schien mir wichtig, das zu tun, zu meinen eigenen Vorfahren zu stehen, nicht mehr zu versuchen, als weißer Mann bestehen zu können. Aber ich brach meine Brücken ab. Mein alter Manager sagte sich von mir los, und nun ist mein Glück an Sebastians Erfolg gebunden – und an seinen guten Willen.«

Mardee wünschte, sie hätte Kip etwas von ihrer eigenen Entschlossenheit und Stärke einflößen können. Sie waren beide von Sebastian abhängig; das konnte eine gefährliche Verwundbarkeit bedeuten. *Vielleicht sollte ich Sebastian sagen, daß er sich zum Teufel scheren soll!*

»Möchtest du diesen Film nicht machen, Christophe?«

»So wahr mir Gott helfe, doch, ich möchte es. Wie es Sebastian gelingt, einen an seinen Träumen teilhaben zu lassen! Es wird ein großer Film sein. Kein lebender Schauspieler – schon gar kein schwarzer – kann diese Chance vorübergehen lassen. Wie könnte ich ihm verweigern, was er braucht, um den Film groß zu machen?«

»Das kann ich verstehen«, sagte sie mit leiser Stimme. Auch sie spürte, daß ihr Schicksal irgendwie mit Sebastians Träumen verknüpft war.

»Es ist für mich mehr denn je wirklich geworden. Nun mit dir als einem Teil davon.« Ihre Lippen trafen sich zu einem langen Kuß, und eine Zeitlang erschien es Mardee, als ob sich alle Zweifel verflüchtigt hätten. Das war wirklich. Alles andere war verworren, dunkel, geheimnisvoll wie der Rhythmus der Trommeln, die sie immer noch irgendwo zu hören schien… Oder war es nur das Pochen des Blutes in ihren Adern, das Rasen ihres Herzens? War es jemals etwas anderes als das gewesen? Sie ließ Kip sie wieder an sich ziehen, bis selbst der Klang der Trommeln schwieg…

Später – lange Zeit später, als sich die Räder der Welt wieder zu drehen begonnen hatten – fragte ihn Mardee: »Du sagst, du kannst Sebastian zu dem verhelfen, was er möchte. Was erschreckt dich so, Christophe? Ist es nur, daß du fürchtest, selbst wieder hineingezogen zu werden?«

»Nicht nur das«, sagte er zögernd. »Sebastian ist so fanatisch. Es könnte für ihn, einen *blanc*, gefährlich sein. Ich bin in Haiti geboren, ich weiß, was ich tue. Aber er…«

»Liebling, ist das nicht nur ein Vorurteil? Es hat sicher andere weiße Männer gegeben, die sich ohne Gefahr mit Voodoo befaßt haben…«

»Ich wünschte, ich könnte auch so denken. Ich verstehe seine Motive nicht, nicht ganz; ich glaube nicht«, er sagte das zögernd, »daß ich jemals einen *blanc* verstehen werde, obwohl ich jahrelang wie einer gelebt habe. Ich fürchte mich vor Sebastian, Mardee, und ich fürchte mich vor dem, was er tun wird, wenn er von – von uns erfährt.«

Sie wurde zornig. »Sebastian hat keinen Anspruch auf mich!« Tief in ihrem Herzen, sogar vor ihr selbst verborgen, loderte eine winzige Flamme von Verachtung. Sie liebte Kip, aber sie war bestürzt über seine Schwäche. Sie erkannte, sie hatte in Wirklichkeit gewollt, daß er Sebastian trotzt… *sich stellt zwischen mich und Sebastian*… Sie zwang sich zurück in die Realität. Welch verrückter Gedanke war das? Unbarmherzig verspottete sie sich selbst: *Was bin ich für ein Narr! Zu wünschen, von einem starken Mann beherrscht zu werden, der mich mitreißt*… Will das irgendeine Frau heutzutage wirklich? Unsinn! Sie lehnte sich hinüber und gab ihrem Geliebten einen langen, reumütigen Kuß. Er nahm ihr Gesicht in seine Hände; sie ergriff die langen, schlanken Finger und küßte sie.

Er lächelte und sagte: »Wofür ist das?«

»Weil ich dich liebe«, flüsterte sie, und nur zu sich selbst fügte sie hinzu: *trotz allem ...*

Er bewegte sich träge und murmelte: »Ich sollte gehen, *chérie*, dein Ruf...«

Sie kicherte. »Glaubst du, es kümmert mich, was Robert und diese schwachsinnige Melanie von mir denken?«

»Nein, aber mich«, sagte er sanft. »Das ist nun auch deine Welt, mein Liebling. Du solltest dich in acht nehmen, wenigstens ein wenig.«

»Vermutlich hast du recht.« Sie seufzte und küßte ihn wieder, aber als sie ihn zum Seiteneingang brachte, um ihn nach einem langen Kuß widerwillig gehen zu lassen, war die Tür immer noch unverriegelt. Robert war nicht zurückgekehrt, und welcher nächtlichen Beschäftigung er auch immer nachging, sie war noch nicht beendet.

Nun, dachte Mardee, innerlich lächelnd, als sie die Tür hinter ihrem Geliebten schloß: *Ich werde nicht auf Roberts Liebesleben neugierig sein, wenn er nicht auf meines neugierig ist!*

10. Kapitel

Madame Thibaud hütete mehrere Tage lang das Bett, und als sie wieder erschien, wirkte sie zerbrechlicher als zuvor, so als ob ein einziger Hauch des tropischen Windes sie wie eine Kerze auslöschen würde.

Für Mardee waren diese Tage voll wahnsinniger Aufregung. Brian kam mehrere Male zu ihr heraus, fand sie aber so verstrickt in Ferngespräche mit ihrem Manager, Verträgen, die zu unterzeichnen waren, das Durcheinander mit Donnas Kostümen, die ihr angepaßt werden mußten, daß sie wenig Zeit hatte für ihn. Nachdem die eigentlichen Dreharbeiten nach dem umgeschriebenen Script begonnen hatten, kam er eines Abends heraus, um ihr ein Exemplar einer New Yorker Zeitung zu bringen, die er in Port-au-Prince gekauft hatte.

»Du machst Schlagzeilen, ein Leitartikel auf der Feuilleton-Seite«, sagte er und reichte sie ihr aufgeschlagen. »Donna Royce ersetzt durch Mardee Haskell in Wright-Epos auf Haiti.«

Sie ergriff sie und las aufgeregt. Dann sah sie seinen Kommentar zu der Geschichte. »Oh, Brian, hast du das gemacht?«

»Richtig. Ich berichte hin und wieder, wenn es hier Neuigkeiten gibt. So bezahle ich meine Miete, daran wirst du dich gewöhnen müssen. Ich habe einiges Geld gespart, aber der Pressedienst des Syndikats zahlt gut, und ich schreibe kleine Artikel für ein halbes Dutzend Zeitungen in den Staaten. Ist Donna zum Festland zurückgekehrt?«

Mardee schüttelte ihren Kopf, abgeneigt, darüber zu sprechen. »Ich habe kein Interesse an Sebastian Wrights Liebesleben, und das ist sein Problem!«

»Trotzdem ist es hart für Donna, seinen Ex-Star und ich nehme an, auch seine Ex-Geliebte.«

Mardee sagte mit bissiger Betonung: »Ich habe bemerkt,

daß auch du nicht abgeneigt warst an dem Abend bei der Folklore Society!«

Er ergriff ihre Hände und sagte: »Sei nicht dumm, Liebling. Donna ist schön, sicherlich. Aber sie ist nicht mein Typ. Ich plage dich auch nicht wegen Sebastian – oder Kip Tybalt –, obwohl er sehr viel besser aussieht als ich. Muß ich auf ihn eifersüchtig sein?«

Mardee fühlte ihr schlechtes Gewissen erwachen. War sie in Kip verliebt? Oder war das nur wie die Vernarrtheit eines Teenagers, die wie ein Traum vorübergehen würde? Sie sagte, und ihre Stimme zitterte: »Ein Grund, warum meine erste Ehe zerbrach, war – mein Mann sagte, er habe sich wie ein Zuhälter gefühlt, wenn ich auf der Bühne Liebesszenen mit anderen Männern spielte.« Selbst jetzt noch war die Erinnerung unerträglich.

Er legte seinen Arm um sie und sagte sanft: »Mach dir darüber keine Sorgen, Liebes. Ich bin nicht auf irgendeinen Schauspieler mit einem hübschen Gesicht eifersüchtig. Tybalt scheint auch ein netter Kerl zu sein. Und ich weiß, daß dich der Film so vollkommen in Anspruch nimmt, daß es schwer für dich ist, im Moment an irgend etwas anderes zu denken.« Er küßte sie, ein heftiger Kuß, der sie atemlos und zittern machte. »Aber wenn die Zeit kommt, vergiß nicht, daß ich dir einige sehr wichtige Dinge sagen muß. Im Augenblick mach weiter und genieße die Aufregung. Hast du schon das neue Drehbuch gesehen? Erzähl mir doch davon!«

Sie sagte, um ihrer beider Anspannung zu verringern: »Warum kommst du nicht und sprichst mit Sebastian darüber? Vielleicht ist sogar eine Geschichte für dich drin.«

»Gute Idee«, sagte er und war somit eingeladen, mit Sebastian und dem Drehbuchautor zu Abend zu essen und über das Drehbuch zu reden. Brian hatte noch nie fiktive Texte geschrieben (»Außer«, sagte er, »während eines Hunger-Winters, als ich keine Arbeit bekommen konnte, und Pornographie schrieb, um die Miete zahlen zu können, aber das ist eine andere Geschichte.«), aber er hatte einen scharfen Verstand und hörte sich das neue Konzept der Geschichte mit Interesse an.

Es enthielt noch viel des alten Stoffes, gab aber dem Film eine völlig neue Wendung. Nach dem neuen Konzept, das Sebastian und der Drehbuchautor Capwell ausgearbeitet hatten, hatte der ehemalige Sklave, der sich selbst zum Kaiser gemacht hatte, seine Macht durch seine Verbündung mit der unsichtbaren Welt der Voodoo-Götter gewonnen und hatte am Ende die Gunst seines Volkes verloren und wurde in den Wahnsinn und Selbstmord getrieben, weil er sich von der unsichtbaren Welt, die hinter seiner Macht stand, losgesagt hatte.

Brian war bewegt von der Kraft des Scripts – Dane Capwell hatte ihm eine Kopie zur Durchsicht gegeben. Aber noch runzelte er unsicher seine Stirn, während er mit dem Manuskript auf den Tisch klopfte.

»Wie geschichtstreu ist dieses Zeug?«

»Wahrscheinlich nicht sehr«, gab Sebastian zu. »Wir wissen so wenig von Henri-Christophs Leben, daß wir keine Möglichkeit haben, den Hintergrund seiner Motivation aufzuhellen. Und das ist die Art wirksamer Geschichte, die wir brauchen.«

Brian runzelte die Stirn. »Das ist eines der Dinge, die ich versucht habe, mit meiner Arbeit zu bekämpfen: diese Art von Sensationslust, die der Welt die Wahrheit über Haiti verschleiert. Ich dachte, du brennst darauf, den Leuten das Echte an Haiti zu zeigen.«

»Aber kannst du nicht verstehen«, protestierte Sebastian, »daß es wirklichere Dinge gibt als bloße Fakten? Als Künstler – und Filmemachen ist eine Kunst – muß ich mich mit emotionalen Wahrheiten auseinandersetzen, mit den inneren Wirklichkeiten, die hinter den Fakten stehen. Der Künstler hat den Job, neue Mythen zu erschaffen, von denen die Welt zehren kann.«

Brian schaute zweifelnd. »Warum nicht einfach sagen, wie es ist – oder in diesem Fall, wie es war?«

»Es gibt Wichtigeres als das, wie es war«, sagte Sebastian mit einer Beredsamkeit, die sie beide gegen ihren Willen packte, »und das ist, es auf eine Weise zu erzählen, die die Leute inspirieren wird, sie zum Denken anregt, zum Fühlen, zum Hoffen und zum Träumen, und zu versuchen, eine bessere Welt zu schildern als die wirkliche. Das ist, worum es bei der Kunst eigentlich geht – jedenfalls geht es mir, in allem was ich mache, darum. Den Menschen Träume zu geben, von denen sie leben können.«

Brian nickte langsam, und Mardee erinnerte sich, was er an jenem Tag gesagt hatte, als sie im Schatten von Henri-Christophs Burg gestanden hatten. *Der menschliche Geist besteht aus Fantasie und Einbildungskraft und Inspiration, ohne die wir genausogut Versuchsratten sein könnten, die in Labyrinthen umherlaufen.* Er sagte ernst zu Sebastian: »Ich glaube, es ist eine Menge an dem, was du sagst.«

Als er sich an diesem Abend von ihr verabschiedete, stand er eine lange Weile nach ihrem Gute-Nacht-Kuß da, sie einfach festhaltend, und sah auf sie herunter in dem glänzenden Licht des abnehmenden Mondes. Sie standen auf der langen Veranda, umgeben von Jasminduft, der die tropische Nacht durchdrang. Zuletzt sagte er zärtlich: »Ich liebe dich, Mardee. Aber jetzt weiß ich, warum du von dem Film so gefangengenommen bist und warum du keine Zeit für mich hast.«

»O Brian«, protestierte sie, aber er brachte sie zum Schweigen, indem er ihre Lippen mit einem Kuß verschloß. »Ich weiß, daß das im Augenblick für dich wichtiger ist als ich. Sonst wärst du nicht der Mensch, der du bist. Und das ist ein Grund, warum ich dich liebe.«

»Brian, ich bin so froh, daß du das verstehen kannst, so froh ...«

»Ich liebe dich, Mardee«, wiederholte er. »Und vor allem weiß ich, daß du die Art von Frau bist, die verstehen wird, daß mir manchmal das, woran ich arbeite, wichtiger ist als jede Frau. Es ist für mich wichtig, daß das für beide gilt. Ich würde dich lieben, auch wenn du keine Schauspielerin wärst

– aber ich würde dich auf eine andere Weise lieben.« Er küßte ihre Lider. »Ich mag die Vorstellung, daß du ein Teil dieser schönen Sache sein wirst, die Sebastian macht. Wir haben viel Zeit für den Rest.«

Sie seufzte tief und zufrieden, und zum ersten Mal, seit Ted Matlock ihr seine Verhöhnungen ins Gesicht geschleudert hatte, fühlte sie sich frei und glücklich. Hier war ein Mann, der sie akzeptieren konnte, so wie sie war, der nicht ständig verlangte, daß sie ihn an die erste Stelle setzte. Irgendwie, obwohl sie ihn nicht fragte, fühlte sie, daß er etwas in sich hatte, das sogar verstehen und mitfühlen konnte, auf welche Weise Kip Teil dieses Traumes war. Im Laufe der Zeit, als sie sich einzufühlen begann in die Rolle der Angélique, der Frau, die den Exsklaven geliebt hatte, der Haitis erster Kaiser werden sollte und der auf der Höhe seiner Macht so tragisch ums Leben kam, ergab sich Mardee dem Traum und dem Glanz. Je mehr sie die Technik des Schauspielers, das Künstlertum hinter der Rolle spürte, desto vertrauter wurde ihr der sanfte, verletzliche, sensible Mann hinter dem Schauspieler. Sie waren selten allein, aber in diesen seltenen Augenblicken wußte sie, daß es mit ihm ebenso war.

Einige Schauspielerinnen sagen, sie verlieben sich immer in den Hauptdarsteller. Mir ist das nie zuvor passiert. Sie spürte, daß es auch Kip niemals vorher passiert war.

Was würde er wohl sagen, wenn er wüßte, daß Tante Emilie möchte, ich solle ihn heiraten…

Sie war am Drehort in jener Nacht, als Sebastian ihn filmte, trommelnd, so wie er es in jener Nacht getan hatte, als der Zauber von Donnas Trommel sich ihrer aller bemächtigt hatte. Sie fragte sich, ob es die Kraft dieses Zaubers, dieser Besessenheit war, die Sebastian für seinen neuen Traum von dem, was der Film werden sollte, entbrennen ließ, für das Portrait seines Kaisers als eine Art Priester der verborgenen Welt, Herrscher der Menschen, aber ein Sklave seiner eigenen dunklen Götter… Aber während sie Kip beobachtete, wie er trommelte, hatte sie Angst.

Es ist zu wirklich für Kip. Zu wirklich auch für Sebastian...

Sie selbst war in keiner derartigen Gefahr. Ihre eigene Rolle war eine schöne und unwiderstehliche, eine Rolle, wie sie sich jede Schauspielerin ersehnen würde, aber sie enthielt keine solch mythische Realität. Sie konnte sie berühmt machen, würde es wahrscheinlich. Aber jene, die etwas davon verstanden, würden wissen, daß es Kips Film war, der entscheidende Markstein seiner Karriere. Er war ein großer Schauspieler, aber für den Rest seines Lebens würde man sich seiner in dieser Rolle erinnern; er würde Geschichte machen. Der Oscar, der ihm sicher war, würde nur den kleinsten Teil der künstlerischen Erfüllung dieses Filmes darstellen. Er würde nie wieder an diese Leistung heranreichen. Und jeder am Drehort wußte das und behandelte ihn mit Ehrfurcht, verglich ihn insgeheim, in Gesprächen untereinander, mit Olivier als Hamlet, mit Orson Welles, mit den größten Schauspielern der Vergangenheit und Gegenwart.

Die Dreharbeiten schritten schnell voran. Nur einige wenige Szenen waren noch zu filmen, als eines Morgens Mardee in den Wagen kam, der den Schauspielern als transportable Umkleidekabine gedient hatte, und aufgeregte Stimmen aus Kips Kabine hörte. Sie klopfte, und er rief sie herein. Er saß vor seinem Spiegel, aber es war kein Maskenbildner anwesend. Sebastian stand mit finsterem, ärgerlichem Gesicht hinter ihm.

»Du weichst aus, Kip. Du hast es versprochen, und ich nehme dich beim Wort.«

Kip drehte sich mit seinem Stuhl zu ihm um. Er hatte die goldspitzenbesetzte Uniform an, die er in einigen der letzten Szenen trug. »Wie kann ich dich davon überzeugen, daß du das nicht brauchst? Du hast eine Realität in dem Film, eine künstlerische Qualität, die – du hast es selbst gesagt – wichtiger ist als bloße Tatsachen. Jetzt das Original zu sehen, würde dich nur verwirren.«

»Aber es ist gerade die Kenntnis der Wirklichkeit, die der Kunst ermöglicht, sie zu übertreffen«, argumentierte Sebastian. »Ich kann nicht weitermachen, ohne die Realität zu kennen. Verdammt, Kip, ich will mit dir nicht über Ästhetik diskutieren! Du hast es versprochen!«

Der Mann ließ seinen Kopf sinken. Er klang ausweglos und verzweifelt. »Sebastian – mein Freund –, wenn es dir nicht so viel bedeuten würde, würde es mich nicht so erschrecken. Es könnte für dich gefährlich sein.«

Sebastian starrte ihn voll ärgerlicher Verachtung an. »Von allen fadenscheinigen Ausflüchten, die ich je hörte, ist diese deiner am wenigsten würdig!«

Kip sprang auf, und die zwei Männer standen sich gegenüber. Kip wie eine gereizte Katze, die zum Sprung ansetzt, Sebastian, ihn überragend, riesig in der beengten Umkleidekabine. Mardee fühlte, wie sie ein erschreckendes, ihr wohlbekanntes Grauen ergriff.

Warum spürte sie diesen Zwang vorzuspringen, sich mit ihrem Körper zwischen die wütenden Männer zu werfen? Wieder wurde sie von dem Entsetzen des *déjà vu* gepackt, dem Gefühl, daß irgendwo, irgendwann, sie konnte sich nicht erinnern wann, dies alles schon einmal geschehen war, daß sie einander so schon einmal gegenübergestanden hatten, bereit, sich gegenseitig an die Gurgel zu springen und bis zum Tod zu kämpfen. Welchen der beiden wollte sie beschützen? Sie konnte einen Schrei nicht zurückhalten.

»Nein, hört auf! Kip – Sebastian – was ist los?«

Sebastian sagte verletzend: »Unser Voodoo-Experte hat sich gedrückt.«

»Das nehme ich nicht hin!« Kips Stimme war wütend. »Kannst du nicht verstehen, daß das gefährlich ist? Du wärest nicht der erste *blanc*, der tiefer in die Welt des *voudoun* hineingerät, als er glaubte.«

»Fadenscheinige Entschuldigungen!« höhnte Sebastian.

»Wenn du dich als Zuschauer damit befassen würdest, ohne zu fordern, daran teilzunehmen, Sebastian«, flehte Kip.

»Denkst du, ich habe Angst?«

»Der Mensch, der sich einem *mystère* ohne Angst nähert, ist ein Narr. Aber wenn du immer noch entschlossen bist, diesen Wahnsinn durchzuziehen...«

»Wenn du dazu in der Lage bist, ja!«

»Auf deine Verantwortung also«, schleuderte ihm Kip voller Wut entgegen. »Morgen abend also!«

Sebastians Wut war plötzlich verflogen; er starrte Kip voll Erstaunen und Ehrfurcht an. »Meinst du das wirklich?«

Langsam, erschöpft, nickte Kip, mit einem tiefen Seufzer ausatmend. »Ich werde nicht verantwortlich sein, was immer auch geschieht, Sebastian.«

Nun, da er seinen Kopf durchgesetzt hatte, war Sebastian wieder vollkommen freundlich. »Mach dir keine Sorgen, Kip. Ich werde dir dankbar sein, so lange ich lebe!«

Kip lächelte trübe, aber er antwortete nicht. Als Sebastian gegangen war, wendete er sich Mardee zu und schüttelte kummervoll seinen Kopf. »Ich hätte ihm niemals ein solches Versprechen geben sollen. Ich muß verrückt gewesen sein.«

»Christophe – mein Liebster –, wovor hast du Angst?«

»Besessenheit.« Auf ihren ungläubigen Blick hin sagte er ruhig: »Dies ist das Wesen von *voudoun*, daß der, der sich dem Gott, dem *loa*, nähert, von ihm besessen wird. Unsere Götter sind keine Abbilder in der Kirche, Mardee, die an der Wand hängen und zu denen man beten kann, wenn man dazu Lust hat. Sie sind echt und manifestieren sich in der Seele und dem Körper und Geist des Beters. Ihnen kann man nicht befehlen. Sie kommen, wie es ihnen beliebt.«

Mardee fühlte, wie ihr Blut über der ruhigen und sachlichen Art und Weise, in der er sprach, zu Eis erstarrte. Sie flüsterte: »Christophe – bist du besessen gewesen?«

»Natürlich – ich war ein *hounsi-canzo* – ein Geweihter.« Er sah elend aus. »Ich werde es nicht wieder riskieren. Ich weiß, wie – wie ich es bekämpfen kann, wenn es nicht zur richtigen Zeit kommt. Sebastian – er begrüßt es, und für ihn kann der Weg in den – den Wahnsinn führen. Für ihn könnte es vielleicht keine Rückkehr geben. Er ist unwissend.«

Sie schloß ihn in die Arme, bemüht, ihn zu trösten. »Sebastian ist ein erwachsener Mann. Er hat das Recht, seine eigenen Risiken einzugehen.«

»Vermutlich hast du recht.« Er küßte sie, aber der Schrekken wich nicht aus seinem Gesicht. Zuletzt zitierte er flüsternd:

»*Wehe dem, durch den Ärgernisse kommen... Denn es müssen zwar Ärgernisse kommen, doch wehe dem Menschen, durch den das Ärgernis kommt...* Mardee, ich möchte dafür nicht verantwortlich sein! Ich möchte nicht!«

Es ist gefährlich für dich. Du hast das Blut. Mit einem seltsamen Aufblitzen der Erkenntnis wußte Mardee, was ihre Mutter gemeint hatte. Als sie sich in das unschuldige, weiße Gewand ihrer ersten Nacht hüllte, fragte sie sich, ob es jemals eine Zeit gegeben hatte, da sich Marie-Claire für eine solche Zeremonie weiß kleidete. Was konnte ihre Mutter sonst für immer von der Insel vertrieben haben, wenn nicht der mysteriöse Schrecken der *loa?*

Sie vertrieb ihre Furcht mit einer anderen Erinnerung. Kip hatte gesagt oder angedeutet, daß es für Sebastian gefährlich war, weil er nicht das Blut hatte. Es konnte nicht in beiden Richtungen gelten. Und Kip hatte keine Angst um sich selbst. Für ihn war es etwas Bekanntes: etwas, dem man sich mit Demut und Ehrfurcht nähern mußte, aber doch etwas, das er gekannt hatte, seit er ein Knabe war.

Mardee selbst fürchtete sich, war entgegen ihrer Vernunft erfüllt von Schrecken. Alles war vermischt mit der Hollywood-Version von Schwarzer Magie, Voodoo-Zauberern, Zombies. Um dies zu verdrängen, klammerte sie sich an die Erinnerung an das African-Haitian Folklore Institute und dessen Aufführung. Es war eine religiöse Zeremonie, eine Messe, nicht mehr und nicht weniger, mit Gesängen und feierlichen Riten und Weihrauch und Kerzenlicht und einem wirklichen, keinem symbolischen Blutopfer. Nichts, vor dem man sich zu fürchten brauchte. Sicherlich nichts so Böses, daß es ihre Seele gefährden konnte. Sie konnte Fleurs Abscheu verstehen: Fleur war eine gläubige Katholikin, für die alle anderen Religionen ein Werk des Teufels waren. Aber Mardee brauchte diese Angst nicht zu teilen. Es war eine andere Religion, das war alles. Was die mysteriöse Erscheinung der Götter oder *loa* betraf – nun, sie würde es glauben, wenn und falls sie es sähe!

Die Tür zwischen den beiden Teilen des Hauses in der unteren Diele stand offen, und sie hörte hinter der Türe zu ihrer Überraschung und Bestürzung die rauhe, flehende Stimme von Donna Royce.

»Sebastian, ich möchte mit dir nur für eine Minute sprechen...«

»Gibst du niemals auf, Donna?« Seine Stimme war erfüllt von ärgerlicher Verachtung. »Ich habe dir gesagt, daß ich mich um alles kümmern würde, aber daß du von hier verschwinden sollst. Es ist vorbei. Du kannst in ein Hotel in Port-au-Prince ziehen oder zurückfliegen in die Staaten. Du hast genug Geld. Was zum Teufel versprichst du dir davon, daß du hierbleibst?«

»Du weißt, was ich will«, klagte sie. »Ich liebe dich!«

Er stieß einen obszönen Fluch aus, bei dem Mardee zusammenzuckte. »Schluß damit! Ich möchte, daß du von hier verschwindest, und zwar sofort.«

»Es ist dieses Mädchen, diese Mardee!« Mardee hatte niemals eine so haßerfüllte Stimme gehört. »Sie hat das gemacht...«

»Stell dich nicht dümmer als du bist, Donna. Du hast es selbst verursacht, und du weißt es. Ich habe keine Zeit für so etwas, und wenn du etwas gegen diese Klemme tun willst, in der du steckst, dann hast du auch nicht mehr allzuviel Zeit. Verdammt noch mal, mach, daß du wegkommst – noch heute abend!«

»Sebastian«, bettelte sie.

»Schluß damit, fahr zur Hölle!« Es gab ein dumpfes Klatschgeräusch hinter der Tür, und sie hörte Donna schmerzvoll aufschreien. Dann Sebastians Stimme, leise und voller Haß:

»Donna, wenn du das noch einmal versuchst, dann wird es dir leid tun, je geboren zu sein. Und wenn du noch hier bist, wenn ich zurückkomme, dann wirst du diese Nacht für den Rest deines Lebens bedauern. Verflucht, laß mich gehen!«

Mardee drückte sich an die Wand, als die Tür aufgerissen wurde und Sebastian herauseilte. Er sah sie nicht, und sie war dankbar dafür. Sie stand zitternd in der Diele, als er hinausgegangen war. Sie hatte gewußt, daß Sebastian ein heftiges Temperament hatte, aber diese Brutalität raubte ihr den Atem.

Kip kam durch die untere Diele. Sie trat aus dem Schatten und ergriff seinen Arm.

»Was ist los, Mardee? Du zitterst!«

»Sebastian – ich hörte ihn mit Donna...«

»Ich habe es gehört. Es ist eine schlimme Sache«, sagte er ruhig. »Sie will nicht gehen, und sie ist überzeugt, daß du an allem schuld bist.«

»Ich würde es ihr nicht verübeln, wenn sie in ein Abbild von mir Nadeln stecken würde!«

Er schaute sie befremdet an und sagte: »Still, still, *ma chère*, nicht einmal im Scherz darfst du jemals solche Dinge sagen, nicht hier!«

»Christophe«, sie wisperte, »das ist für dich wirklich, nicht wahr?«

»Mehr, als du jemals wissen kannst.« Er nahm ihr Gesicht in seine Hände. »So bin ich, Mardee, dies ist die Welt, aus der ich komme. Ich kann ihr entsagen. Wenn das alles vorbei ist, können wir von Haiti weggehen, du und ich, und niemals wiederkehren, wenn du möchtest. Aber im Augenblick – bin ich so, ist es wirklich für mich.«

Sie stand nahe bei ihm, zu ihm aufsehend. »Wenn es für dich wirklich ist, Christophe, dann möchte ich, daß es auch für mich wirklich ist. Mein Lieber – ich möchte teilhaben an dem, was du bist, selbst wenn es nur dieses eine Mal ist.«

»*Gran' Dieu* – Mardee – meine Geliebte«, flüsterte er und umarmte sie so fest, daß es ihr wehtat. »Alles was ich bin – alles was ich habe, alles was ich je sein werde...«

Er strich mit seinen Fingern über ihr Gesicht, verhielt einen Augenblick an ihrem Hals, und seine Finger berührten die Halskette, die sie unter ihrem weißen Kleid trug. Er zog sie heraus. Seine Finger untersuchten erschüttert das grob geschnitzte Abbild. »*Mais* – was ist das, Mardee?«

Mardee selbst konnte den Impuls nicht erklären, der sie dazu gebracht hatte, es anzulegen. Sie sagte, es betastend: »Ich – ich hatte einmal einen Traum darüber. Es schien etwas – etwas damit zu tun zu haben...«

»Aber – ich dachte, du weißt nichts über die *mystères* – weißt du denn, was das ist?«

»Ich weiß es nicht, Kip. Ist es etwas Frevelhaftes, soll ich es abnehmen?« In diesem Augenblick bedeutete ihr Brians Geschenk wenig.

Er schloß seine langen Finger ehrfurchtsvoll um das kleine geschnitzte Stück aus rotem Stein. »Frevelhaft? *Gran' Dieu* – nein! Es ist ein Rosenkranz, Liebste, ein Rosenkranz, Erzulie geweiht, die – die Heiligste ist, die große Mutter, die – die *Sainte Vierge*. Nur sie allein weiß, wie es zu dir gekommen ist, *ma bien-aimée*, aber ich kann mir nichts Passenderes vorstellen.« Er hob es hoch und berührte es für einen Augenblick mit seinen Lippen. »Wenn irgend etwas dich beschützen kann, dann ist es das. Möge sie uns segnen.«

Er schob den kleinen Rosenkranz unter ihr Kleid, zwischen ihre Brüste; seine Finger verweilten da für einen Augenblick, um sie zu liebkosen, und er beugte sich nieder, um sie noch einmal leidenschaftlich zu küssen, bevor er sich losriß und sagte: »Wir müssen gehen. Wir können sie nicht warten lassen... wenn sie schon warten müssen.«

11. Kapitel

Es war das Holzhaus, das sie gesehen hatte, mit verschlossenen Läden, verschlossen und leer, am Rand von Cap Dominique. Natürlich. Sie hatte gewußt, daß es das sein würde. Was immer sie in jener Nacht gesehen hatte – schlafwandelnd, im Halbtraum, in einer hellseherischen Vision –, es war etwas Wahres daran.

Die wirklichkeitsnah geschnitzte Schlange ringelte sich wieder um den Mittelpfosten; Seidenfahnen, Banner und Heiligenbilder waren an der Wand aufgereiht. An einer anderen Wand befanden sich die Trommler mit ihren Trommeln; die mannshohe *maman*, die kleinere *seconde* und die kleine, die Kip als *boula* oder *catà* bezeichnet hatte. Sie hatten bereits mit ihrer pulsierenden Musik begonnen, und Mardee fühlte, wie das Trommeln sie ergriff, sich ihrer bemächtigte, ihr tief in den Geist und ins Blut drang.

Sebastians Augen waren halb geschlossen; auch er war von dem Trommeln mitgerissen. Das Gebäude füllte sich langsam mit Männern und Frauen, schäbig, aber sauber und ordentlich gekleidet, wie Kirchgänger. Alle Frauen waren in Weiß. Es schien Mardee, daß die ganze Bevölkerung von Cap Dominique und einige der Leute von den umliegenden Farmen heute abend hier sein mußten. Wie in aller Welt konnte das dem Pfarrer verborgen bleiben? Oder wußte er davon?

Einige von ihnen sahen neugierig zu Sebastian herüber: dem hochgewachsenen weißen Mann, barfuß, mit einem weißen Hemd und weißen Leinenhosen bekleidet. Sie schauten auch zu Mardee, aber mit weniger Neugierde.

Es ist gefährlich für dich. Du hast das Blut ...

Aber was für eine Gefahr konnte es geben?

Die Tür öffnete sich; zwischen zwei Frauen, die Fackeln trugen, trat der *houngan* herein, den rituellen Stab, den *asson* tragend, von dem Mardee wußte, daß er die Wirbelsäule und der Schädel einer Schlange war. Sie sah ohne Überraschung, daß der *houngan* Robert war, der kleine Butler. Natürlich. Eine der Frauen, die die Fackeln trugen, war ihr eigenes Kammermädchen Melanie. Sie blickte herüber zu Mardee mit einem seltsamen, stolzen Grinsen.

Natürlich. Sie erwarten es. Ich bin nun eine von ihnen.

Die Trommeln hielten sie gefangen; sie bewegte sich nach ihrem Rhythmus, nicht sehr, doch genug, um sie zu fesseln, um bewußte Gedanken abzuhalten. Später erinnerte sie sich an die leuchtend roten und blauen blattartigen Muster, die Robert in großen Schwüngen auf den Boden streute, wie das Pulver durch seine behenden Finger rieselte und das *vévé* wie eine riesige Blume von ungeheurem und schönem Wuchs unter diesen geschickten Händen entstand. Sein Gesicht war glatt, unpersönlich, traumartig.

Mardee wußte, daß er sie nicht sah; er blickte in ihre Richtung, aber sie war sicher, daß er überhaupt nichts auf dieser Welt sah.

Durch die rückwärtige Tür kamen zwei Frauen, die samtene Fahnen, bestickt mit glitzernden Pailletten, trugen. Zwischen ihnen, rückwärts gehend, sie anführend, einen langen alten Säbel in der Hand, befand sich ein Mann: schlank, geschmeidig, sich in einem kunstvollen Tanze bewegend, in Kreisen drehend, während die Frauen folgten. Mann und Schwert schienen sich wie eins zu bewegen, sich drehend, fortschreitend in geschmeidiger, tänzelnder Bewegung.

Bis er an ihr vorbeikam, merkte Mardee nicht, daß der tanzende Mann Christophe Thibault war.

Rund um den Saal gingen das Schwert und die Banner, verneigten sich feierlich vor jedem Gemälde, grüßten den *houngan* und die *vévés*, umkreisten dann den Mittelpfosten, erst langsam, dann schneller und schneller, sich wieder und wieder im Gruß verneigend, wenn er an den Trommeln vorbeikam. Mardee war wie betäubt von den Glocken und Trommeln, dem Klingeln der rituellen Instrumente. Christophe verbeugte sich, um die Säule in der Mitte zu küssen; dann brach der große, überwältigende Gesang an, der Gesang, den sie in ihrem Traum gehört hatte. Traum?

Damballa Wédo! Côté où yé!
Damballa Wédo! Côté où yé!
Papa Legba! Commande...

Weiter und weiter ging der Sing-Sang, hypnotisierend, endlos. Gesang folgte auf Gesang, und Mardee, betäubt, konnte ihnen nicht länger folgen. Sie umklammerte die kalten Perlen an ihrem Hals. Kip war irgendwo in diesem schwindelerregenden Gemisch von Vision und Klang. Ihr Kopf pulsierte, so daß sie nicht mehr wußte, wo sie war oder warum sie hier war. Feuer wurden angezündet, und der Raum begann hin und her zu wogen und zu schwanken, durch den Rauch und den Geruch von Weihrauch oder Parfum hindurch. Ab und zu taumelte jemand, aufgerüttelt von den Trommeln und den Gesängen, von seinem Platz hoch und begann, sich in einem Tanz zu drehen: taumelnd, stolpernd, zuckend, aber irgendwie nie in die Nähe der Feuer kommend, niemals mit jemandem oder etwas zusammenstoßend. Betäubt und verwirrt sah Mardee unter den Tänzern einen großen *blanc* mit einem zerrauften weißen Haarschopf, kreisend und taumelnd. Sie dachte: *Es ist er, le gros blanc... Er ist verrückt, und Verrücktheit macht unverletzlich, aber es wird eine Zeit kommen, da selbst das ihn nicht schützen wird... Ich liebe ihn nicht, ich hasse ihn nicht einmal, ich gehöre nicht zu ihm, aber er weiß es noch nicht...* Mardee zwickte die Augen zu, um sich wachzurütteln. Hatte sie beim überwältigenden Lärm der Trommeln geschlafen? Sie konnte Sebastian mit zurückgeworfenem Kopf unter den Tänzern sehen. Etwas blickte aus seinen Augen, das sie nie zuvor gesehen hatte... *Etwas, das nicht der Sebastian Wright war, den sie kannte.*

Sie hatte es schon zweimal gesehen, bei dem kleinen Steinhaus... War es das, was Kip befürchtet hatte?

Der Klang der Trommeln veränderte sich erneut. Die rückwärtigen Türen öffneten sich, und durch sie hindurch kamen tanzend drei girlandengeschmückte Frauen. Eine war eine Fremde, klein und dick. Eine war die dürre Riesin, Fifine. Aber es war die dritte, behangen mit Halsketten und Girlanden, der der *houngan* und die Meßdiener Platz machten, vor der sie sich mit tiefer Ehrerbietung verneigten wie vor einem Gott. Sie hörte um sich herum das geflüsterte Wort *mambo.* Dies war die Hohepriesterin, die Besessene, die Göttin... Mardee sah ohne Überraschung den zerbrechlichen, mageren Körper, das totenkopfähnliche Grinsen von Madame Thibaud. Aber Tante Emilie war über alle Maßen verändert. Ihr zerbrechlicher Körper schien sich mit der Energie einer Besessenen zu bewegen, als sie tanzte und sie mit feierlichen Gesten segnete. Einer nach dem anderen fielen sie vor ihr auf die Knie, und auch Mardee fiel nieder und fühlte, wie ein tiefer Schauder sie ergriff.

Diese Frau war nicht Tante Emilie... Gespaltene Persönlichkeit? Besessen von einem Gott? Etwas war in ihren Körper gefahren, das die Persönlichkeit von Madame Thibaud überschattete... Ihr ganzer Körper prickelte mit der Annäherung des Übernatürlichen.

Die *mambo* rief laut mit einer Stimme, die zugleich bekannt und unbekannt war. Aber die Sprache war *créole,* und Mardee konnte kein Wort verstehen. Es lief ihr eiskalt den Rükken hinunter. Sie fühlte, sie sollte aufstehen und voll Schrekken davonlaufen, aber ihre zitternden Knie hätten sie nie tragen können. Der Gott in menschlicher Gestalt, der *loa,* die *mambo,* Tante Emilie... was immer es war... hielt über ihr inne. Mardee beugte sich zum Boden und umklammerte ihren Rosenkranz an ihrem Hals. Sie hörte einen leisen Ton, ein Flüstern wie das Rascheln von Blättern.

»Ce diab' a yé...«

Kip hatte ihr erklärt, daß das Wort *diab'* in *créole* nicht das gleiche bedeutete wie das französische Wort *diable,* Teufel. Es konnte jede Art von Kraft bedeuten: ein Geist, eine Macht, ein Heiliger, ein Gespenst... Sie keuchte angstvoll und wartete. Es schien Stunden, Tage, Jahre zu dauern, bevor die

Macht von ihr weggegangen war, sich von ihr zurückgezogen hatte. Nicht wissend, was sie tat, flüsterte sie halblaut, übertönt vom Klang der Trommeln: *»Erzulie – Gran' Maîtresse...«* und wußte, daß sie niemals zuvor echte Angst gekannt hatte.

Es war vorbei. Mardee wußte, daß sie weinte. Dann rief dieses Etwas, diese Macht, die von Tante Emilies Körper Besitz ergriffen hatte, aus:

»Regarde! Regarde-yé! C'è le gros blanc«, wirbelte herum und zeigte auf Sebastian. Nach und nach beruhigte sich das Tanzen, kamen die Tänzer in einem Kreis um Sebastian zum Stehen, der da stand, sein weißes Haar ins Gesicht hängend, seine Stirn schweißbedeckt.

Und dann, mit einer Stimme, die sich in Mardees Brust zu bohren und mit eiskalten Fingern ihr Herz zusammenzupressen schien, sprach das Etwas – in Englisch! Es war eine alte, eingerostete Stimme, der Tante Emilies vollkommen unähnlich: der rauhe, tiefe Bariton eines Mannes.

»Dem, der bittet, wird gewährt«, sagte es. »Du hast gebeten... *le gros blanc* warst du, *le gros blanc* bist du, *le gros blanc* wirst du bis zum letzten Tag deines elenden Lebens sein... Sie ist schwanger vom anderen, und du hast sie mit deiner Brutalität sogar zu der Sünde der Verzweiflung getrieben, und nun stirbt sie. Und wie du einmal die Frau deiner eigenen Welt in die Verzweiflung und den Tod getrieben hast, so wird es wieder sein, aber dieses Mal wird es nicht dein wertloses Leben sein, das sie dir nehmen!«

Das Ding in Tante Emilies Körper brach in ein mächtiges, heiseres, schallendes Männerlachen aus.

»Schaut und staunet! Es ist *le gros blanc*, der gekommen ist, um diesen Ort von seinem Fluch zu befreien...«

Es folgte ein lautes Keuchen und ein Schreckensschrei. Vor ihren Augen erzitterte das Etwas wie vom Blitz getroffen. Es taumelte, erbebte und fiel mit einem schrillen Schrei der Länge nach zu Boden.

Die Trommeln hatten aufgehört. Die Stille im *houmfort*

glich dem Tod. Dort, wo das von Göttern besessene Ding gewesen war, lag nur noch eine zerbrechliche, kleine alte Frau. Mardee rannte hin und kniete bei ihr nieder. Es war nun wieder Tante Emilie, zart, würdevoll, verwirrt. Sie flüsterte schwach: »Wie bin ich hierher gekommen?« Sie schaute mitleiderregend auf zu Mardee.

»Marie-Charlotte«, flüsterte sie, »bring mich heim.«

Mardee nahm die alte Frau in ihre Arme. Madame starrte verstört im *houmfort* umher. Sie wimmerte: »Aber das ist alles schon einmal geschehen, und Marie-Charlotte ist tot... Marie-Claire, bist das du? Bist du zu mir zurückgekehrt nach all diesen Jahren, *ma fille?* Bist du zu mir zurückgekommen, um mir zu verzeihen, mein Kind?«

Schluchzend preßte Mardee die alte Frau an ihr Herz. Sie flüsterte durch Tränen: »Ich bin zurückgekommen – *Maman.*«

Und dann fühlte sie, daß das alte Herz aufgehört hatte zu schlagen und daß Emilie Thibaud tot in ihren Armen lag.

12. Kapitel

Alle Türen und Fenster von Maison Dominique waren hell erleuchtet. Die Trommeln waren zu einem Trauermarsch zu Ehren der Frau geworden, die so lange ihre Herrin, ihre Priesterin gewesen war. Robert hatte sie zurückgetragen, noch immer in seinen rituellen Gewändern.

»Wohin sollen wir sie legen – Madame?«

Nach einem Augenblick begriff Mardee, daß die Frage an sie gerichtet war. Maison Dominique gehörte nun ihr. Es war ein beängstigender Gedanke.

»In ihr eigenes Zimmer.« Sie ging voran, die dürre Fifine weinte hinter ihr. Von irgendwoher war Fleur gekommen. Herbeigezogen von den Trommeln? Wissend, ohne daß es ihr gesagt worden war? Es war gleichgültig.

»Mamselle«, sagte Fleur, »ich werde sie für ihr Grab vorbereiten. Keiner dieser Heiden darf sie berühren.« Sie bekreuzigte sich. Auch sie weinte; Mardee bemerkte es aus einem Winkel ihres Bewußtseins. »Laß mich Père Etienne holen.«

Mardee suchte in der Menge nach Kip, der blaß und erschüttert war und noch immer seine rituellen Kleider trug. »Soll ich? Der Pfarrer...«

»Laß ihn holen«, sagte Kip still, »er wird wissen, daß Gottes Gnade keine Grenzen kennt.«

Père Etienne kam, faltete der alten Frau die Hände über der Brust, beugte sich über sie und murmelte leise auf Französisch. Als er gegangen war, schien Fleur getröstet zu sein.

»Er erteilte ihr die bedingte Absolution. Nur Gott kennt den Zustand ihrer Seele, und Er ist gnädig.«

Mardee hatte sich erschüttert und erschöpft in einen Stuhl fallen lassen. Kip hatte ihr einen Brandy gebracht. Fleur erklärte alles, aber ihre Worte ergaben keinen Sinn.

»Es war der Wahnsinn, der von ihr Besitz ergriffen hatte.

Sie glaubte manchmal, daß *le gros blanc* ihre Familie verflucht hatte. Nicht M'sieur Wright, Mamselle, sondern der längst verstorbene Franzose, von dem wir alle abstammen... ja, Christophe und ich auch«, fügte sie hinzu und blickte traurig auf ihren Halbbruder. Kip ging zu Fleur und legte seinen Arm um sie; sie lehnte sich einen Augenblick gegen ihn, dann stellte sie sich seufzend auf ihre Zehenspitzen und küßte seine Wange. »Immer wieder, seit Madame eine junge Frau war, so erzählte mir meine Mutter und unsere *grand mère*... ergriff sie dieser Wahnsinn, und sie hatte die gotteslästerliche Einbildung, daß nur sie uns vor dem *mort* schützen konnte – es war unsere *grand-mére*, die sie verdarb, so wie sie später Christophe verdarb.«

Kip sagte ruhig: »Ich habe nicht das Gefühl, verdorben worden zu sein, *ma sœur*.«

»*N'importe*... Hin und wieder, wenn Madame Emilie getrunken hatte, hatte sie – ihre wahre Religion vergessen, und ihre Stellung, und sich den anderen im *'oumphor* angeschlossen... und es gab andere Sachen, die sie machte... Es war nicht ihre Schuld; sie war nicht sie selbst.«

Nicht sie selbst. Das leuchtete Mardee ein; es war ein klarer Fall von Persönlichkeitsspaltung, von der Art, die das Buch und der Film *Three Faces of Eve* berühmt gemacht hatte. Eine große Dame, die ›Herzogin Romanoff‹. Die andere eine Voodoo-Priesterin, eine *mambo*.

»Sie dachte, ich sei Marie-Claire... nannte mich *ma fille*.«

Fleur nickte traurig. »Marie-Claire erfuhr die Wahrheit, Mamselle, und das trieb sie fort. Immer, seit sie ein Kind war, glaubte Marie-Claire, daß sie ein Kind von Madame Emilies Schwester, Marie-Charlotte, sei. Madame Emilie – sie war wirklich Mamselle Emilie, aber nachdem das Kind geboren war...« Sie suchte nach einer Erklärung. »Marie-Charlotte und ihr Mann waren kinderlos, wissen Sie, und sie ließen es zu, daß man glaubte, Marie-Claire sei ihr Kind. Aber als Marie-Claire es erfuhr, konnte sie nicht verzeihen...«

Arme Mutter, dachte Mardee. Stolz auf ihre Familie und ihr

Erbe, und dann erfahren zu müssen, daß sie selbst unehelich war, das Kind einer Verrückten, wahrscheinlich empfangen im Wahnsinn, nach einem Ritus wie diesem, ihr Vater unbekannt... Kein Wunder, daß sie nicht zurückkehren wollte. Und doch konnte Mardee diese Frau, die, wie sie nun wußte, ihre Großmutter gewesen war, nicht in Grund und Boden verdammen. Die Welt hatte sich verändert. Ein furchtbarer Skandal, der bis zum Tode verborgen bleiben mußte – in Tante Emilies Tagen. Sogar als Marie-Claire ein Mädchen war, eine Tragödie, die eine junge Frau auf Nimmerwiedersehen aus ihrem Heim vertreiben konnte. Aber jetzt? Die Welt hatte sich verändert. Mardee fand es gar nicht mehr schrecklich, außer wegen all der menschlichen Leiden, die damit zusammenhingen. Eines Tages würde vielleicht sogar Marie-Claire dies erkennen.

Und Tante Emilie – *Nein, nicht meine Tante, meine Großmutter* – war glücklich gestorben, im Glauben, daß Marie-Claire zurückgekommen war, um ihr zu verzeihen.

Plötzlich stürmte Sebastian ins Zimmer und rief: »Mardee!«

Sie sah ihn erschrocken an. Kip erhob sich zornig: »In Gottes Namen! Sebastian, in dieser Familie hat sich ein Todesfall ereignet. Was fällt dir ein, hier so hereinzubrechen?«

Sebastian schluckte heftig. Er war so weiß wie sein Hemd. »Es tut mir leid, aber – ich muß telefonieren, wir brauchen einen Doktor, einen Krankenwagen – es ist Donna, sie hat Schlaftabletten genommen, ich glaube, sie stirbt.«

»Sacré-Dieu«, sagte Kip halblaut. »Ich rufe den Krankenwagen, Sebastian, wir müssen einen von Port-au-Prince holen...« Er drehte sich um und rannte die Treppe hinunter.

Sebastian sagte heiser: »Ich schwöre, sogar als ich wußte, daß Donna schwanger war, dachte ich nicht, daß das heutzutage so etwas Besonderes wäre...«

Mardee schauderte, als ob es ihr eiskalt den Rücken hinunterliefe. Wieder hörte sie die harte, grobe Männerstimme, die von Tante Emilies Lippen kam: *Du hast sie mit deiner Brutalität sogar zu der Sünde der Verzweiflung getrieben, und nun stirbt sie...* Sebastian trat auf sie zu und streckte seine Hände nach ihr aus; sie wich vor ihm zurück. Sie sagte kalt: »Besser du gehst und bleibst bei Donna, Sebastian.«

Er ließ seine Hände sinken und ging mit verzerrtem und blassem Gesicht.

Die Nacht schien endlos. Nach langer Zeit hörte Mardee ein Martinshorn und ging hinunter, um dem Krankenwagen zuzusehen, wie er versuchte, in der Einfahrt zu wenden, zu beobachten, wie sie den deckenverhüllten Körper von Donna Royce hineintrugen. Sebastian, blaß und still, fuhr mit dem Krankenwagen mit. Mardee empfand quälendes Mitleid.

Ich wollte ihn nicht, Donna. Ich wünschte, ich hätte dich dazu bringen können, mir zu glauben!

Kip sah krank und erschüttert aus. Fast die ganze Nacht über saß sie mit ihm im großen Salon, und während sie sich an seine Hand klammerte, wußte sie nicht, wer von ihnen wen tröstete, wer es am meisten brauchte. Einmal sagte sie: »Christophe – was war das, das heute abend durch Tante Emilie sprach?«

Seine Stimme war stumpf und betäubt. »Ich bin nicht sicher, aber ich glaube, es war Baron Samedi, der Herr der Toten... einer der größten der *loa*.«

Mardee erschauderte und war still.

Während der langen Stunden dieser Nacht, in denen sie die entfernten Trommeln hörte, die zu einem Trauermarsch für die Tote geworden waren, verschwamm Mardees Geist in einem seltsamen Halbtraum: die Erinnerung war über sie hereingebrochen, das *déjà vu*. Sie war ihre eigene Vorfahrin, die *affranchie*... ihre Rivalin war tot, und würde *le gros blanc* zu ihr kommen und sie zur Herrin im Haus ihrer Rivalin machen... Und doch sehnte sie sich nach ihrem Geliebten... Und dann wachte Mardee ein wenig auf, fühlte Kips Hand in der ihren und wußte, daß die Stunde noch nicht gekommen war...

Nach einer endlosen Zeit begann grau und blaß die Dämmerung durch die hohen Fenster hereinzukriechen. Robert kam und zog die Jalousien herunter, wie es einem Haus geziemte, in dem es einen Todesfall gegeben hatte.

»Möchte Madame ein Frühstück? Möchte M'sieur etwas nehmen?« Er hatte sich seiner zeremoniellen Kleider entledigt und trug wieder den dunklen Anzug eines Butlers. Tante Emilie hatte hier nicht die einzige gespaltene Persönlichkeit!

»Ich glaube, Kaffee würde mich nur wachhalten, Robert, Christophe?« Sie sah Kip an, der immer noch die Kleidung des *houmfort* trug. Er schaute grau und erschöpft aus, und Zärtlichkeit überwältigte sie. Sie war so viel stärker. Es war ihre Pflicht, ihn zu beschützen, ihn zu bewahren vor aller Härte des Lebens. Sie schüttelte ihren Kopf, um ihn von dem seltsamen *déjà vu* zu befreien. Wann hatte sie sich schon früher so seltsam gefühlt? Es machte sie rasend, daß sie sich nicht erinnern konnte.

Er schüttelte seinen Kopf. »Nein, nein, ich könnte nichts essen.«

»Du kannst hier nichts mehr tun, Liebling. Geh schlafen!«

»Ich bleibe bei dir, Liebes«, protestierte er. »Es muß den anderen gesagt werden, daß Madame tot ist und daß Sebastian mit Donna im Krankenwagen mitgefahren ist. Aber du mußt ausruhen, Mardee. Überlaß alles hier mir.«

Zum Sterben müde, fast unfähig zu stehen, ließ Mardee Kip sie an sich ziehen und sie zärtlich küssen. Langsam ging sie hinauf.

Fleur kam ihr auf dem Treppenabsatz entgegen. »Ich habe Madame für ihr Begräbnis vorbereitet, Mamselle. Möchten Sie kommen und sich von ihr verabschieden?«

In ihrem Zimmer lag Emilie Thibauds Körper auf der seidenen Steppdecke wie im Schlafe. Fleur hatte sie gewaschen, die verschmierten Farben und die Bemalung der Zeremonie beseitigt, ihr das dunkle Kleid mit den Spitzenrüschen am Hals angezogen. Eine Herzogin der Romanoff lag tot da...

Mardee bückte sich und küßte die kalten Lippen. Fleur weinte, aber Mardees Kehle war zu sehr zugeschnürt für Tränen. Sie schwankte, von plötzlicher Schwäche ergriffen, und Fleur sagte mitleidig: »Komm, *p'tite!*« Sie hatte das formelle Mamselle vergessen. Sie brachte Mardee in ihr Zimmer, zog ihr das verfleckte und ramponierte weiße Kleid aus, ließ ihr ein Bad einlaufen, hob sie sanft heraus und hüllte sie in ihr Nachthemd. Sie steckte Mardee ins Bett und zog die Vorhänge zu, und Mardee, betäubt und erschöpft, schloß ihre Augen.

Ihr letzter bewußter Gedanke war: *Es ist alles vorüber.* Sie konnte nicht ahnen, daß der wirkliche Schrecken noch kommen sollte.

Sie träumte. Sie träumte, daß sie wieder im großen Haus erwachte, wissend, daß er sie hierher gebracht hatte. Es war unrecht, unschicklich, nachdem die Herrin tot dalag; sie mußte sofort nach Hause gehen. Sie wickelte sich in ein Kleid und ging leise hinaus in die dämmerige Diele. Eine Tür war geschlossen; sie umklammerte den Rosenkranz an ihrem Hals, flüsterte ein Gebet, aber sie fürchtete sich nicht. Die tote Frau war eine Christin gewesen, und die geisterten nicht wie andere *morts.* Sie trug ihrer Rivalin nichts nach. Die tote Frau hatte Macht gehabt und war die Ehefrau gewesen. Aber sie selbst war geliebt worden...

Die Diele war leer, die Jalousien heruntergezogen, wie es schicklich war, wo es einen Todesfall gegeben hatte. Sich wie ein Geist bewegend, ging sie im Licht des Sonnenuntergangs über den Rasen, hin zu ihrem eigenen Haus.

Er hatte irre geredet, ihr gesagt, sie solle nun Herrin im großen Haus sein, aber das konnte niemals geschehen. Eine Zeit würde kommen, wenn es hier keine *blancs* geben würde, und einmal, so hatte ihr Geliebter ihr gesagt, hatte man sich erzählt, daß jede Frau, die zu den *blancs* gehörte, ebenfalls sterben würde.

Sie tastete nach Zunder, um Feuer anzumachen, aber

nichts schien an seinem gewohnten Platz zu sein; das kleine Haus war dunkel, kalt und leer, wie die Wohnung eines Geistes. Hatte die Revolte begonnen? Waren schon alle tot? Nein, denn jemand kam...

Mardee erwachte plötzlich und fand sich in ihrem Nachthemd am staubigen Kamin des kleinen Steinhauses stehen, das einmal der *placée*–Herrin des Plantagen-Besitzers gehört hatte, und Sebastian Wright trat durch die Türe.

Immer noch von ihrem Traum betäubt – war sie wieder schlafgewandelt? – starrte sie ihn an, nicht wissend, ob er Sebastian Wright oder *le gros blanc* war. Waren sie dazu verdammt, die ganze alte Tragödie zu Ende zu spielen? War sie selbst ein Gespenst oder ihre eigene Vorfahrin?

»Sie ist tot«, sagte Sebastian hart. »Tot! Ich hatte seit langer Zeit aufgehört, sie zu begehren, aber sie konnte es nicht glauben...«

Sie wiederholte flüsternd: »Tot«, und ihre Verwirrung war so groß, daß sie nicht wußte, ob er von Donna sprach oder von der Frau des alten Plantagen-Besitzers.

»Jetzt, jetzt ist es an dir und mir, unser Leben gemeinsam zu führen. Komm schnell, sie dürfen uns hier nicht finden!« Im Dämmerlicht war sein Gesicht häßlich, blaß, das Gesicht eines Weißen, ein Geist, ein Fremder. »Schnell, rund um uns ist Tod! Sie haben mich einmal getötet, aber sie werden es nicht noch einmal tun. Schau, was ich hier habe...« Als Mardee auf die Pistole blickte, war sie plötzlich hellwach und wieder sie selbst, zurück im zwanzigsten Jahrhundert.

Aber Sebastians Gesicht, das auf sie herunterschaute, war nicht das vertraute, zivilisierte Gesicht des Filmproduzenten. Es war das Gesicht eines Fremden, derb, ausschweifend; das Gesicht eines Mannes, der, wie Mardee mit Entsetzen realisierte, seit 200 Jahren tot sein mußte! Dies war *le gros blanc*, der eine, der ihr eigener entfernter Vorfahre gewesen war, verwünscht oder wahnsinnig oder behext, so daß er glaubte, daß sie die schwarze Herrin war, für die er dieses Haus gebaut hatte...

»Sebastian!« sagte sie hart. »Mr. Wright, wachen Sie auf, legen Sie die Pistole weg! Sind Sie verrückt geworden?«

Sie sprach Englisch. Er antwortete mit tiefer Stimme, in Französisch, fast stammelnd. »Wovon sprichst du? Weißt du denn nicht, daß sie nach mir suchen? Ich habe sie getötet.« Seine Stimme sank, und er lachte tief und schrecklich. »Aber sie töten jeden, ich werde sagen, daß sie es waren, die sie töteten, und nun bin ich frei von ihr, und du und ich werden zusammen weggehen...«

Seine Stimme war ein tiefes, gespenstisches Kichern, und Mardee erinnerte sich an die *loa... Und wie du einmal die Frau deiner eigenen Welt in die Verzweiflung und den Tod getrieben hast* – hatte *le gros blanc* denn seine weiße Frau ermordet, hoffend, es auf seine rebellierenden Sklaven schieben zu können, so daß er frei bleiben würde und mit seiner schwarzen Geliebten nach Frankreich fliehen könnte? War dies das schreckliche Geheimnis des Fluches, und hatte Sebastians Schuld wegen Donna und seine Verantwortung für ihren Tod – denn sie mußte tot sein – dieser absurden Besessenheit Tür und Tor geöffnet? Kip hatte ihn gewarnt: *Für Sebastian könnte es vielleicht kein Zurück gehen...*

Wie konnte sie ihn da herausholen? Sie konnte sich nur eines vorstellen, mit dem sie es schaffen würde. Sie holte aus und schlug ihn hart ins Gesicht.

Sein Gesicht zog sich zusammen und verdunkelte sich vor Wut. Einen Augenblick lang dachte sie, er würde die Pistole auf sie richten; statt dessen schob er sie in seine Tasche und ergriff sie grob.

»Du wirst mich nicht so behandeln, du Luder«, tobte er. »Du gehörst mir, und ich werde dir zeigen, wer der Herr ist...«

Sie wehrte sich schwach, aber mit einer Hand riß er ihr Nachthemd in der Mitte entzwei und stieß sie gegen den Kamin. Nun hatte Mardee wirklich Angst. Hatte er vor, sie zu vergewaltigen oder sie zu ermorden? Sie schrie auf, wehrte sich verzweifelt, als er sie zurückzwang, sie zu Boden stieß, über ihr kniete. Sie hörte das Echo ihrer eigenen Schreie in ihren Ohren.

Die Tür hinter ihnen wurde aufgestoßen, und Kip stürmte herein. Er riß Sebastian von ihr weg. »Verdammt, laß sie in Ruhe, du dreckiger *blanc*!« Sein Angriff war so leidenschaftlich, daß er Sebastian tatsächlich zu Boden warf. Er beugte sich über Mardee und schaute erschreckt auf ihr zerrissenes Kleid. »*Mais, mon Dieu* – hat er dir etwas getan, *chérie*?« Er half ihr behutsam auf die Beine. Niedergeschmettert, abermals erschüttert vom *déjà vu* – dies war schon früher geschehen, sicherlich geschah das wieder –, lehnte sie sich an ihn, und die zwei Zeitebenen überschnitten sich schwindelerregend in ihrem Gehirn. Auf der einen Ebene war ihr vollkommen klar, wer sie war und was geschah – daß sie hierher gekommen war, während sie schlafwandelte, daß ihr Regisseur plötzlich wahnsinnig geworden war und versucht hatte, sie zu vergewaltigen, daß sie von ihrem Partner gerettet worden war...

Und doch, in irgendeiner tieferen Realität war sie jene vergangene freigelassene Frau, deren rasender schwarzer Geliebter hereingestürmt war, um sie zu befreien von den verhaßten Umarmungen des weißen Mannes, der sie alle besaß, der nun zahlen mußte für seine Verbrechen und für die Verbrechen aller anderen weißen Männer... Wer war sie? Wer waren jene? Schrecken ergriff sie.

Sie wußte, daß alle *blancs* sterben mußten. Aber er war so freundlich zu ihr gewesen, hatte sie mit schönen Dingen überschüttet, er hatte sie auf seine eigene Weise geliebt... Und nun würde sich ihr Geliebter auf ihn stürzen und ihn töten und den Todesfluch, der sie während all dieser Jahre verfolgt hatte, wegnehmen... Nicht wissend, wer sie war oder in welcher Zeit sie lebte, packte sie Kips Arm. »Töte ihn nicht!« flehte sie.

»Ihn töten? *Chérie*, bist du verrückt? Aber du mußt kommen – schau, du bist halbnackt, *pauvre fille, quelle salaud...*«

Voller Angst und Scham hielt sie ihr zerrissenes Kleid um ihren Körper gerafft zusammen. Kip schob sie behutsam zur

Tür. »Ich werde zurückkommen und mich mit Sebastian später beschäftigen. Im Augenblick...«

Hinter Kip, im Dunkel des Zimmers, erhob sich Sebastian auf seine Knie. »Ihr Teufel habt mich einmal getötet«, wütete er, »aber nicht dieses Mal, dieses Mal bin ich bewaffnet!«

In plötzlichem Schrecken schrie sie auf.

»Paß auf, Christophe – er hat eine Pistole!«

Das Krachen des Schusses erfüllte das kleine Haus wie das Krachen von Donner. Er traf Kip mitten in die Brust; der taumelte zurück und fiel, lag ausgestreckt da mit einem roten Fleck, der sich auf seiner Brust ausbreitete, und seine Augen waren bereits glasig wie im Tode. Mardee glaubte, sie hätte gehört, wie er sprechen wollte, aber dann wich das Leben aus seinem Blick, und er lag still da, mit toten Augen, die hinauf zur staubigen Decke starrten.

»Er ist tot!« keuchte sie und starrte voller Schrecken Sebastian an. Aber als er sich erhob und auf sie zu torkelte, immer noch mit grobem, verzerrtem Gesicht, ergriff sie Panik, und sie begann, wie wahnsinnig, stolpernd und schreiend, wild um Hilfe schluchzend zu rennen. Sie lief die Stufen von Maison Dominique hinauf, schrie nach Robert, nach Fleur, nach irgend jemandem – aber da war nichts und niemand. Wo waren sie alle? Dann hörte sie die gedämpften Trommeln und wußte: Sie begraben Madame Thibaud auf ihrem angestammten Grund. Und sie war nicht dort, ihre Enkelin...

Sie stolperte in eine kleine Kammer unter der Treppe. Irgendwie mußte sie Hilfe finden... Sie mußte zweimal wählen, bevor ihre unsicheren Finger gehorchten, aber endlich hatte sie das Hotel, und einen Augenblick später kam Brians besorgte Stimme durch das Telefon.

»Mardee? Was ist passiert, Liebling?«

»Oh, Brian – Brian – Tante Emilie ist tot, und Sebastian – Sebastian ist wahnsinnig, er hat ihn getötet...«

Am anderen Ende schnappte Brian nach Luft. »Wen getötet?«

»Christophe – Kip Tybalt...«

»Mein Gott«, sagte Brian und atmete tief ein. »Liebling, was geschieht da draußen?«

»Alles – alles – Sebastian, er ist verrückt, er hat Kip ermordet...«

»Moment mal«, sagte Brian, »Liebling, ich werde in fünfzehn Minuten da sein...«

Sie hörte sich in einem Anfall von hysterischem Lachen sagen: »Fahr das Auto nicht in den Straßengraben!«

»Das Auto hol der Teufel!« Brian hängte ein.

Sie saß auf den Eingangsstufen, hielt ihr zerrissenes Nachthemd um sich gerafft, unwillig, in dem dunklen Haus zu bleiben, wo ihre Großmutter tot gelegen hatte, wo alle ihre Verwandten während all dieser dunklen und blutigen Jahre geboren wurden und starben. *Der Geist ist zur Ruhe gekommen,* dachte sie, *nach zweihundert Jahren ist le gros blanc wiedergekommen.*

Und dieses Mal wurde er nicht ermordet, er ermordete den anderen... Wahnsinnige Ängste wirbelten in ihrem Kopf herum. *Werden wir alle wiederkommen in zweihundert Jahren, werden wir all dies wieder durchleben müssen? Wer wird dann wen töten, wer wird getötet werden?* Ihre Zähne klapperten.

Tante Emilies letzte Worte, durch den *loa,* der in sie gefahren war, Baron Samedi oder ein anderer... *und le gros blanc wirst du bleiben bis zum letzten Tag deines elenden Lebens...* Der *loa* hatte die Wahrheit gesagt. Sebastian würde niemals wieder er selbst sein. Kip war tot. Kip – er hatte ihr einmal von Männern erzählt, die von einem *mort* besessen waren, die in ein örtliches Irrenhaus eingesperrt waren, wenn nicht irgendein *houngan* entdecken konnte, was der Geist wollte, der in ihn gefahren war, und den Mann befreien konnte... aber für Sebastian würde es niemals solche Freiheit geben. Zu der zivilisierten Anstalt, in welche man ihn bringen würde, würde kein *houngan* jemals Zugang haben und erfahren, was ihn quälte...

Ein Martinshorn heulte, und ein Krankenwagen fuhr mit Schwung in die Einfahrt. Brian sprang herab, gefolgt von zwei Männern in Ärztekitteln. Er rannte auf Mardee zu und hielt sie fest.

»Liebling...«

»Oh, Brian!« Sie hängte sich voll Entsetzen an ihn, und durch das Entsetzen hindurch freute sie sich über seine Stärke. Er war da. Er war gekommen. Er liebte sie...

»Ich habe Ärzte mit den Zwangsjacken und allem mitgebracht«, sagte er. »Wright ist ein wenig zu stark für mich, um mit ihm fertig zu werden. Und du hast mir gesagt, er habe eine Pistole.«

»Hat er Sie angegriffen, Mamselle?« fragte einer der Männer. Er blickte mitleidig auf ihr zerrissenes Nachthemd.

Sie errötete, und Brian zog seine grobe Drillichjacke aus und legte sie ihr um.

»Ja«, murmelte sie, »er versuchte, mich zu vergewaltigen. Ich glaube, er dachte, ich sei – sei jemand anders...« Um ihre Beherrschung ringend sagte sie: »Ich werde Ihnen zeigen, wo er ist. Aber seien Sie vorsichtig...«

»Wir sind daran gewöhnt, mit geistesgestörten Menschen umzugehen, Mamselle«, sagte einer der Ärzte höflich.

Langsam – ihre Füße weigerten sich beinahe vorwärtszugehen – ging sie zum letzten Mal den Weg hinunter zu dem kleinen Steinhaus, wo Kip tot lag und Sebastian noch immer über dessen totem Körper kauerte. Als sie sich näherten, brüllte er: »Nicht dieses Mal! Ihr schwarzen Teufel werdet mich dieses Mal nicht bekommen!« und ein Schuß schwirrte durch die Bäume. Einer der Ärzte schrie auf und faßte sich an seinen Arm.

Es war nur ein Kratzer, der kaum blutete, aber es ließ sie zurückweichen. Sebastian schrie: »Ich habe euren verdammten Anführer gekriegt, und nun werde ich euch alle kriegen!«

Plötzlich wußte Mardee, was sie tun mußte. Sie fürchtete sich zu Tode, aber sie wußte, daß niemand sonst es tun konnte. Sie ging an den Ärzten vorbei.

»Sébastien«, rief sie mit französischem Akzent.

»Mamselle, *non* ...« Einer der Männer ergriff sie von hinten.

»*Laissez-moi passer*«, sagte sie. »Ich weiß, daß er mir nichts tun wird.« Sie ging direkt durch die Tür des Steinhauses. Sebastian Wright kniete noch immer gekrümmt und murmelnd über Kips Körper.

»Sébastien«, sagte sie auf Französisch, »es ist Zeit zu gehen.«

Sein Blick war leer. Er sah auf und murmelte: »Sie werden uns töten ...«

»*Non*«, sagte sie sanft, »dies sind treue Männer, die gekommen sind, um – um dich an einen sicheren Ort zu bringen. Sie werden dir helfen ...« Sie hatte begonnen zu sagen, wie sie nun wußte, daß sie früher gesagt hatte: *Sie werden dir helfen zu fliehen;* aber sie konnte ihn jetzt nicht belügen. Hatte sie – oder ihre entfernte Ahne – ihren weißen Herren verraten und seinem Tode ausgeliefert? »Sie werden dich an einen sicheren Ort bringen, und niemand wird dir etwas tun. Gib mir die Pistole, *mon gros*.«

Gehorsam legte er sie in ihre Hand. Sie fühlte ihr Gewicht und ihre Kälte mit Erschrecken. Er hob seinen Kopf, sein weißes Haar leuchtete wie Rauhreif in der Dunkelheit, aber sie konnte sein Gesicht nicht sehen.

»Und wirst du mit mir kommen, Brigitte?« fragte er mit einer Stimme, die die Stimme des Sebastian war, den sie gekannt hatte, und doch wieder nicht. Sie streckte ihre Hand nach ihm aus, den Tränen nahe.

»Ich werde mit dir hinauskommen«, versprach sie.

Sie blinzelte im Licht der Taschenlampe, die einer der Männer hielt.

»Ich denke, er wird nun mit Ihnen ohne Widerstreben mitgehen.« Sie übergab die Pistole einem der Ärzte. »Geh mit den Männern, *mon gros blanc*«, sagte sie mit brechender Stimme. Tränen strömten über ihre Wangen.

Sie kamen und packten ihn bei den Armen, und er ging mit gesenktem Kopf mit ihnen. Sie konnte sein Gesicht nicht sehen, aber als er an ihr vorbeiging, sagte er: »Brigitte«, mit schrecklicher Sehnsucht. Er griff nach ihr; sie packten ihn fester. Sie sagte mit vor Tränen erstickter Stimme: »Tun Sie ihm nicht weh – bitte, tun Sie ihm nicht weh.« Und als sie ihn in den Krankenwagen stießen und an Riemen und Gurten zerrten, hörte sie wieder seinen Schrei, der seine Kehle zerriß: »Brigitte!« Dann brach er in schreckliches Schluchzen aus. Sie brach neben Kips Körper zusammen und ließ ihrem Schmerz freien Lauf.

Nach einer langen Zeit fühlte sie, wie Brian sie hochhob und wegtrug. Er sagte ernst: »Was für eine Tragödie! So jung und so gutaussehend, und solch ein guter Schauspieler. Ich habe ihn sehr gemocht, obwohl ich ihn so selten sah. Du warst ein wenig in ihn verliebt, nicht wahr, Mardee?«

Sie nickte, ohne zu sprechen. Sie konnte weder Brian noch irgendwem sonst jemals erklären, was das mit Kip Tybalt gewesen war. War es Wirklichkeit gewesen oder ein Zauber, den der schönste Mann, den sie je gekannt hatte, über sie geworfen hatte, und ihre gemeinsame Arbeit im Film, oder… oder die Gefühle einer Frau, die seit zweihundert Jahren tot war und sich nach dem Geliebten ihrer eigenen Rasse sehnte und gegen den weißen Mann rebellierte, dem mehr von ihr gehörte, als sie je gewußt hatte, bevor sie sah, wie er vor ihren eigenen Augen zerstört wurde?

Lassen wir es dabei bewenden. Einmal hatte Sebastian gesagt, daß es Wirklichkeiten gibt, die tiefer gehen, die mehr innere Wahrheit besitzen als bloße Fakten. Für solch ungeheure Wirklichkeiten würde es nie Worte geben. Etwas in ihrem Herzen würde für immer Christophe Thibault gehören und ihn betrauern, aber außer den kurzen, förmlichen Worten, die sie eines Tages bei einer Untersuchung sagen würde, würde sie nie wieder seinen Namen aussprechen. »Ja«, sagte sie, »ich war ein wenig verliebt in ihn.«

Die wirkliche Tragödie war nicht Kip Tybalt. Er war auf der Höhe seiner Karriere gestorben, edel und tragisch, seine Partnerin vor der drohenden Vergewaltigung durch einen

Wahnsinnigen schützend. Er würde betrauert werden und unvergessen bleiben.

Die wirkliche Tragödie war der Film, den Sebastian niemals machen würde, die Vision von Haiti, die nun niemand jemals teilen oder sehen würde. Und er konnte nicht einmal als tot betrauert werden. Er würde weggesperrt und vergessen sein; vergessen, Jahre bevor eines Tages das leere Etwas, das einmal Sebastian Wright gewesen war, endlich sterben würde, irgenwo eingesperrt in einer Station für Unheilbare... Es war darum und nicht wegen Kip, daß sie weinte, aber es gab keine Möglichkeit, dies Brian zu sagen. Brian – oder irgend jemandem sonst.

»Schon gut, schon gut, mein Liebes«, flüsterte er und hielt sie fest an sich gepreßt. »Du hast noch mich. Und ich werde dich, sobald ich kann, von hier wegbringen.«

Sie erkannte, daß er nicht einmal wußte, daß Maison Dominique ihr gehörte. Und daß es ihm egal war. Das würde niemals anders sein. Er war bei ihr, reich oder arm, und er würde bleiben.

»Komm!« Er deutete auf die sonnenüberfluteten Fenster von Maison Dominique. »Die Sonne ist aufgegangen. Es gibt heute eine Menge zu tun, und du solltest mir besser erzählen, was zum Teufel hier überhaupt vorgefallen ist!«

Lange Zeit später, über einem Kaffee, den ein ernüchterter Robert für sie aufgetrieben hatte, nachdem alles das erklärt worden war, was erklärt werden konnte, hatte Brian noch eine Frage.

»Ich frage mich«, sagte er nachdenklich, »ob ihr Name wirklich Brigitte war – die schwarze Sklavin, die alles hier erbte. Ich glaube nicht an Besessenheit oder so etwas ähnliches. Ich weiß selbstverständlich nur zu gut, daß der alte Wright einfach seinen Verstand verlor. Aber ich frage mich doch, ob ihr Name Brigitte war...«

Mardee antwortete nicht. Mit der Erinnerung an jenen letzten, verlorenen Schrei nach »Brigitte!«, der noch trostlos in ihrem Gemüt nachhallte, war sie sicher; sie hatte den

Schock des Wiedererkennens tief in ihrer eigenen Seele gefühlt. Aber es würde niemals irgendeinen Beweis geben; nichts als ihre eigene innere Gewißheit. Als Brian sagte: »Ich nehme an, niemand wird das jemals wissen«, sagte sie nichts.

Als ihr weißer Geliebter ermordet zu ihren Füßen lag... fühlte sich Brigitte so? Oder hatte sie alle ihre Liebe und allen Haß zuletzt abgelegt? Sie lebte viele Jahre lang mit ihren Söhnen im Maison Dominique... den Söhnen ihres weißen und ihres schwarzen Geliebten. Herrschend, wo sie ein Sklave gewesen war. Wie viele Gespenster hatte Maison Dominique mit ihr geteilt? Und hatte sie sie gefürchtet... oder sie willkommen geheißen?

Mardee atmete tief ein und schob das silberne Kaffeeservice weg.

»Ich muß Mutter in New York anrufen.« Vielleicht würde Marie-Claire nach so vielen Jahren des Exils vergeben können und nach Hause kommen. Sie würde mit der Lüge von Tante Emilie Schluß machen und einfach sagen: *Maman, ta mère est morte...*

Aber es war immer noch sehr früh. Marie-Claire würde noch schlafen. Sie sagte zu Brian: »Du solltest besser die Geschichte durchtelefonieren. Du hast hier Presse-Verbindungen, und deine Freunde werden dir niemals vergeben, wenn jemand anders die Story zuerst bekommt.«

»Mein Gott«, sagte er überrascht, »ich hatte es ganz vergessen, aber es sind tatsächlich Neuigkeiten! Donna Royce tot – Kip Tybalt tot – Sebastian im Krankenhaus – die reichste Frau auf Haiti tot.« Er unterbrach sich verdrießlich und zog sie schnell an sich. »Es muß Liebe sein«, sagte er und gab ihr einen schnellen Kuß. »Wenn ein Zeitungsmann vergißt, eine Geschichte dieses Ausmaßes durchzugeben, dann ist es Liebe, ohne Zweifel.«

»Brian, du bist unmöglich«, sagte sie unter plötzlichen Tränen.

»Nun, es hat noch Zeit bis zum Frühstück«, gab er zurück, bückte sich dann und küßte sie wieder, sanft, die Tränen mißverstehend. »Ich werde die Sache so anpacken, daß es keinen Familienskandal gibt, Liebes. Nach alledem ist es nun auch meine Familie. Ich werde mich um die Presseleute kümmern.«

Und noch unter Tränen lächelte sie. Eines Tages würde dies vorüber sein. Eines Tages würde sie wieder zu sich kommen. Und eines Tages würde er sie sogar wieder zum Lachen bringen.

Astrologische Nachbemerkung

Mardee Haskell besitzt die Schönheit, Eleganz, Extravaganz und den luxuriösen Geschmack ihres Tierkreiszeichens – verbunden mit den typischen Fehlern des Löwen, einem Hang zur Gewinnsucht und einer Tendenz, jedermann in ihrem Umkreis zu beherrschen. Sogar die Farben, mit denen sie sich umgibt – rot, orange, gelb (selbst wenn sie ein einfaches weißes Kleid trägt, muß es mit Gold aufgeputzt sein) – verraten das feurige Kind der Sonne. Löwe mit dem Aszendenten Venus gibt ihr eine Auffälligkeit, durch die sie überall sofort Beachtung findet. Es ist nicht wirklich überraschend, daß sie die berühmtere Donna Royce sofort in den Schatten stellt. Donna ist ein Wassermann, und für Mardee repräsentiert sie den sofortigen Anstoß, die Triebkraft zu konkurrieren, den Ansporn, Mardee selbst aus vorübergehender Selbstverleugnung herauszuholen.

Aber Mardee ist kein typischer Löwe. Mit Mars und Uranus im Sternbild des Zwillings stellt sie in gewisser Weise eine Frau dar, die mit sich selbst uneins und auf der Suche nach ihrer Identität ist. Der Aszendent Krebs macht sie impulsiv, allzu freigebig, immer dazu fähig, sich in die Lage der anderen Personen zu versetzen. Sie hat keinen Sinn für ihre schwarze Identität und denkt an sich selbst meistens als an einen Menschen, dessen Hautfarbe zufällig schwarz ist, mehr denn als an ›eine schwarze Frau‹; ihr Aszendent Krebs macht sie auch empfindlich gegen Stereotypen, so daß sie es übelnimmt, klassifiziert zu werden. Für den häufig arroganten Löwen besitzt sie außerordentliches Taktgefühl; ihre Kindheit in Frankreich, einem Waage-Land, hat in ihr den Takt und die Liebenswürdigkeit des Aszendenten Krebs gefördert.

Mardee ist und wird immer von älteren Männern angezogen sein, vor allem solchen, die in der Lage sind, ihr den Luxus zu bieten, nach dem ihre Löwenseele hungert, oder ihre hochstrebenden Ambitionen zu fördern. Sebastian Wright ist ein stolzer, leidenschaftlicher Skorpion; Mardee ist sinnlich und romantisch zu ihm hingezogen. Aber, wie in allen solchen Fällen, kommt es zu einem sofortigen Machtkampf, um zu sehen, wer dominieren wird. Und wie alle Frauen mit einem beherrschenden Saturn in ihren Diagrammen, ist Mardee zu praktisch und introvertiert, um sich Sebastians starkem Willen zu unterwerfen. Jede Liebesbeziehung zwischen ihnen würde ein ständiger Kampf zwischen Sebastians herrischer Natur und Mardees völliger Unfähigkeit sein, sich irgend jemandem zu unterwerfen. Der Mond im Wassermann in Mardees Diagramm geht mit ungewöhnlicher Einbildungskraft und einem starken kreativen Impuls einher; es ist kein Wunder, daß sie an Sebastians romantischem Traum Feuer fängt.

Aber Mardee ist ein potentieller Superstar; und jeder Mann, der vorhat, in ihrem Leben von Bestand zu sein, würde das fraglos akzeptieren müssen. Mardees Weg führt nicht zu Heim und Herd. Von allen drei Männern, mit denen sie verstrickt ist, könnte nur Brian – die nachgiebige, lässige, leichtfertige und charmante Waage – dies bei einer Frau tolerieren. Brian wird es nichts ausmachen, in Grenzen beherrscht zu werden, weil er keinen persönlichen Ehrgeiz hat und Mardees Karriere seine Selbsteinschätzung nicht gefährden wird. Er wird immer ihren Ärger überwinden, indem er sie zum Lachen bringt, und er wird oft seinen Kopf durch bloßen Charme durchsetzen. Es wird niemals einen direkten Machtkampf geben; der Waage-Mann setzt sich durch, nicht weil er es verlangt, sondern weil er sich mit dem Winde biegt. Er ist vermutlich der einzige Mann, den sie je getroffen hat, der Mardee dazu bringen kann, irgend etwas zu tun, das sie nicht tun will. Sebastian stachelt alle ihre Löweninstinkte zum Kampf an; bei Brian ist ihr niemals bewußt, daß sie kämpft, bis sie entdeckt, daß er sie mit Charme dazu gebracht hat, ihm seinen eigenen Willen zu lassen.

Natürlich macht Mardee wie alle Löwen alles eine Nummer zu groß und auf die großartige Tour. Aber diese Tendenz zur Übertreibung zerstört sie beinahe. Der Okkultismus hat eine fatale Faszination für sie. Ihre Dickköpfigkeit und ihre Saturn-Tendenz zur Skepsis würde leicht zu durchbrechen sein; Eitelkeit, nicht Aberglaube, könnte sie dazu veranlassen, ›Mardee‹ durch ›Marie-Louise‹ zu ersetzen, aber die Entdeckung, daß das mit ihren ersten wirklichen Ferien zusammentrifft, würde sie für Okkultismus und das Unsichtbare anfällig machen. Obwohl sie praktisch ist, würde sie schnell der Faszination des Unsichtbaren des Universums erliegen. Und dies bringt sie unter den Einfluß von Voodoo – und von Sebastian, dem Skorpion, der durch unsichtbare Ketten an das Unsichtbare gefesselt ist.

Während der Periode dieses Buches hat der Planet Saturn gerade ein Haus neben Mardees Himmelsmeridian durchlaufen und provoziert, was als Rückschlag auf allen Ebenen erscheint: Konflikt mit ihren Eltern, Beeinträchtigung ihrer Karriere, das Auseinanderbrechen ihrer ersten Ehe, die berufliche Enttäuschung der Absetzung ihres ersten Theaterstückes am Broadway. Die Vorherrschaft von Saturn zwischen August und Dezember 1973 deutet auf Kampf hin und auf eine Verbindung mit einem älteren Mann, sowohl beruflich als auch persönlich. Der Transit von Neptun macht das Eindringen des Übernatürlichen zu dieser Zeit fast unvermeidbar.

Sebastian ist, wie alle Skorpion-Männer, auf allen Ebenen stark zum Okkultismus hingezogen. Sinnlich, romantisch und einflußreich kann er sie hinsichtlich ihrer Sucht nach Eleganz und Luxus verwöhnen und ihr die Befriedigung ihrer ausgeprägten Ambitionen bieten. Aber es ist Sebastians starker Hang zum Okkultismus, welcher ihn am Ende zerstört. Er ist Perfektionist, der sich ewig über technische Details den Kopf zerbricht; und während er große berufliche Geduld hat, hat er kein Verständnis für Egotrips – außer seinen eigenen. (Er ist unfähig zu lieben; Sexualität und seine eigene leidenschaftlich-romantische Fantasie nehmen bei Sebastian den

Platz der Liebe ein. Solange Donna Royce Teil dieses Traumes ist, hat sie ihren Platz in seinen fixen Ideen und wird zum Teil davon. Als sie ihre Wassermann-Eitelkeit und Unsicherheit gegen seinen starken Willen setzt, verliert sie ihn und zerstört sich selbst.) Sebastians Wille und Antrieb, seine Fähigkeit, total von dem in Anspruch genommen zu sein, was ihn in diesem Moment fesselt, birgt auch den Keim zu seiner Zerstörung. Er gibt sich nicht damit zufrieden, die Oberfläche von Haiti zu kennen; kein Skorpion ist je zufrieden mit der Oberfläche. Er muß dessen tiefste Mysterien durchdringen und erlaubt so, daß es einen verhängnisvollen Einfluß auf ihn gewinnt. Wahnsinn ist stets eine Bedrohung für den besessenen Skorpion, und so fällt er der uralten Tragödie zum Opfer.

Zu dieser explosiven Mischung kommt Christophe Thibault: Kip Tybalt, der Zwilling, der geteilte Mann, im totalen Widerstreit zwischen seinem schwarzen und seinem weißen Erbe, bemüht, die Vergangenheit des Bastards, der Schande, des Voodoo abzustreifen ... und doch wird er unvermeidlich zurückgezogen, wie alle im Zeichen des Zwillings Geborenen, zu seinen eigenen tiefsten Ursprüngen. Er kann weder mit seiner Vergangenheit leben, noch sie völlig ablegen. Zwischen Löwen und Zwilling besteht eine ambivalente Faszination, der Konflikt zweier potenter Künstler. Sowohl Waage als auch Zwilling ist ein Luftzeichen. Brian, die ruhige Waage, liefert den Sauerstoff, den Lebensatem, um das Feuer des Löwen in Mardee in Gang zu halten; aber der explosive, sprunghafte, unbeständige Kip entfacht das Feuer zur Raserei. Mardee ist fasziniert und überwältigt; ihr eigener Mars im Zwilling und der Uranus ihrer Geburt, der ein Schlüssel zu ihrer verborgenen psychischen Seite ist, liegen nah bei der Sonne von Kips Geburtsstunde und deuten auf eine starke, obwohl nur vorübergehende Leidenschaft hin. Es ist ihre Fantasie, die auf Kip reagiert, mehr noch als Mars, der stets der Schlüssel zu der sexuellen Leidenschaft einer Frau ist.

Und doch sind Kip und Mardee zur Enttäuschung verdammt. Ihr ganzer Sinn und ihr Herz sind gefesselt von seiner Einbildungskraft, seiner Intensität und dem Schrei nach ihrer Vergangenheit – die uralte Tragödie, die sie verbindet. Kip ist keine Führerpersönlichkeit; wie alle Zwillings-Schauspieler kann er eine solche sehr gut kopieren, aber er selbst ist zu unentschlossen, zu leicht von der Fantasie beeinflußbar, zu schwach. Mardee hätte ihn fortwährend verwundet und versucht, ihn zu beherrschen – eine unmögliche Aufgabe mit einem schwer faßbaren Zwilling, der niemals genau dort ist, wo man ihn vermutet. Kip und Mardee hätten unaufhörlich miteinander gestritten, und sie hätte ihn unerträglich verletzt und zerstört; wie sie ihn auf eine Weise tatsächlich zerstörte, indem sie ihn in den Konflikt mit Sebastian hineinzog.

Brian ist ihr wahrer Gefährte, der die Stärke und Biegsamkeit hat, um ihre Schwäche auszugleichen, die innere Stärke, sich nicht von ihrem Ehrgeiz oder ihrer Karriere bedroht zu fühlen. Er ist der einzig passende Partner für einen Löwen ›Superstar‹. Zuweilen wird sie ihn langweilig finden; sie wird ihm wahrscheinlich untreu oder nur auf ihre eigene Art treu sein. Doch wird er immer das eine Beständige in ihrem Leben bleiben, weil er auf seine eigene, nachgiebige Weise – gutmütig wie er ist – stärker ist als sie. Kein lebender Mann kann einen Löwen ›für immer und ewig‹ glücklich machen; Glück ist für einen Löwen etwas, das niemals in den Händen eines Menschen liegt, sondern von innen kommen muß, von ihrer eigenen persönlichen und beruflichen Erfüllung.

Brian wird an das Ideal so nahe heranreichen, wie es nur irgendein Mann könnte. Und er wird sie zum Lachen bringen.